KB053989

챔피언

챔피언

초판 1쇄 발행 · 2014년 1월 29일

지은이 · 이상섭
펴낸이 · 황규관
편집장 · 김영숙
편집부 · 노윤영 윤선미
총무부 · 김은경

펴낸곳 · 도서출판 삶창
출판등록 · 2010년 11월 30일 제2010-000168호
주소 · 121-838 서울시 마포구 서교동 355-22 우암빌딩 4층
전화 · 02-848-3097 팩스 · 02-848-3094
홈페이지 · www.samchang.or.kr

ⓒ 이상섭, 2014
ISBN 978-89-6655-039-5 03810

챔피언

이상섭 소설집

삶창

| 차례 |

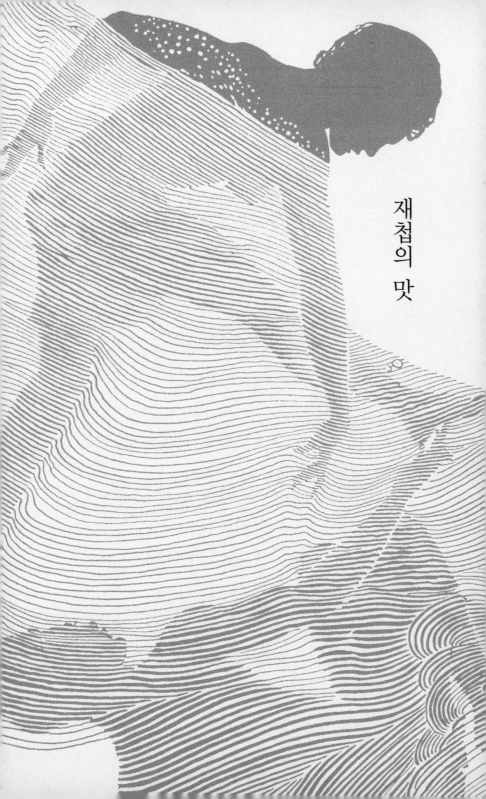

재첩의 맛

세상에 이런 법이 어딨어요? 여자가 소리쳤다. 남자는 그런 여자의 반응이 재밌다는 듯 히죽히죽 웃었다. 그런 법도 얼마든지 있을 수 있는 법이죠, 두 번째가 첫 번째보다는 낫다니까요, 이건 일종의 제 인생의 노하우라 할까요? 남자는 자신을 믿으라는 듯 여자에게 거침없이 말했다. 여자가 어이없다는 듯 세모눈을 만들었다. 이봐요, 결정권은 내게 있어요, 당신이 왜 남의 선택에 이래라저래라 간섭하고 나서요? 남자와 여자의 입씨름에 판매원은 할 말을 잃고 그저 멍하니 서 있기만 했다. 남이라뇨? 우리가 모르는 사이인가요? 남자가 다시 말을 이었다. 그럼 우리가 아는 사이인가요? 전혀 모르는 사이도 아니죠. 여자의 가시 돋친 말에 남자가 지지 않고 맞섰다. 여자는 어처구니없었다. 도로를 두고 마주한 처지이긴 하지만 엄연히 남자와 여자는 인연의 핏방울 하나 튄 적이 없었다. 공통점이라곤 제각기 도시라는 허허

벌판에서 살아남기 위해 발악하는 존재라고나 할까. 남자의 황당한 개입에 여자는 곁에 선 판매원의 눈치를 살폈다. 판매원은 알아서들 빨리 결정하세요, 결정이 끝나야 저도 화장실로 달려갈 수 있단 말입니다, 라고 호소하듯 초조한 표정만 짓고 있을 뿐이었다. 첫 번째로 할래요. 남자의 개입에 여자는 오기로 말했다. 여자의 결정에 남자는 고개를 저으며 그 자리에 서 있었다. 그러다가 판매원이 밥솥을 여자에게 건넬 즈음에야 마지못해 몸을 돌렸다. 혹시 고장이 나면 가게로 가져오세요, 전 사람 빼고 수리는 다 해봤으니까요. 남자는 돌아서면서도 끝까지 제 할 말을 했다. 그런 다음 제 카트를 밀며 천천히 여자에게서 멀어졌다. 여자는 한동안 남자의 뒷모습을 지켜보았다.

남자의 예상은 적중했다. 보온에 문제가 있는 제품이었던지 새로 지은 밥조차 누렇게 변해갔다. 여자는 맞은편 가게를 쳐다보았다. 출장 수리라도 나간 것인지 남자는 종일 보이지 않았다. 남자가 나타난 건 불을 켜야 할지 말아야 할지 망설여지는 시각이었다. 여자는 밥솥을 쥐고 일어섰다. 여자가 수리점에 들어서자 남자는 거봐요, 내가 후회한다고 했죠? 하는 흐뭇한 표정을 지으며 여자를 바라보았다. 수리는 얼마나 걸리나요? 보온되지 않은 찬밥을 언제까지 먹어야 하나 여자가 걱정스러워 한 말이었다. 남자는 여자의 조바심을 잘 알고 있다는 듯 되받아쳤다.

살면서 밥처럼 중요한 건 없죠, 사랑도 따지고 보면 같이 밥 먹자는 거고요. 안 그래요? 남자의 말에 여자는 웃음만 터졌다. 남자의 해죽거리는 말투가 마음에 들지 않았지만 밥솥을 들고 도로 나가고 싶지는 않았다. 반품 처리를 했을 것 같으면 남자를 기다리지도 않았을 테니까. 여자가 완구점으로 돌아가 장난감을 진열하고 있을 때, 남자가 여자의 가게에 들어섰다. 수리한 밥솥을 들고 있었다. 온도과승조절 센서에 문제가 있는 모델이란 걸 전번에 말하지 못했네요. 남자는 재빨리 돌아섰다. 마치 바쁜 일이 있다는 듯이. 수리비는요? 여자가 남자의 등 뒤에서 소리쳤다. 청구서는 밥솥 안에 들어 있어요! 남자가 다시 한 번 히죽거린 후 완구점을 나가버렸다. 여자는 남자의 뒷모습을 무연한 눈길로 훑었다. 남자가 도로를 건너 맞은편 가게로 사라진 후 천천히 뚜껑을 열었다. 밥솥 안에는 수리비 대신 메모지가 들어 있었다. 우리 언제 같이 밥이나 한 끼 먹읍시다.

남자가 근무하는 가게는 점점 화려하게 변해갔다. 남자는 대낮에도 색색의 조명등까지 밝혔다. 여자더러 보라는 듯이. 여자는 반짝이는 불빛 속에서 남자와 함께 밥을 먹으면 얼마나 행복할까, 하는 생각을 했다. 그런 마음은 함께 밥을 먹기 전에는 생각지 못한 일이었다. 남자는 현장에 나가 직접 수리 작업까지 겸하고 있어 가게를 비울 때가 많았다. 밥을 같이 먹은 후부터 여자는 남자가 돌아오기를 은근히 기다리곤 했다. 점점, 남자를 생각하는 횟수도 많아지고 있었다. 여자는 그런 마음을 사랑이라고 여겼다. 늘 바쁜 남자. 언제나 한가한 여자. 여자가 완구점에서 하는 일이라고는 가끔 울리는 전화를 받고, 주문받은 완구를 찾아 물건을 포장해 사장에게 전하면 그뿐이었다. 남자는 돌아오면 어김없이 여자를 향해 손을 흔들었다. 여자가 웃어주면 남자도 히죽거리는 웃음을 피워 물었다. 히죽거리는 웃음이 남자만이 지닌 매력이라는 걸 그제야 알아챘다. 자연스레 두 사람이 함께 밥 먹는 횟수도 늘어났다. 역시 밥은 혼자가 아니라 둘이 먹어야 제맛이라니까! 어느 날 남자는 만족스럽다는 듯이 여자를 보며 말했다. 여자는 귓불이 살짝 붉어지는 느낌이었다. 남자는 여자에게 작업복을 입은 허름한 사내가 아니었다. 정장을 차려입은 멀쑥한 도시 청년으로 변해 있었고, 여자의 마음 한가운데에 떡하니 자리 잡고 있었다. 시원하게 생긴 얼굴과 듬직한 어깨, 그리고 가벼워 보이지 않는 묵직한 목소리. 저 정도의 남자라면 평생을 걸어도 후회하지 않을 것 같았다. 어느 날, 남자가 여자의 집을 찾아왔다. 혼자 먹는 밥은 지긋지긋하다면서. 여자는 남자에게 기꺼이 자신의 이불을 덮어주었다. 그 일이 있은 후 여자와 남자는 속살뿐만 아니라 살림도 합쳤다. 남은 거라고는 부부가 되었음을 세상에 공개하는 일밖에 없었다.

혹시 최원희 씬가요? 어느 날, 낯선 여자가 완구점으로 찾아와 말했다. 왜 그러시죠? 여자가 대꾸했다. 재범 오빠에 대해 할 말이 있어 왔어요. 그제야 여자는 알아차렸다. 이 낯선 여자가 누구인가를. 길게 말할 것 없어요, 오빠와 나는 이미 결혼을 약속한 사이란 것만 말해두죠. 그녀의 말을 듣는 순간, 여자는 화부터 났다. 이상하게 이 낯선 여자에게 지고 싶지 않았다. 그래서 되쏘아 붙였을 것이다. 그러니까 아직까지 결혼한 사이는 아니란 말이죠? 그녀는 어처구니없다는 표정을 지었다. 오빠를 안 지십 년이 넘었어요, 중학교 때부터니까요. 낯선 여자의 말은 당신은 두 번째이니 지금 당장 남자의 곁에서 물러나라는 명령같이 들렸다. 그래서 여기, 첫사랑 자랑하러 온 건가요? 여자는 솟구치는 감정 탓에 떨리는 목소리로 되받아쳤다. 저한테서 오빨 뺏어갈 순 없을걸요, 영원히 포기하지 않을 거니까. 낯선 여자의 말에 여자는 웃음이 터졌다. 오기가 발동했다. 질투라고 해도 상관없었다. 포기는 아마 당신이 먼저 하게 될걸요? 여자가 코웃음을 치며 대꾸했다.

*

그렇게 놀랄 거 없어, 오빠는 내 손바닥 안에 있으니까. 남자는 재빨리 여자의 완구점부터 살폈다. 다행히 여자는 보이지 않았다. 남자는 얼른 은자의 손을 잡아끌고 수리점 뒷문으로 나섰다. 너, 여기는 어떻게 알고 왔어? 인적 드문 으슥한 골목길에 들어서자마자 남자가 다그쳐 물었다. 그거야 아버님이 가르쳐줬지. 아버님이란 말이 은자의 입에서 튀어나오자 남자의 미간이 저절로 좁혀졌다. 홀로 남아 고향집을 지키는 늙은 아버지가 노망이라도 났나 싶었다. 하긴 그렇지 않았다면 은자가 차려주는 밥상 앞에서 허허거리지도 않았을 것이다. 사실 남자가 제대를 하고 고향집을 찾았을 때, 은자가 이미 와 있었다. 하지만 남자는 은자에게 인생의 고삐가 묶여 그따위 시골 구석에서 평생을 허비하고 싶지 않았다. 그래서 은자를 설득했다. 이건 아니라고, 널 건드린 건 실수였다고. 하지만 은자는 엉뚱한 말만 했다. 오빠의 실수가 아니라 내가 원한 거라고. 며칠을 으르고 달래도 결과는 마찬가지였다. 결국 남자는 은자에게 최후의 선언을 하지 않을 수 없었다. 떠나면 두 번 다시 이곳으로 돌아오지 않을 거야, 그래도 여기 있을래? 은자는 당당하게 나섰다. 어차피 오빠는 돌아올 수밖에 없어, 그게 우리의 운명이기도 하고. 운명이라는 말에 남자는 어이없어 웃음만 나왔다. 어쩌면 그때부터 남자는 아주 먼 곳을 상상했는지 모른다. 남자는 이 모든 게 꿈만 같았다. 너 다시 얘기해둔다, 구질구질하게 굴지 마. 구질구질해도 어쩔 수 없어, 오빠를 사랑하니까. 야, 그 사랑이라는 말 함부로 입에 올릴래? 이 오빠는 말이다, 사랑하는 사람이 따로 있어. 은자는 짐작하고 있었다는 듯이 되물었다. 혹시 완구점 그 여자?
남자는 속으로 뜨끔했다. 너, 정말 단단히 미쳤구나. 그래, 나 오
빠한테 단단히 미쳤지. 남자의 입에서 히죽히죽 헛웃음이 터졌
지만 속에서는 불안한 기운이 가득했다.

은자는 남자의 허리를 덩굴처럼 휘감았다. 은자의 마지막 소
원이라고 했다. 남자는 망설였다. 헤어지는 마당에 섹스라니. 이
별의 방식치고는 은자의 요구가 너무 가당찮았다. 하지만 은자
의 눈물 시위 앞에서 여관으로 몸을 돌리지 않을 수 없었다. 왜
이래? 제발 다리 좀 풀어. 남자가 소리쳤다. 한 번만 더 해. 방금
사정했잖아, 내가 무슨 개새끼냐? 맞아, 오빠 개새끼지. 날 건드
린 그 순간부터. 순간 남자는 은자가 무서웠다. 은자의 의도에
꼼짝없이 걸려들었다 싶었다. 갑자기 으스스 몸이 떨려왔다. 남
자는 허겁지겁 옷을 챙겨 입었다. 그런 와중에도 은자는 사타구
니를 오므린 채 남자를 노려보았다. 그러다가 남자가 방문의 손
잡이를 잡자 소리를 질렀다. 오빠 어차피 날 사랑할 수밖에 없
어, 그 여잔 잊으라고! 남자가 허턱 멈춰 서서 고개를 돌렸다. 은
자의 눈에 눈물이 그렁했다. 너야말로 날 잊어줘, 이게 나의 마
지막 소원이니까. 남자는 그 말을 끝으로 돌아섰다.

그 여자랑 어디까지 간 거야? 여자는 남자를 기다렸다는 듯이

재우쳐 물었다. 갑자기 그게 무슨 말이야? 남자는 부러 시치미를 떼며 되물었다. 걔하고도 섹스하고 결혼을 약속했냐고? 남자는 그제야 피할 수 없는 상황이 벌어졌음을 눈치챘다. 그냥 어릴 때부터 좋다고 달라붙기에 몇 번 만나줬어, 그뿐이야. 그래서 몇 번 만나서 섹스까지 했다? 그건 군바리 시절의 일이야, 엄마가 갑자기 돌아가시는 바람에 힘들기도 했고. 그걸 지금 나더러 믿어달라 그 말이야? 그럼 어떻게 해야 믿을 건데? 남자의 말에 여자는 잠시 생각하는 듯했다. 지금부터 개새끼가 아님을 확실히 보여줘, 안 그러면 너랑 끝이니까. 그 말에 남자는 고심했다. 어떻게 해야 여자를 믿게 할 수 있을지를. 남자는 초조했다. 더욱이나 은자가 어떤 여자인지 알고 있었으니까.

남자는 밤새도록 대합실을 서성였다. 새벽빛이 밝아질 때까지 여자는 나타나지 않았다. 여자가 먼저 포기한 것일까. 그럴지도 몰랐다. 남자의 마음을 떠보기 위해 부러 그런 말을 했을지도. 그렇다면 여자가 나타나지 않더라도 그로서는 어쩔 수 없는 일이었다. 어차피 여자를 향한 자신의 마음을 보여주면 되니까. 어느새 사방이 희붐하게 밝아오고 있었다. 남자는 다시 마음을 다잡았다. 여자가 오든 오지 않든 이곳을 떠나기로 결정한 마음을. 남자는, 은자가 더 이상 자신을 찾아오지 못하는 아주 먼 곳으로 갈 예정이었다. 남자는 우선 기차의 종착역까지 표를 끊었다. 그곳에서 다음 목적지를 정할 계획이었다. 멀리서 기적이 울었다. 첫차가 들어오는 모양이었다. 나랑 아주 먼 곳으로 가. 여자의 말이 다시금 머릿속에 떠올랐다가 가라앉았다. 남자는 차표를 쥔 채 마지막으로 역전을 바라보았다. 순간, 남자는 세상이 환해지는 기분이었다. 재빨리 매표소로 달려갔다. 부산행, 표 한 장만 더 주세요!

*

이제 수리 작업 따위는 안 하고 싶어. 남자가 여자의 젖꼭지를 빨다가 생각났다는 듯 말했다. 왜? 은자가 또 찾아올까 봐서? 여자가 남자를 향해 흰소리를 쳤다. 너, 그 여자 이름 자꾸 입에 올릴래? 남자가 콧등을 찡그리며 대꾸했다. 그냥, 해본 소리야, 근데 왜 그렇게 성을 내? 성 안 내게 생겼어? 누구 때문에 이딴 주소를 급하게 갖게 됐는데? 딴에는 그럴 만하다는 생각이 들었다. 남자의 말투에는 그럴 듯한 살림방을 장만하지 못한 자책 같은 것이 깃들어 있었다. 그게 이상하게 여자의 마음을 오히려 푸근하게 만들었다. 여자는 백팔 번지가 마음에 걸린다는 말을 삼키고 말았다. 알았어, 이제부터 절대 은자 애긴 안 할게. 진짜 약속하는 거다, 너? 응. 근데 수리 안 하면 뭘 할 거야? 여자의 물음에 남자는 생각한 게 있다는 듯이 두 눈을 깜빡였다. 아까 봤지,

태권도 도장? 여자도 보았다. 큰 거리에 서 있던 우람한 사 층짜리 건물을. 그렇다고 신접살림에 넙죽 인수할 처지가 아니었으므로 여자의 입에서 빈정거리는 소리가 터졌다. 도장을 뭐 아무나 하나? 사범 노릇을 하려면 그래도 명색이 단증이라도 있어야 하는 거잖아. 너 내가 유단자라는 거 모르는구나, 한번 볼래? 남자는 갑자기 일어서더니 쉭쉭, 소리를 내며 태권도 품새를 선보였다. 남자는 보기보다 근사했다. 이 정도라면 여자에게 닥친 어떤 적도 물리칠 수 있을 것 같았다. 근데 도장 인수하려면 꽤 많은 돈이 필요할걸? 그러니까 지금부터 차근차근 준비해야지, 이 아가씨야. 남자가 여자의 볼을 꼬집으며 듬직하게 웃어 보였다.

단출한 밥상을 차려도 돈은 빠듯했다. 마주보고 웃는 웃음의 길이도 점점 짧아지고 있었다. 밥상을 마주해도 마음이 편치 않았다. 그걸 눈치챈 남자는 우선 인근에 위치한 비누 공장에 다니기로 했다. 도장까지 인수하려면 그 길밖에 없었다. 남자는 퇴근할 때 종종 불량 비누를 갖고 와 여자에게 건넸다. 요걸 사용해, 이것도 도장을 인수하는 데 보탬이 될 테니까. 남자의 말에 여자는 기꺼이 고개를 끄덕이며 비누 조각들을 스타킹에 모았다. 그리고 그것을 이용해 자신의 얼굴과 몸을 씻었고 남자의 옷도 빨았다. 같은 곳에서 남자와 함께 잠들고 일어나는 일이라면 무엇이든 웃으며 해낼 용의가 있었다. 하지만 남자가 여자의 손에 쥐어준 봉투를 볼 때만큼은 쉬이 웃을 수 없었다. 인수 자금은커녕 며칠 만에 분해되기 바빴던 것이다. 아무래도 이 집을 벗어나려면 시간이 너무 오래 걸릴 것 같았다. 어쩌면 그때부터 여자는 백팔 번지를 일공팔 번지로 부르게 됐는지 모른다.

　이 세상을 호령하는 영웅은 어때? 남자가 여자의 불룩한 배를 어루만지며 물었다. 난 우리 아기가 그렇게 거창한 삶을 사는 걸 원치 않아. 그럼 넌 어떤 이름이 좋겠어? 여자는 남자의 말에 곰곰이 생각했다. 하지만 딱히 생각해두고 있는 이름도, 떠오르는 이름도 없었다. 그냥 영웅보다는 영우가 낫지 않을까? 그래, 그것도 나쁘진 않겠어. 남자는 작명이 끝난 듯 만족스러운 표정을 지어 보였다. 여자도 조용히 웃으며 남자의 결정에 동의를 표했다. 아기는 세상으로 후다닥 뛰쳐나오고 싶은지 엄마의 배 속에서 무럭무럭 제 덩치를 키웠다. 아무래도 요놈 때문에 서둘러야겠어. 어느 날, 남자가 작정한 듯 말했다. 그렇다고 없는 돈에 태권도 도장을 덜렁 인수하면 어떡해? 그래서 말인데, 나 잠깐 고향에 좀 다녀올게. 고향에 가서 어쩌려고? 어쩌긴 뭘 어째, 전답이라도 팔든지 해야지. 가는 김에 미뤄놓은 혼인신고도 해놓고. 꼴에 남자가 아버지 티를 내는 듯해 여자로서는 대견하기만 했다. 오래 걸리지 않을 거야, 그때까지 조금만 참아. 그렇게 떠난 후에 남자는 보름이 지나도 돌아오지 않았다. 불안했다. 하지만 여자는 일이 잘 풀리지 않는 모양이려니 하며 불안감을 애써 잠재웠다. 달포가 지나도 남자는 돌아오지 않았다. 갖가지 생각이 점점 평수를 넓혀갔다. 출산 날짜 또한 다가오는 중이었다. 무슨 일이 있는 건 아닐까. 혹시? 은자 생각이 났지만 여자는 고개를 휘휘 내저었다.

집안에 성가신 일이 많아 처리하고 오느라 늦었어, 미안해. 남자는 아무 일도 없다는 듯 태연히 웃었지만 지친 기색이 역력했다. 심하게 흔들리는 눈동자에 불안의 기미마저 일렁거렸다. 그 바람에 여자는 긴 투정을 부릴 수 없었다. 어찌되었건 태권도 도장을 인수했으니까. 도장을 인수한 후 두 사람은 바빠지기 시작했다. 남자는 조무래기 아이들을 가르치고 여자는 도장으로 점심밥을 나르고 오후엔 갓난아기를 업은 채 청소일을 해야 했다. 덕분에 논배미를 서둘러 처분하느라 제값을 받지 못했다는 남자의 아쉬움도, 눈빛의 불안조차 여자의 뇌리에서 차츰 잊혀갔다. 도장 운영도 점점 안정을 찾아가고 있었다. 그러면서 남자는 도장 운영을 부사범에게 맡기는 일이 잦아졌다. 남은 재산 정리문제, 부모님 산소, 때론 친구 경조사를 핑계로 남자는 수시로 고향을 들락거렸다. 엉덩이가 붕 떠서 돌아다니는 꼴이 아무래도 심상찮았다. 아마 그때부터였을 것이다. 남자가 술에 입을 대기 시작한 것이.

*

영일아, 어서 나와서 아빠한테 인사해야지! 남자는 눈앞에 아무것도 보이지 않았다. 어른들이 말하는 눈앞이 깜깜하다는 말이 그제야 실감 났다. 은자가 고향집에 머물고 있다는 것 자체만으로도 눈이 휘둥그레질 사건이었다. 한데 버젓이 아이까지 낳아 기르고 있었다니. 아이의 얼굴을 보는 순간, 남자는 왜 은자가 엉뚱한 이별 의식을 요구했는지 알아챘다. 남자는 끓어오르는 배신감에 한동안 온몸만 부르르 떨어댔다. 너, 나랑 전생에 무슨 원수진 일 있냐? 도대체 나한테 왜 이러는 거야, 응? 정신을 차린 남자가 소리쳤다. 오빠를 사랑하니까. 은자가 짧게 받아쳤다. 사랑은 개뿔, 이건 사랑이 아니라 미친 짓이란 거 너 정말 모르고 하는 소리냐? 나도 그렇게 생각한 적 있어, 내가 미쳐도 단단히 미친 건 아닐까 하고. 하지만 마음이 그렇게 안 되는 걸 어떡해? 그래서 내 인생까지 망치기로 작정했다? 인생을 왜 망쳐, 오빠만 정신 차리면 되지. 너, 지금 미쳐도 단단히 미쳤구나. 미친년과 더 이상 입 섞고 싶지 않았다. 남자는 돌아섰다. 그 바람에 홀로 쓸쓸한 죽음을 맞은 아버지에 대한 슬픔이며, 어머니 묘소를 찾아보겠다는 생각마저 잊었다. 하지만 이내 돌아서지 않을 수 없었다. 어떤 식으로든 눈앞에 벌어진 일을 매듭지어야 했던 것이다. 지금 당장 내 집에서 떠나. 아이는 내가 책임지도록 해볼게, 그럼 됐냐? 은자는 고개를 내저었다. 난 그럴 수 없어, 어차피 오빠는 내 남편이니까. 뭐, 뭐라고? 남자는 곧장 면사무소로 내달렸다. 등본을 본 남자는 놀라지 않을 수 없었다. 남자는 등본을 사정없이 찢으며 면사무소 지붕이 날아갈 정도로 소리쳤다. 세상에, 이런 법이 어딨어. 본인 동의도 없이 혼인신고를 받아주는 데가 어딨냐고! 그래놓고 앉아서 월급 받아 처먹냐, 이 멍청한 새끼들아!

눈을 떴을 때, 남자가 누운 곳은 허름한 여관방이었다. 남자는 부리나케 다시 면사무소를 찾아갔다. 그리고 다시 등본을 꼼꼼히 살핀 후에야 미워할 대상이 따로 있음을 알았다. 나만 개새끼가 아니라 아버지도 개새끼였군. 자기 맘대로 혼인신고까지 해버린 아버지가 원망스러웠다. 그렇다고 이런 상황을 내버려둔 채 돌아갈 수도 없었다. 차라리 이대로 먼 곳으로 도망쳐버릴까. 남자는 그때 처음으로 망망대해 위의 배를 떠올렸다. 하지만 바다로 도망친다고 해서 달라질 건 없었다. 남자는 여관방으로 돌아와 다시 술을 마셨다. 그러다가 눈이 번쩍 뜨였다. 바로 이렇게 자신이 뭉개지는 걸 은자가 기다리고 있었을지 모른다는 생각에. 남자는 벌떡 일어섰다. 그런 다음 부지런히 몸을 움직이기 시작했다. 얼마 뒤, 남자는 은자를 조용한 곳으로 불렀다. 네가 원한 게 이런 것이 아닐 수 있어. 하지만 내가 원하는 건 이거야.

더 이상 사랑하지 않는 남자 기다리며 인생 허비하지 마. 남자는 준비한 봉투를 은자 앞에 내밀었다. 이 정도면 충분히 먹고살 수 있을 거야, 집은 그냥 네가 알아서 처분해. 남자는 물려받은 재산의 절반을 이혼 위자료로 건넸다. 이 정도라면 은자도 흔쾌히 받아들일 터였다.

　여자 곁에 돌아왔지만 은자를 잊을 수가 없었다. 잊자, 잊어버리자, 다짐해도 이상하게 머릿속에서 은자란 단어만 새록새록 되살아날 뿐이었다. 남자는 술을 찾기 시작했다. 사범이란 양반이 뭔 술을 그리 마셔? 원생들한테 소문나면 안 좋은 거 몰라? 남자의 심정도 모르고 여자는 바가지를 긁었다. 알고 있어. 알고 있는 양반이 고주망태가 되도록 마셔대? 알았어, 오늘만 마시고 안 마실게. 오늘만, 오늘만이 안 되니깐 하는 말 아냐? 남자의 계속되는 술버릇 탓에 자주 언쟁이 벌어졌다. 하지만 취한 중에도 영우를 안고 볼을 비비면 여자는 이내 입을 닫곤 했다. 어쩌면 그게, 제 자식 사랑할 줄 아는 남자라면 다시 예전의 모습을 되찾겠거니 해서였을 것이다. 한 번 들어선 아이는 쉬 들어서는 모양이었다. 여자가 둘째 소식을 남자에게 전했다. 기뻐해야 할 소식이었지만 남자는 기쁜 표정을 지을 수 없었다. 어떤 표정이 기쁜 표정인지 까맣게 잊었을 정도로 이미 남자는 지쳐 있었다.

*

혹시 여기에 영일이 아빠 있나요? 여자는 은자가 처음 이 집에 나타나 물었을 때, 그녀를 몰라봤다. 어쩌면 은자의 얼굴에 가득 박힌 주근깨 탓이었는지 모른다. 영일이라뇨? 영우 아빠를 잘못 안 거겠죠. 여자는 그렇게 대꾸한 후에야 시험지를 받아든 학생처럼 제 심장이 두근거림을 느꼈다. 아니, 당신이 어떻게? 여자가 놀라는 그 순간에도 은자는 사내아이의 손을 꼭 쥐고 서 있었다. 눈길이 저절로 아이에게 쏠렸다. 아이의 얼굴을 보는 순간 설마, 하는 생각이 스쳤다. 영우보다 한두 살은 많아 보이는 사내아이. 녀석의 몸에 남자의 피가 돌고 있음을 직감했다. 여자는 눈앞이 아득해지는 걸 느꼈다. 눈앞에서 백팔 번지의 주소를 둔 그녀의 지붕이 내려앉았고 이어 여자의 무릎 또한 주저앉았다.

나도 미치겠어, 내 인생이 어쩌다가 이렇게 꼬이게 됐는지. 남자는 그렇게 말해놓고 한숨을 푹 내쉬었다. 그걸, 지금 나더러 들으라고 하는 말이야? 여자가 앙칼진 목소리로 되받아쳤다. 알아, 그래서 얘기하려고 했어, 근데 그게 입에서 나오지 않는 걸 어떡해? 오호라, 그러니까 그년 안 찾아왔으면 평생 숨기고 살 생각이었다? 그건 오해라고 해도 자꾸 그러네, 나도 지금 이 상황을 믿을 수 없어 괴롭고 미치겠어. 그러니 제발 너까지 이러지

마. 뭐라고? 내 인생을 불법으로 만든 주제에 이러지 말라고? 소리치지 말고 그냥 조용조용히 얘기해, 어차피 벌어진 일이야. 방금 뭐라고 그랬어, 어차피 벌어진 일? 아 씨발, 그럼 어떡해, 나더러 은자한테 가란 말이야? 되레 큰소리치는 남자의 말에 기어이 여자는 참았던 울음을 터뜨리고 말았다. 여자에게 눈물이 이렇게 일찍 당도하리라고는 예상하지 못했다. 그 눈물이 곧 침몰을 불러온다는 것은 너무도 뻔한 수순이었다. 내 운명은 내가 만들 거라고 엄마 앞에서 당당하게 외쳤던 여자. 그런 자신이 만든 운명이 겨우 이것밖에 안 된단 말인가. 남자를 죽이고 싶었다. 아니, 죽고 싶었다. 고작 이런 남자를 믿고 낯선 곳까지 따라왔다니. 어리석은 자신을 용서할 수 없었다. 생각만 해도 그냥 눈물이 주르륵 흘러내렸다. 남자가 마시던 술을 여자도 마시기 시작했다. 강해지고 싶었다. 여자 스스로 그러지 못한다면 술의 힘을 빌려서라도 강해져야만 했다. 남자는 실수 혹은 오해라는 말만 되풀이했다. 모든 걸 두 단어로 정리하려는 남자가 꼴 보기 싫었다. 여자는 결심했다. 그러려면 여자는 더 독해져야 했다. 난 절대 개새끼를 용서할 생각이 없어, 그러니 제발 내 눈앞에 띄지 마.

*

여자의 악다구니 앞에 남자는 더 이상 버틸 재간이 없었다. 오히려 터질 것이 비로소 터졌다는 후련함마저 느낄 정도였다. 남자는 일단 여자의 화가 풀릴 때까지 기다리기로 했다. 그리고 용서해준다면 평생 자신이 여자를 얼마나 사랑하는지 보여주고 싶었다. 남자는 우선 도장으로 피신해 숙식을 해결했다. 하지만 그건 남자의 단순한 기대일 뿐이었다. 아빠, 엄마가 집에 없어. 도장으로 달려온 영우의 말에 남자의 가슴에 불길함이 스쳤다. 그렇다고 아이에게 속내를 드러낼 수도 없었다. 잠시 옆집에 놀러 갔겠지, 아니면 시장에 가셨거나. 아침부터 기다렸는데도? 남자는 직감했다. 여자가 자신을 절대 용서치 않았음을. 여자가 끝내 자신의 곁을 떠났음을. 하긴 처가 아닌 동거인이라는 사실을 어떻게 받아들일 수 있을까. 남자에게 그림자가 되어버린 생. 그런 여자를 무슨 수로 막는단 말인가.

남자는 우선 여자가 갈 만한 곳부터 짚었다. 그런 다음 수강생 수송용 봉고차를 몰고 도시 곳곳을 누볐다. 어디서도 여자의 흔적을 찾을 수 없었다. 두 번 다시 가고 싶지 않았지만 이전의 완구점 거리도 헤맸다. 하지만 그곳에서조차 여자의 행방을 아는 이는 없었다. 시간이 흐를수록 마음이 노을처럼 타들어 갔다. 살아만 있다면, 살아만 있다면. 아무것도 하지 않고 가만히 있는 것이 얼마나 힘든 일인지 남자는 그제야 비로소 알게 되었다. 그러는 사이에 몇 개월이 흘렀다. 포구에서 영우 엄마를 봤다던데? 누군가 여자의 소재지를 일러주었다. 남자는 한달음에 그곳으로 내달렸다. 남자는 포구를 돌고 또 돌았다. 그러다가 허름한 식당에서 마침내 여자를 발견했다. 여자의 배는 이미 부풀대로 부풀어 있었다.

부사범에게 도장을 넘겼다. 그런 다음 다시 여자가 있는 식당을 찾았다. 정말 두 발로 걷는 기특한 개새끼군. 내 눈앞에 띄지 말라고 그랬어, 안 그랬어? 여자는 시퍼런 멍 자국을 남길 듯한 목소리를 내질렀다. 알았어. 가려고 온 거야, 그러니 마지막으로 얘기나 좀 해! 남자는 억지로 여자를 잡아 앉혔다. 그런 다음, 통장을 여자에게 내밀었다. 영우한테는 엄마가 필요해, 집으로 돌아가. 그 말을 끝으로 남자는 돌아섰다. 어디로 갈지, 이제 어떻게 해야 할지 결정된 것은 없었다. 그저 차를 몰고 달리고 또 달렸다. 몇 번이고 절벽을 향해 차를 몰고 뛰어내리고 싶은 충동이 일기도 했지만 그렇게 끝내기에는 자신의 생이 너무 억울하다는 생각이 들었다. 그래서 삶을 쉬이 포기할 수 없었다. 배가 고프면 먹고 어두워지면 트럭의 운전석에 앉아 술병과 함께 잠들었다. 그러다가 심신이 지칠 대로 지치자 고향집이 떠올랐다. 어머니의 산소라도 둘러보고 싶었다.

정말 무서운 여자였다. 은자가 고향집을 지키고 있을 줄 몰랐다. 내가 그랬지? 언젠가 오빠는 내게 돌아올 수밖에 없다고. 은자의 말에 남자는 고개를 주억이지 않을 수 없었다. 근데 하나만 묻자, 너 정말 다른 남자 만날 생각은 안 해봤냐? 알잖아, 난 오빠 외에는 아무도 속에 품은 적이 없다는 거. 참 어지간한 고집이었다. 남자는 그것을 인정하지 않을 수 없었다. 남자는 그런 은자에게 용서를 빌고 정붙이며 살고 싶었다. 하지만 은자가 살갑게 굴어도 마음은 자꾸 딱딱해져 갔다. 이부자리 속에 나란히 누워봤지만 욕정 하나 치밀지 않았다. 미안해, 여긴 아무래도 내가 있을 자리가 아닌 것 같아.

*

재첩이라는 말이 잊히지 않았다. 처가 아닌 첩이라니. 집으로 돌아가도, 돌아가지 않아도 이제 여자의 운명을 바꿀 순 없었다. 하지만 엄마의 자리까지 포기할 순 없었다. 할머니, 저 여기서 일하면 안 되나요? 아니, 그 몸으로 일을 하려고? 나야 뭐 일손이 필요하긴 하지만. 식당 노파가 얼버무리며 허락했다. 여자는 그때부터 식당일을 거들기 시작했다. 재첩을 소금물에 담가 해감을 하고, 삶아서 껍데기를 까고 부추를 썰어 넣었다. 식탁을 치우고 가스 불을 조절하고 설거지도 했다. 그런 와중에도 영우 생각이 났다. 하지만 그때마다 어금니를 깨물었다. 둘째를 밴 배는 점점 불러왔다. 제 몸 하나도 움직이기가 버거웠다. 식당으로 남자가 찾아오리라고는 생각지 못했다. 영우한테는 엄마가 필요해. 집으로 돌아가. 남자는 그 말을 끝으로 돌아섰다. 집이라니? 그깟 일공팔 번지로 돌아가라고? 여자는 코웃음을 쳤다. 하지만 식당 문을 닫고 쪽방에 몸을 뉘었을 때, 다시금 남자의 말이 떠올랐다. 왜 남자가 돌아오라가 아니라 돌아가라는 말을 한 거지? 순간 여자는 무거운 몸을 벌떡 일으키고야 말았다.

재첩의 맛이야 재첩 스스로 내는 기지. 재첩이 지 스스로 소금물에 찌끼들을 쪽 뱉어내지 않으면 아무리 양념 범벅을 쳐도 깊고 맑은 맛이 우러나질 않는 법이거든. 식당 노파가 한 말이다. 여자는 둘째를 낳자마자 재첩국 전문 식당을 열었다. 혼자라도 밥상을 차려야 했던 것이다. 여자는 비록 허름한 식당이었지만 거기서 하루를 맞고 하루를 보냈다. 혹여 한 사람이라도 식당을 찾으면 재첩국뿐만 아니라 밑반찬 하나까지도 정성을 다해 차려냈다. 최고의 장사 요령은 내 식구처럼 밥상을 차리는 정성뿐, 뭐가 더 있을까 하는 심정으로. 심지어 손님이 건네는 술잔도 마다하지 않았다. 어차피 그녀는 세컨드의 운명이었으므로. 하지만, 여자에게 닥친 현실을 받아들이기에는 그리 녹록지 않았다.

언제부터인가 여자는 두 번째가 싫어졌다. 부러 첫 번째를 고집했다. 계를 넣어도 첫 번째가 아니면 들지 않았다. 택시를 타도 첫 번째, 식당 문을 열어도 제일 일찍 문을 열어야 마음이 편했다. 줄을 서서 기다려도 두 번째면 차라리 세 번째나 꼴찌를 택할 정도였다. 심지어 전화번호에 2가 마음에 안 들어 바꾼 적도 있었다. 아이들 운동회 때, 달리기 이등을 한 날에는 종일 마음이 어수선하기도 했다. 두 번째이기를 거부한 여자의 고집 탓일까. 음식 고집만은 최고라는 소문이 안개처럼 퍼져나가기 시작했다. 여자의 식당으로만 손님들이 몰리자 이웃의 식당들이 시기하기 시작했다. 덩달아 너도 나도 재첩국 전문 식당 간판을 달고 나섰다. 그래도 손님이 뜸하자 자신들이 '원조'라는 말을 퍼뜨리며 여자를 모함하기 시작했다. 하지만 여자는 모르는 척하기로 했다. 내 새끼 아가리에 들어가는 밥만 생각하고 싶지 않아서였다. 세월이 흐르자 이웃 식당들의 노골적인 시샘도 잠잠해졌다. 늘어난 손님 덕분에 여자의 일상은 더 바빠졌다. 지금은 아무것도 그리운 게 없어, 이불 빼고는. 그 말이 그냥 입에서 흘러나올 정도였다. 그 와중에 남자의 편지가 백팔 번지로 도착하기 시작했다. 편지를 보내는 남자의 주소는 매번 달랐다. 싱가포르, 말레이시아, 남아프리카공화국의 희망봉, 에콰도르, 미국의 맨해튼. 남자의 편지를 읽고 싶지 않았다. 편지는 뜯기지 않은 채 착착 문갑 속에 쌓여갔다.

*

자네, 수리가 전문이라고 했나? 이력서를 쥔 선장이 남자를 힐 끗거리며 말했다. 그냥 전기제품을 수리했었죠, 일종의 구형 밥 솥 모델 같은 것들요. 벌크선은 그냥 선박이 아니라네. 바다 위 에 떠 있는 거대한 공장이지. 그 정도로 정밀한 부품들로 이뤄졌 으니 하나만 삐끗해도 망망대해에서 표류할 수밖에 없다는 얘기 야. 어떤가, 나와 같이 항해할 생각이 있는가. 지금 당장이라도 떠날 수 있습니다. 남자가 한 치의 머뭇거림도 없이 대답했다. 어차피 뭍을 떠나기로 한 이상 미련 같은 건 갖고 싶지 않았다. 선장이 남자를 보며 흐음, 하고 길게 호흡을 내뱉었다. 대신 이 거 하나는 알아두게, 바다는 감정의 오물이나 퍼다 버리는 곳이 아니란 걸. 선장은 남자의 속내를 읽고 있었다. 하지만 남자는 아무 대꾸도 하지 않았다.

뭍의 일을 잊으려 바다를 택했지만, 잊으려 한다고 잊히는 게 아니었다. 뭍에서 배가 멀어질수록 마음은 되레 괴롭기만 했다. 남자는 그런 마음을 달래려 술병을 끌어안았다. 하지만 잊으려

마신 술은 다른 술을 끌어들였다. 술이 없으면 갑판 위에서 버티기도 힘들 정도였다. 바다는 또 다른 사막일 뿐, 그를 위로하진 못했다. 자신을 너무 학대한 탓일까. 남자는 어느 날, 제 몸이 망가지고 있음을 알아챘다. 순간 남자는 생의 끝을 생각했다. 사랑보다 더 질긴 건 원망이다. 죽기 전에 남자는 자신을 원망하고 있을 여자를 어떤 식으로든 위로하고 싶었다. 아니, 용서를 빌고 싶었다. 그때부터 남자는 편지를 썼다. 그것만이 출렁이는 바다 위에서 할 수 있는 유일한 일이기도 했다. 원망스러워도 어쩔 수 없었다고. 다른 건 몰라도 당신을 사랑한 건 후회하지 않는다고, 당신의 잘못은 나를 사랑한 것뿐이라고. 배가 닿는 곳마다 엽서를 샀다. 바다가 남자의 주소였으므로 어차피 여자의 답장을 기대하진 않았다.

*

여자는 남자의 편지를 부러 읽지 않았다. 읽으면 약해질 것 같아서였다. 혼자라는 걸 안 손님들의 치근대는 짓도 심해졌다. 그 중에서도 한은 유달랐다. 한은 소리 없이 나타나 소리 없이 사라지는 위인이었다. 수저질 소리도 내지 않을 정도로 고요한 사람이었다. 그런 한에게 괜히 마음이 쏠렸다. 저런 남자라면 상처받지 않겠다는 생각도 들었다. 그렇게 마음이 끌려가던 어느 날,

한의 소식을 들었다. 자살이라고 했다. 부모도 모른 채 태어나 부모도 모르게 죽었다고 했다. 이 세상에 살았지만 흔적을 남기지 않은 사람. 생의 처음부터 끝까지 슬픔으로 매듭을 지은 사람. 한의 삶을 생각하자 여자는 그렇게 불행한 사람은 아니라는 생각이 들었다. 그때부터 쌓여 있던 남자의 편지를 하나하나 읽기 시작했다. 손이 부르르 떨렸고 눈물이 주르륵 터져 나왔다. 그러고 보니 여자 또한 남자를 잊은 것이 아니라 잊은 척하며 살았다는 것을 알았다.

*

한번 망가진 남자의 몸은 회복 불가능이었다. 강제 하선 명령을 받았고 병원 신세를 져야 했다. 여자로부터 답장을 받은 것은 그때였다. 남자는 기뻤다. 바다 위에 바람처럼 떠돌면서 간절히 꿈꿨던 집. 하지만 이제 돌아가기에는 병이 깊어질 대로 깊어진 다음이었다. 기력을 회복할 수 있다면 여자의 손을 꼭 쥐고 말해주고 싶었다. 당신을 만나 그래도 행복한 생이었다고. 당신은 후회하겠지만 난 절대 후회하지 않는다고. 하지만 손가락마저 움직일 힘 하나 없었다. 망망대해에서 여자를 향해 편지를 쓰던 그 힘은 다 어디로 가버린 것일까. 알 수 없었다.

*

편지 탓일까. 이상하게 눈앞이 맑아지는 느낌이었다. 마치 지금껏 어두운 공간에 갇혀 지낸 것만 같았다. 재첩의 맛이야 재첩 스스로 내는 기지. 재첩이 지 스스로 소금물에 찌꺼기들을 쪽 뱉어내지 않으면 아무리 양념 범벅을 쳐도 깊고 맑은 맛이 우러나질 않는 법이거든. 식당 노파가 한 말이 다시금 새록새록 떠올랐다. 아마 그런 이유로 둘째에게 넌지시 얘기를 꺼냈을 것이다. 미쳤어, 내가 왜 그 남자한테 가? 생전 얼굴 한번 보지 못하고 컸으니 그런 반응이야 예상했었다. 하지만 여자 혼자의 힘으로 키운 자식을 남자에게 당당하게 보여주고 싶었다. 언제 죽을지 모른다잖니, 게다가 네 오빠도 외국에서 공부 중인데. 오빠랑 내가 같아? 다른 건 또 뭐 있어, 같은 아버진데. 아버지란 말 하지 마, 엄마를 장난감처럼 취급한 개새끼잖아! 그렇다고 아버지의 흔적이 지워지니? 둘째는 어미의 역정에도 한사코 동행을 거부했다. 혼자 병원으로 향하지 않을 수 없었다. 보자기에 싼 하얀 이밥과 재첩국을 쥔 채.

남자의 심장은 여리게 파닥이고 있었다. 의사마저 이미 손을 놓은 상황이었다. 남자의 몰골은 초췌했다. 해풍에 시달린 머리카락은 거칠었으며 하얗게 바래 있었고, 피부는 윤기를 잃은 채

주름살만 가득했다. 태권도 품새를 뽐내며 옆차기를 하던 남자가 아니었다. 남자가 여자를 향해 흐릿하게 웃었다. 하지만 웃음에는 힘 하나 실려 있지 않았다. 여자는 흘낏 내려놓은 보자기를 살폈다. 숟가락을 들 힘도 없는데 밥이라니. 여자는 그제야 함께 밥을 먹는다는 것이 얼마나 소중한지 알 것 같았다. 한평생 애인이었던 남자. 이제 그 남자와의 연애질도 마감해야 한다. 여자는 남자의 손을 끌어당겨 살며시 그러쥐었다. 남자의 숨소리가 갑자기 거칠어졌다. 여자에게 남은 말이 있어 저리 숨을 거푸 내모는 것일까. 하지만 정작 남자의 입에서는 아무 말도 새어 나오지 않았다. 멀리서 앰뷸런스 소리가 울렸다. 지금쯤 소식을 전해들은 은자도 달려오고 있을 터였다. 그렇다면 이제 여자가 할 일은 다한 셈이었다. 임종 또한 어차피 애인의 몫이 아닌 아내의 몫이므로. 여자는 천천히 돌아섰다.

햐,
이거
정말

용접이란 게 말이다, 바파가 젓가락으로 낙지회를 집으며 엉뚱한 말을 뱉는다. 그렇다고 바파의 작전에 말려들 내가 아니다. 화제 돌리지 마시고, 도대체 그 꼬마가 누구냐니깐요? 내가 따지듯 대들자 바파의 언성이 높아진다. 네 동생이라고 얘기했잖냐! 그러니깐 콘돔 사용법도 잊어버릴 정도로 나이가 들었다는 말씀입니까? 콘돔은 평생 사용할 필요가 없다, 너 낳고 정관수술 해버렸으니까. 그런 사람이 애를 어떻게 낳아요? 풀렸단다, 옛날에는 죄다 묶는 시술이었거든. 이거 정말 미치고 환장하겠다, 그렇다고 무조건 동생이니까 믿으라니 답답한 속을 꺼내 보일 수도 없고. 사실, 인도네시아에 있을 때 바파가 새장가를 들어 감동적인 노후를 보내는 중이라는 말은 들었다. 그랬기에 마음속으로 축전까지 띄웠다. 한데 집에 돌아오니 단단히 묶어놓은 여자는 없고 천둥처럼 굴러다니는 어린 꼬마뿐이라니. 눈앞의 상황에 아연할 뿐이다. 그럼 하나만 더 묻죠, 새 부인은 언제 소개해주실 건가요? 너가 개 엄마를 소개받아 뭐하게? 알아요, 제가 관여할 바 아니라는 걸. 하지만 박 기사님도 정년퇴직을 앞둔 나이시잖아요. 그래서? 그래서 더 늦기 전에 다시 생각을 해보시라, 그 말이죠. 굳이 비싼 돈까지 들여가면서 파출부 아줌마까지 쓸 필요가 있나 싶어서요. 그럼 상우는 어쩌고? 혹시 머리에 치매가 살짝 얹히신 건 아니죠? 아직 멀쩡하다. 그럼 생각해보세요, 양육비 주는 게 나은지 지금 현재가 유익한지. 바파는 불편한 심기를 괄약근에 힘을 주고 참는지 흐흡, 하는 된소리를 내더니 다시 접시를 향해 젓가락을 뻗는다. 젓가락이 닿자 죽은 듯이 있던 다리들이 꿈틀댄다. 바파는 집요하게 접시에 붙은 다리를 떼어내려 한다. 하지만 토막 난 낙지의 저항도 만만찮다. 저렇게 팽팽하게 나간다면 어쩌면 오늘 내로 바파의 입에 한 토막도 넣지 못할지 모른다. 근데 아무리 생각해도 이상하다. 바파가 언제부터 저렇게 끔찍한 낙지회를 좋아한 걸까. '바다의 인삼'이 해삼이라면 '갯벌의 산삼'이 낙지라더니 어디서 그런 말이라도 들은 것일까. 아니면 화상을 입은 다음이었을까. 오늘따라 바파 얼굴의 화상 자국이 이물스럽게 느껴진다.

뭐라고? 동생이 생겼다고? 수향이 놀랍다는 듯이 수화기 속에서 소리친다. 얼마나 소리가 큰지 옆에서 확성기로 외치는 기분이다. 그렇게 됐네요. 내가 시무룩하게 대꾸한다. 그럼, 니네 아빠가 그 연세에도 불구하고 사고 치셨다는 거야? 딴은 그래, 문제는 부인이 행방불명 상태라는 거지만. 부인이 어떻게 됐는데? 그걸 알면 덜 답답하지, 이거야 원 말을 않으니. 혹시 아직 갓난아기는 아니겠지? 내가 떠나고 바로 사고 치신 모양이야. 벌써 일곱 살이나 됐어. 와, 그럼 다 키웠네. 니네 아빠 엄청 고생하셨겠다야. 내가 결혼해서 아이를 낳아 길러도 기를 나이에 동생이라니, 쯧쯧. 암튼 축하해. 축하할 일이 아니라니까 그러네? 야, 출산율 떨어지는 이때에 아이 낳으면 그게 예사 애국심이냐? 그만해라, 심수향! 근데 남자야, 여자야? 생식기가 나랑 같아. 와우, 그럼 그 집엔 '올' 수컷뿐이네? 그럼 집안일은 대체 누가 하는 거야? 밥하고 빨래하고 설거지하고 청소하고 여자 손 필요한 게 한두 가지가 아닌데? 그러니깐 총체적으로 복잡하게 가정사가 꼬였다고 했잖아. 그럼, 그 이유 땜에 오늘 못 나오는 거야? 난 그딴 가정사에 관심 없다는 거 잘 알잖아. 그럼 후딱 와, 보고 싶어 숨넘어가기 직전이니까.

여기, 한 시간 전까지 위위, 울던 놈으로 삼 인분요! 내가 자리에 앉자마자 수향이 기다렸다는 듯 소리친다. 그러자 식당 주인인 듯한 남자가 예예, 하며 되받는다. 꽤나 자주 찾는 고깃집인 모양이다. 근데 위위, 울던 놈이라니? 소나 돼지 같은 네 발 달린 짐승이 아니고 날개 달린 거위라도 시킨 건가. 메뉴판을 살펴도 그런 건 보이지 않는다. 내 눈치를 간파한 것일까. 수향이 머리를 바투 내 앞으로 내밀며 묻는다. 넌 돼지가 어떻게 운다고 생각해? 그거야 당연히 꿀꿀, 하고 울지. 아냐, 여기 있는 돼지는 전부 위위, 하고 울던 놈들이야. 무슨 말인가 싶어 내 눈이 커진다. 그러자 다시 수향이 입을 연다. 병신, 돼지가 죽을 때 어떻게 우는지 생각해봐. 그제야 나도 모르게 피식 웃음이 터진다. 죽지 않으려 바동거릴 때 내던 소리가 위위, 였음을 알아챘으니까. 근데 이상하다. 왜 하필 분위기 좋은 레스토랑 같은 곳도 아닌 이런 식당으로 나를 이끈 것일까. 아무리 육질이 싱싱하다고 해도 귀국 첫 만남 자리에서 돼지고기를 우걱우걱 씹는 것은 좀 뭣하지 않은가. 종업원이 다가와 세팅을 한다. 순식간에 고기가 지글지글 익어가고 소주잔까지 채워진다. 자, 수향이 잔을 들며 소리친다. 앞으로 무궁한 너의 고공 행진을 위하여, 위위!

내 인생이 위위, 하고 고공 행진이 가능하긴 한 것일까. 그랬다면 회사에서 해외법인을 통폐합하는 절차를 밟지는 않았겠지. 게다가 회사에서는 재정 건강도의 악화를 내세우며 인적 대수술을 감행한다는 소문까지 파다하니 말이다. 그런 불안함을 혹여 바파에게 들킬까 노심에 초사 중인데, 수향이는 그것도 모르고 위위, 소리만 외쳐댄다. 그 바람에 귀국 환영 만찬 자리가 가시

방석이 되고 말았다. 그래서일까. 집으로 돌아오는 발걸음이 귀국 후 최고로 무겁다. 현관문을 민다. 집 안이 숲 속의 절간처럼 조용하다. 바파는 용접 기술을 익히느라 늦는다고 했으니 아직 귀가하지 않았을 것이다. 그렇다면 파출부 아줌마도 퇴근한 것일까. 하긴 아줌마도 퇴근할 시각이 지나긴 했다. 고요해서 그럴까, 아니면 습관 탓일까. 나도 모르게 눈길이 누나의 방으로 쏠린다. 예전 같았으면 누나 나 왔어, 하고 외쳤을 것이다. 그때 누나의 방에서 딱딱, 하는 소리가 들린다. 저절로 귀가 솔깃해진다. 그 꼬마 녀석이 혼자서 무슨 짓을 하고 있는 거지? 문을 슬며시 연다. 녀석이 방바닥에 앉아 놀이에 빠져 있다. 너, 지금 여기서 뭐 하는 거냐? 보면 몰라, 살구놀이 배우는 중이지. 그걸 누가 몰라서 묻냐, 그따위 살구놀이를 왜 방에서 하냔 말이야? 밖에 나가기 싫으니까. 녀석이 제법 당돌하게 나온다. 같은 또래의 아이들과는 다른 것 같다. 밖에 나가기 싫다고 그런 걸 방에서 하면 바닥에 기스 나잖아, 인마! 안 나는데? 안 나기는, 바파가 뭐라고 안 하디? 아니, 안 하던걸? 갑자기 머리에서 뭐가 빡, 올라온다. 이런 '빵구똥구' 같은 상황이라니. 저런 녀석이라면 녀석을 만들 때 분명히 박 기사가 딴생각을 한 게 틀림없다. 안 그랬으면 저런 별종이 태어날 리 없다. 이 몸은 절대 그런 꼴은 못 본다. 당장 치워! 된고함을 지르고서는 터벌터벌 이 층으로 향한다. 방으로 들어와도 내 방에 온 것 같지가 않다. 여기서 뒹굴며 고등학교와 대학교까지 다녔다는 게 믿기지 않을 정도다. 그때만 해도 이렇게 분위기가 삭막하진 않았다. 갑자기 남의 집에 온 것 같다. 어머니야 일찍 돌아가셨으니 그렇다손 치더라도 누나는 왜 사고를 당한 걸까. 나도 모르게 고개를 내젓는다. 방구석에 채 풀지 못한 짐들이 놓여 있다.

바파가 돌아오는 모양이다. 트르르, 트르르, 대문 앞에서 오토바이 소리가 난다. 그 소리가 마치 재봉틀 바늘로 내 머리통을 박아대는 듯하다. 헬멧에 눌린 몇 가닥 남지 않은 머리카락과 작업복 차림에 내 미간이 구겨진다. 그래도 바파는 엉뚱한 소리를 지른다. 오, 사랑하는 우리집 남자들, 잘 지냈어? 그러고 보니 바파의 얼굴이 온통 새빨갛다. 마치 오토바이가 아니라 소방차를 끌고 온 것만 같다. 이 나라에서는 오토바이는 음주 운전해도 괜찮나 보죠? 누나 탓일까, 나도 모르게 이죽거리는 소리가 터진다. 요 앞에서 잠깐 몰고 왔다. 꼬마도 있는 가장이 아이를 위해서 모범을 보여야 하지 않나요? 넌 집에 온 이유가 시비 걸기 위해서냐? 시비는요, 준법정신을 가진 시민으로서 할 말을 하는 거죠? 알았다, 모범적인 시민으로 주민 센터에 상신이라도 하마. 그러더니 고개를 돌려 녀석을 바라본다. 상우야, 아빠가 모처럼 술 한잔 마셨다, 넌 괜찮지? 그치? 바파가 녀석을 끌어안고 뽀뽀까지 한다. 풋내와 쉰내의 긴급 회동이라. 정말 코허리가

41
하, 이거 정말

시어 더 이상 지켜보지 못하겠다. 근데 하나만 물어볼게요. 바파가 눈을 치뜨며 나를 돌아본다. 오토바이는 언제까지 끌고 다닐 생각인가요? 왜, 누가 뭐라던? 희끗한 머리의 연세를 생각한다면 최소 검정색 중고 그랜저라도 타야 어울릴 것 같아서요. 교통 체증에 이만한 교통수단도 없다, 게다가 좁은 길로 질러오니 통근 시간도 줄어들고. 알았어요, 그러면 그러시든가, 대신 어디 가서 제 아버지라고는 말하지 마세요. 그럴 일이야 어디 있겠냐? 제 말은 혹시 그런 일이 있으면 앞으로도 계속 그러시라는 뜻입니다. 바파가 말꼬리를 잡기 전에 나는 휑하니 방으로 올라가 버린다.

아침부터 녀석은 거실 한가운데에서 또 살구놀이를 하는 중이다. 녀석이 좀 이상하다. 또래 아이들처럼 컴퓨터 게임이나 이런 걸 좋아하지 않고 왜 이따위 놀이에만 매달리는 것일까. 개수대 앞에서 설거지를 하고 있는 파출부 아줌마가 보인다. 아줌마, 쟤 좀 말리지 않고 뭐하세요? 아줌마가 녀석의 살구놀이를 말리기는커녕 나를 뚫어져라 쳐다보기만 한다. 방바닥뿐만 아니라 거실 바닥에 흠집 나잖아요, 왜 저딴 짓을 그냥 내버려두냐고요! 아줌마가 시큰둥하게 대꾸한다. 제 업무는 개수대 위에 있어요, 사랑의 매까지 들 권한을 제게 부여한 건 아니잖아요? 아줌마가 되레 나를 쏘아본다. 틀린 말이 아니다. 그렇다고 녀석을 그냥 방치할 수도 없는 법 아닌가. 내가 녀석을 향해 목청을 높인다. 야, 너 그 짓 하고 싶으면 밖에 나가서 해! 아빠가 해도 됐댔어. 나는 절대 허락할 수 없어! 치, 그런 게 어딨어? 녀석은 살구를 집더니 제 방으로 쏙 들어가버린다. 녀석의 행티에 나도 모르게 눈꼬리가 올라간다. 근데 나는 왜 저 녀석을 보면 속이 꼬이는 것일까. 사소한 것, 아니 사소하다 못해 '사사소소'한 행동에 말이다. 내 신경이 예민해져 그런 것일까. 식사 준비할까요? 아침이 제법 늦었는데. 아줌마가 묻는다. 이젠 이 집 음식 안 먹는다는 거, 아실 때도 된 것 같은데요? 참, 깜박했네요. 먹고 싶을 때 말하세요, 언제든지 상 차릴 임무는 제게 있으니까요. 아줌마가 멈췄던 손을 움직이기 시작한다. 볼 때마다 느끼는 것이지만 아줌마가 파출부로서는 너무 젊은 나이다. 저 정도라면 바파가 또 동생 하나를 만들려고 욕심낼지 모르겠다. 혹시 박 기사님에 대해 어떻게 생각하세요? 아줌마가 웬 뜬금없는 질문이냐는 듯이 나를 돌아본다. 대단하신 분이긴 하죠, 하지만 저야 뭐 있는 자식만 생각해도 어깨가 무거워 미칠 지경이랍니다. 대답하는 모양새가 능청스럽다. 그런 면이 있다는 건 능히 일 년 뒤에 동생을 소개할 소지가 다분하다는 얘기다. 그때 아줌마가 힐끗 거실의 벽시계를 바라본다. 상우야, 차 올 시간 됐다! 잠시 뒤, 녀석이 가방을 메고 거실로 나온다. 아무래도 아줌마가 녀석의 엄마 같기만 하다.

이게 무슨 소리지? 꽈당, 하는 소리에 이어 비명 소리가 터진다. 무슨 일인가 놀라 재빨리 아래층으로 향한다. 거실 바닥에 쪼그리고 앉아 있는 아줌마가 보인다. 얼굴색이 노란 국화꽃이다. 왜 그러세요? 내가 물어도 아줌마는 오른팔을 감싼 채 끙끙 앓아댈 뿐이다. 팔을 심하게 다친 모양이다. 혹시 병원에 가봐야 하는 거 아니에요? 그제야 아줌마가 앓는 소리를 내며 입을 연다. 괜찮아요, 이런 일이야 상우 때문에 흔한걸요, 뭐. 그러고 보니 거실 바닥에 물기가 흥건하다. 냉장고에서 물을 꺼내 먹다가 흘린 모양이다. 하긴 녀석은 음식물을 들고 거실이며 방을 오가며 먹는다. 그러다 보니 본의 아니게 다른 사람이 피해를 입기도 한다. 근데 아줌마가 일어서는 품이 이상하다. 허리까지 무리가 간 모양이다. 내가 입을 연다. 아무래도 병원에 가보는 게 좋을 것 같은데요? 그러자 아줌마가 대꾸한다. 그래야 할 것 같네요, 앉아 있을 땐 모르겠더니 이거 팔이며 허리까지 쑤셔오네요, 어이쿠! 병원 갈 채비를 챙긴 다음 아줌마를 부축한다. 생각보다 심각한지 아줌마는 발을 내디딜 때마다 끙끙, 앓는 소리를 낸다. 겨우 대문을 벗어나 큰길로 향한다. 빈 택시 한 대가 멀리서 오는 게 보인다. 됐어요, 상우 놀다가 들어올 시간이니 얼른 들어가세요. 그래도 환자잖아요, 병원까지 모실게요. 일없어요, 그나저나 깁스라도 해야 할 판인데 당장 내일부터 집안일을 어쩌죠?

아줌마는 택시를 타고 병원으로 동행할 때까지 걱정이다.

병원에서 돌아오니 거실이 엉망이다. 살구를 얼마나 많이 갖고 있는지 모으면 한 가마는 나오겠다. 근데 식탁은 더 가관이다. 집에서 동네 아이들을 단체로 끌고 와 급식 봉사라도 했는지, 식탁 위에 콘플레이크며 우유가 죄다 호출돼 진을 치고 있다. 아줌마의 존재감이 실감 난다. 집구석을 엉망으로 해놓고서 녀석은 그림자도 보이지 않는다. 배 속을 급충전이라도 하고 또 어디 근처 교회 놀이터로 나간 것일까. 그때, 이 층에서 아이들 목소리가 들린다. 나도 모르게 귀가 쫑긋 선다. 이 녀석들이 거실을 포기하고 내 방을 놀이터로 삼은 모양이다. 나도 모르게 서둘러 이 층으로 올라간다. 살릴 수 있어? 살릴 테니 잠깐만 기다려봐. 엉? 이게 무슨 소린가? 방문을 여니 이게 웬걸. 책상 위에 놓아둔 식빵과 소시지 같은 간식류는 이미 행적을 감춘 지 오래고, 방구석에 고스란히 모셔둔 캐리어까지 사정없이 절개를 시켜놓았다. 아이들 앞에 고스란히 드러난 내 지구 생활의 잡동사니들. 순간 내 얼굴이 후끈 달아오른다. 녀석들을 한 줄로 세워놓고 지붕이 뚫릴 정도로 '하이킥'이라도 날려버리고 싶다. 이 자식들 당장 안 꺼져! 아이들이 도망치듯 방을 빠져나간다. 한데 아이들이 빠져나간 방바닥에 무언가 놓여 있다. 바로 내가 아끼는 조립식 라디오. 도둑고양이처럼 빠져나가려는 녀석의 뒷덜미를 잡아챈다. 너, 이 자식. 이건 왜 꺼냈어? 여기 그냥 있던데? 녀석의 입에 거짓말이 찰싹 달라붙었다. 다시 묻는다, 누가 이걸 꺼냈어? 그제야 변명조로 나온다. 난 안 그랬어. 근데 멀쩡하던 라디오가 왜 소리가 안 나? 그냥 갑자기 소리가 안 나왔어, 진짜 라고! 녀석은 모른다. 내가 이 라디오를 얼마나 아끼고 소중히 간직하는 줄을. 누나가 이 라디오를 들으며 얼마나 깊은 외로움을 달래곤 했는지를. 지금 당장 고쳐놔, 안 그러면 내 누나가 먼저 널 용서치 않을 테니깐!

목소리가 왜 그래? 무슨 일 있어? 아니 그냥 좀, 근데 넌 근무시간에 웬 전화냐? 응, 나 제수용품 구입하러 시장에 나왔거든. 야, 혼자 사는 여자가 무슨 제사를 다 지내? 물고기 제사 때문에. 물고기 제사? 응, 실험용으로 희생된 물고기들을 위해 일 년에 한 번 연구원에서 합동제사를 지내거든. 그럼, 제사상 보는 것도 네 업무야? 직장에서 정해진 자기 업무가 어딨냐, 그냥 시키면 그게 다 업무지. 업무 따지다간 모가지다, 너? 그래서 어쩔 수 없이 업무차 시장으로 출장을 나오셨다? 응, 나올래? 카레라도 사줄게. 오늘은 그냥 쉬고 싶어. 왜, 아직 생활리듬이 회복되지 않은 거야? 모르겠어, 날씨도 너무 춥고, 막혔던 귀까지 트여 그런지 조용히 있고 싶네. 태평양 한가운데에 있다가 온 후유증이 좀 심한 거 아니니? 거기 있을 땐 여기가 그립더니 막상 돌아오니 거기가 그리워져. 그래서 또 도망치려고? 아니, 도망갈 이유도 없다고 얘기했잖아. 그래? 난 또. 암튼 오늘은 푹 쉬어. 알았어.

오토바이 소리가 난다. 나이와 소셜 포지션에 맞지 않게 실용성만 강조하는 고집스러운 남자. 자신의 생애에서 넥타이가 가장 거리가 멀다는 사람. 그렇다면 내다보지 않아도 훤하다. 지금 어떤 모습으로 대문을 들어서는지. 현관문 열리는 소리가 난다. 아빠 왔다! 오늘따라 녀석이 대꾸하는 소리가 없다. 밖에 놀러 나가 돌아오지 않은 건가. 나는 낮잠이라도 든 척 돌아누워 눈을 감는다. 아빠 왔다니까 상우야! 녀석을 찾는 바파의 목소리가 계속된다. 잠시 뒤, 이 층 계단을 밟는 소리가 울린다. 그러거나 말거나 나는 침대 위에 석고상처럼 누워 꼼짝하지 않는다. 방문이 열린다. 혹시 상우 못 봤냐? 허락 없이 문 여는 거, 제가 싫어한다는 거 잊지 않으셨죠? 글쎄, 상우 못 봤냐니깐. 너무 상우를 끼고 살지 마세요, 걔도 자유롭게 뛰어놀아야 할 나이잖아요. 놀 시간이 지났으니깐 하는 얘기지, 넌 이 근처에서 유아 납치 사건이 있었다는 말도 못 들었냐? 바파가 돌아서서 사정없이 문을 닫아버린다. 잠시 뒤, 거실에서 어디 전화를 거는지 두런거리는 소리가 들린다. 그러더니 이내 오토바이 소리가 다시 난다. 정말 인내 하나는 절대적으로 부족한, 못 말리는 부성애다.

방문이 몸살이라도 앓겠다. 바파는 방에 들어서자마자 숨을 올려 쉬고 내려 쉬곤 하더니 입을 연다. 얘기 좀 하자, 여기서 할까, 내려가서 할까? 그냥 여기서 얘기하세요. 너, 다시 집에 온 이유가 뭐냐? 그냥 휴가차 온 거예요. 그런 놈이 이삿짐을 꾸리듯이 바리바리 싸서 와? 속이 뜨끔하다. 하지만 속내를 드러내고 싶지 않다. 하고 싶은 말씀이 겨우 그거예요? 상우에게 꼭 그렇게 대해야겠냐? 그럼, 저더러 형제애를 박박 긁어모아 대해주란 말이에요? 바파의 눈길이 잠시 허공으로 떠올랐다가 내려앉는다. 넌 이딴 게 그리 소중하냐? 동생을 거리로 내몰 정도로? 바파의 손에는 고장 난 라디오가 쥐여 있다. 저를 그런 매정한 놈으로밖에 안 보시는 거예요? 그럼 상우가 왜 이걸 들고 거리에서 길을 잃어먹냐? 나도 모르게 답답해져 한숨만 나올 뿐이다. 너도 알다시피 아비의 유통기한이 낼모레다. 다행스럽게 동기 한 놈이 조선소 하청업체를 경영하고 있는데…… . 그래서 고공 타워 크레인 기사 연봉을 포기하고 용접봉을 들겠다 그겁니까? 꼭 그런 건 아니다, 그냥 네가 온다니까 이상하게 그때부터 용접 기술을 배우고 싶더라. 그것보다 내가 하고픈 말은…… . 바파가 말을 삼키자 난 저절로 침이 넘어간다. 집에 있는 동안만이라도 형답게 굴었으면 좋겠구나. 그건 제게 강요할 문제는 아닌 것 같은데요? 이건 강요의 문제가 아니다. 그럼 왜 누나에겐 박 기사님의 생각을 강요했죠? 또 누나 얘기를 해야겠니? 누나를 잊고 싶은 건 아니겠죠? 바파가 낮게 긴 숨을 내몬다. 누나 때문에 넌 아직도 이 아비를 원망하고 있구나. 네, 하고 대답하고 싶었다. 하지만 나는 대답 대신 침만 꿀꺽, 삼킨다. 네 누나를 어찌 잊겠니? 정말이지 네 누나가 그럴 될 줄은 몰랐다. 그게 다 박 기사님의 집착 탓이죠. 누나는 원래 혼자 있는 걸 좋아했어요, 라디오를 듣거나 책을 읽으면서. 그래서 친구들이랑 어울리라고 수학여행을 보낸 거 아니냐? 가고 싶지 않은 사람을 왜 억지로 오토바이에 태워 출발지까지 갔냐고요? 누가 버스가 전복될 걸 알고 그랬겠냐? 죽고 싶은 심정으로 끌려갔으니 죽지 않으리란 보장은 없죠. 너랑 더 이상 얘기하고 싶지 않구나. 바파가 콧등을 잔뜩 구긴 채 방을 빠져나간다.

뭐, 저더러 갯벌 체험에 동행하라고요? 이건 사람 불러 앉혀놓고 무조건 팔 비트는 꼴이다. 그러니 목에서 멱따는 소리가 날 수밖에. 한데 바파는 태연하기만 하다. 그럼 어쩌냐, 아줌마마저 저리 병원에 누웠는데? 그럼 그냥 보내세요, 녀석 혼자 가는 것도 아니고. 요즘 세상이 얼마나 무서운지 아냐? 얼마 전에도 집 근처에서 유아 납치 사건이 발생했다고 얘기했잖니? 그렇다고 제가 왜 녀석을 따라가야 하나요? 누가 따라가라냐, 그냥 데리고 가달라는 거지. 그게 그거잖아요. 정 불안하면 박 기사님이 결근하고 따라가시든지요. 넌 그게 말이 된다고 생각하냐? 저 오늘 바빠요, 수향과 약속이 있거든요. 누가 못 만나게 하냐, 약속 조금만 늦추라는 거지. 대화가 거듭될수록 답답함만 쌓인다. 이렇게 자기 생각만 하니 다른 사람이 버틸 재간이 있을까. 아, 이 난관을 어쩜담. 그렇다고 저 녀석을 담배꽁초처럼 슬그머니 갯벌에 던져놓고 돌아올 수도 없지 않은가. 머리가 대폭발이라도 일으킬 것 같다. 졸지에 녀석의 보호자가 되어야 하다니. 그렇다고 계속 거부하자니 거절의 요건이 마땅찮다. 바파의 말처럼 어차피 집구석에서 한가한 놈은 나밖에 없으니까. 생각의 평수를 넓혀봐도 빠져나갈 만한 뾰족한 묘안이 떠오르지 않는다. 그래서 단념했다. 오늘 딱 하루만 미친개가 되기로 말이다.

녀석의 손을 끌고 큰길로 나선다. 유치원 버스가 서는 곳에 도착하니 같은 원복을 입은 여자애가 서 있다. 그것도 하필 제 엄마인 듯한 여자의 손을 잡고서. 안녕, 박상우! 여자애가 알은체를 한다. 그러자 손을 잡고 서 있던 여자가 목례를 한다. 안녕하세요, 상우 아빠신 모양이죠? 난감하다. 그렇다고 할 수도 없고 아니라고도 할 수 없다. 그때, 녀석이 실개천처럼 명랑한 소리를 내며 나선다. 아빠가 아니고 우리 형이에요. 여자의 눈이 커진다. 여자애도 믿기지 않는다는 듯이 되묻는다. 이 아저씨가 네 형이라고? 여자애가 의아한 눈으로 나를 뚫어져라 쳐다본다. 하긴 여자애의 눈이 잘못된 건 아니다. 아빠라면 몰라도 형이라니 어찌 믿을 수가 있을까. 아저씨, 진짜 상우 형이에요? 얼떨결에 내가 응, 하고 고개까지 주억인다. 그러자 여자애가 더 당돌하게 나온다. 아저씨 나이는 몇 살이에요? 그건 왜 물어? 우리 아빠보다 늙었으니깐요. 하긴 여자애의 말이 맞을지 모른다. 내가 친구들처럼 장가만 갔더라도 녀석보다 큰 아이가 두엇은 더 있을 테니까. 한데 이건 또 무슨 일이람. 젊은 여자 한 명이 또 사내아이의 손을 잡고 나타난다. 이거 정말 미치겠다. 아마 누가 내 표정을 봤다면 갯벌이 아니라 장례식장이라도 가는 줄 알겠다. 어머, 오늘은 어떻게 상우 할아버지가 아니고 아빠가 나오셨네요? 그때 녀석이 또 나선다. 우리 아빠가 아니라 형이라니깐요! 그러자 젊은 여자가 금세 눈동자가 튀어나올 듯한 표정을 짓는다. 아, 예. 아마 상우가 하는 말이 틀리진 않을 겁니다. 암튼 오늘 잘 좀 부탁드릴게요. 다행스럽게 멀리서 노란 유치원 버스가 달려온다. 버스 옆에는 갯벌 체험 학습이라고 쓰인 큼지막한 플래카드까지 붙어 있다. 버스가 서고 사람들이 하나둘 오르기 시작한다. 버스에 오르니 더 황당하다. 타고 있는 어른들이 죄다 여자들뿐이다. 갑자기 여탕이라도 들어선 듯 얼굴이 화끈거린다. 어디 구석진 자리라도 없나 싶은데 빈자리조차 눈에 띄지 않는다. 청일점으로 등장한 나를 보자 젊은 엄마들이 힐끔거리더니 수군거린다. 하긴 제 눈에는 신기할 것이다. 한창 직장에서 열심히 돈 벌시간에 무슨 실업자도 아니고 나이 지긋한 남자가 보호자로 나섰으니 말이다. 그렇다고, 실은 그게 말입니다, 하며 시시콜콜, 이러쿵저러쿵, 미주알고주알 다 말해줄 수도 없는 처지 아닌가. 그래서 꾸욱, 참기로 한다. 어차피 하루면 모든 게 끝이니까.

자, 지금부터 갯벌 체험을 시작할 건데요, 어머님께서도 같이 안전사고에 유념하시면서, 살아 있는 바다 체험이 될 수 있도록 도와주세요. 유치원 원장인 듯한 여자가 일장 훈시를 한다. 묻힌 조개보다 녹슨 깡통이 더 많은 곳에서 무슨 체험이람. 차라리 환경운동을 하는 게 낫지. 내가 투덜거리는 와중에도 아이들은 들떠서 소란을 피우며 난리다. 녀석은 죽은 나무처럼 어깨만 늘어뜨리고 있다. 눈치가 예사롭지 않다. 하긴 누구는 엄마가 왔는데 아빠도 아니고 형이 왔으니 무슨 흥이 일까. 나는 부러 녀석의 어깨를 톡톡, 친다. 왔으면 재미있게 놀아, 인마. 엄마의 손을 잡은 아이들이 하나둘 갯벌로 흩어지기 시작한다. 우리도 장비를 챙겨 움직이기 시작한다. 너, 바다 몇 번이나 와봤냐? 대답이 없다. 햐, 그 자식, 생각보다 까다롭게 군다. 바다는 지구상의 칠십 퍼센트를 차지해, 그래서 바닷길을 이용하면 이 지구 어디든 갈 수 있어. 땅으로도 멀리 갈 수 있는데? 입이 한 자나 나와 있던 녀석이 드디어 입질을 시작한다. 육지는 짧은 길을 오갈 뿐, 먼 나라는 바다를 통하지 않으면 못 갔어. 형이 근무하던 인도네시아도 옛날에는 걸어서 갈 수가 없는 나라였지. 형은 거기서 뭐

52
챔피언

했어? 뭐, 바다에서 잡은 생선을 보관하기도 하고 팔기도 하고 그랬지. 근데 왜 돌아왔어? 생선 장사가 잘 안 돼서. 그럼 이제 못 가는 거야? 아니, 갈 수도 있고 안 갈 수도 있어. 그게 무슨 말이야? 그러니까 본의 아니게 몹쓸 회사가 고민하게 만들었다는 얘기야. 녀석에게 그렇게 대꾸했지만 마음이 불안한 건 사실이다. 그나저나 구조조정의 태풍이 나를 피해갈지 쓸고 갈지, 그것만이 걱정이다.

안 되는 놈은 자빠져도 코가 깨진다더니 이건 또 무슨 일이람. 바파의 전화번호가 떠서 받았더니 고생한다는 말은 빼고 급히 울산에 가는 중이란다. 갑자기 그쪽 하늘이 무너지기라도 했단 말인가. 그렇지 않고서야 어떻게 고공 크레인 기사가 119구조대처럼 달려간단 말인가. 가서 땅에 떨어진 하늘이라도 들어 올려야 한다면 또 몰라. 도무지 바파의 꿍심을 알 수가 없다. 졸지에 전화 한 방에 내 오후 스케줄이 배배 꼬이고 만다. 녀석 꼴도 보기 싫다. 고작 내가 할 수 있는 일이라고는 먼바다만 바라보며 한숨만 보탤 수밖에. 녀석이 무너진 내 속마음도 모른 채 소리친다. 형, 이게 뭐야? 흘겨보니 녀석이 길쭉한 물체를 더러운 똥 만지듯 거머쥔 채 서 있다. 지렁이야, 그냥 버려! 나는 성가신 듯 다시 먼바다 쪽으로 눈길을 돌린다. 이거, 지렁이가 아닌 것 같은데? 녀석은 버릴 생각은 않고 되레 나를 향해 달려오기까지 한다. 이게 지렁이라고? 눈앞에 디민 걸 보는 순간 나도 모르게 눈이 커진다. 어? 이, 이걸, 어디서 주웠냐? 그냥, 갯벌 속에 있었어. 녀석이 쥐고 있는 건 분명 목걸이다. 그것도 황금빛이 그대로 살아 있는. 나는 재빨리 주위를 둘러본다. 그런 다음 녀석을 향해 환하게 웃는다. 너, 오늘 진짜 대형사고 터뜨렸다? 나는 재빨리 바지 주머니에 목걸이를 집어넣는다. 그러자 녀석이 고개를 갸웃거린다. 형, 내가 잡은 걸 왜 형이 가져가? 얼른 주위를 둘러본 뒤 녀석에게 말한다. 이건 가져가는 게 아니고 잠시 보관하는 거야. 남의 물건은 선생님이 주인한테 돌려줘야 된다고 했는데? 그거야 이론상 맞지, 하지만 여기 이렇게 사람이 많은데 주인이 누군지 어떻게 알아? 녀석이 자문이라도 구할 요량인지 선생님 쪽으로 고개를 돌린다. 야야, 상우야. 내가 비굴 모드로 녀석을 어른다. 이런 물건은 주인을 못 찾으면 불쌍한 사람한테 주면 돼. 불쌍한 사람? 응, 내가 알고 있는 불쌍한 여자가 하나 있거든. 아마 그 여자한테 주면 상우 너한테 맛있는 것도 사줄걸? 녀석은 이해할 수 없다는 복잡한 표정이다.

웬일이야, 네가 먼저 전화를 다 하고? 수향이 수화기 너머에서 놀랍다는 소리를 낸다. 하긴 그럴 것이다. 나 또한 먼저 전화할 생각은 못 했으니까. 오늘 보모 노릇하다가 갯벌에서 대단한 보물을 발견했어. 설마 해적이 잃어버린 보물 지도를 발견한 건 아니겠지? 아주 근사한 물건을 발견했는데 녀석이 너한테 선물하고 싶다는군. 그 말 나를 놀리려는 말이야, 놀라게 하려는 말이야? 아무튼 전반적인 상황이 그렇게 꼬였어, 넌 그냥 수저 하나만 더 준비하면 돼. 준비하라면 하겠지만 아직 근무 중인데 어쩌지? 요즘 연구소 분위기가 그래서 말야. 괜찮아, 우리도 목욕탕 가는 중이야. 그래, 낯선 사람끼리 빨리 친해지는 방법이 목욕이라니까 나쁜 생각은 아니네. 친하고 싶어서 하는 목욕은 아냐, 단지 체험의 흔적을 제거하기 위해 한시적으로 동행할 뿐이지. 어쨌든 오늘 기분 만개했으니까 나중에 같이 집으로 와. 오케이!

형! 녀석이 큰 소리로 나를 부른다. 얼른 주위부터 살핀다. 야, 인마! 이런 공공장소에서 소리치면 어떡하냐? 녀석은 목소리를 낮춰 다시 부른다. 난감하다. 저놈의 혓바닥을 잠시 묶어놓을 방법이 없을까. 졸지에 머리 좀 개운하게 하려고 나섰다가 체온만 상승시킨 채 돌아가게 생겼다. 왜 형은 아빠를 바파라고 불러? 내가 있던 곳에서는 그렇게 불러, '알리 바파'라고. 그게 무슨 말이야? 골치 아픈 나의 아버지, 뭐 그런 뜻이라고 보면 돼. 성가셔서 녀석을 부러 멀리 떼어놓으려 했다. 하지만 녀석은 집요하게 나를 따라다녔다. 온탕으로 가면 온탕으로 따라오고, 두고 봐라 싶어 고온탕으로 들어가도 이를 악물고 따라서 몸을 담갔다. 그래서 결국 포기했다. 빨리 때나 후딱 밀고 나가자고. 한데 녀석이 또 내 몸을 뚫어져라 살피더니 또다시 입을 연다. 형, 내 배꼽 좀 봐. 네 배꼽을 내가 왜 보냐? 아니, 보라고. 왜? 형이랑 내 배꼽이 닮았어. 눈이 삐었냐? 내가 볼 땐 하나도 안 닮았건만. 아닌데, 참외처럼 닮았는데. 애기 받아줬다간 발가락마저 닮았다고 할지 모르겠다. 빨랑 씻고 나갈 준비나 해, 불쌍한 여자 목 빠지겠다. 그래도 녀석은 제 배꼽과 내 배꼽을 번갈아 쳐다보기만 한다. 녀석이 어디서 배꼽이 인연의 매듭이란 소리를 듣기라도 했단 말인가. 알 수 없는 노릇이다.

온종일 갯벌에서 논 탓일까. 녀석은 저녁을 먹자마자 소파에 쓰러지더니 이내 잠에 빠져들었다. 자는 녀석을 둘러업기 싫어 나 또한 식탁에 앉아 와인만 축낼 뿐이다. 쟤는 자는 것도 너무 귀여워. 수향이 잠든 녀석을 힐끔거리며 입을 연다. 귀엽기는, 나한테는 귀신같은 녀석일 뿐이야. 그래도 난 저런 애라면 하나 갖고 싶은걸? 연애는 해도 결혼은 안 한다며? 그렇긴 하지, 하지만 귀여운 걸 보면 모성 호르몬이 분비되는 걸 어떡해. 와인 몇 잔 탓일까. 수향의 눈길이 뇌쇄적이다. 지금 나, 너랑 진하게 키스하고 싶어. 무슨 소리야, 양치질도 안 했는데? 난 원래 실험적인 걸 좋아하잖아? 수향이 내 손을 끌고 자신의 침실로 향한다. 문을 닫기 무섭게 수향이 내 입술을 덮친다. 수향의 성격은 여전하다. 뭐든 제가 하고 싶으면 적극적으로 대시하는. 우리는 침대

앞에서 포옹을 한 채 프렌치 키스를 감행한다. 아무리 생각해도 프랑스 사람들은 멋지다. 어떻게 상대방의 입안에 혀 넣을 생각을 다했을까. 몇 년 만에 맛보는 수향의 혀가 낯설지 않다. 수향의 입에서 야릇한 비음이 터진다. 그제야 나는 눈치챈다. 이게 바로 준비가 끝났다는 신호임을. 우리는 침대 위에 쓰러져 서로의 몸을 찾는다. 순식간에 우리는 알몸으로 변한다. 그녀의 앙증맞은 젖꼭지는 변함없이 그 자리에 그대로 있다. 아니, 조금 더 부풀어 올라 내 혀를 기다리는 중이다. 그녀의 딱딱한 젖꼭지를 닮아 내 성기도 커지고, 커지고, 점점 더 커져서 빵, 하고 터질 것만 같다. 내 몸엔 칠 년 전의 추위가 그대로 있어. 그럼 어떡하란 말이야? 네가 왔으니 다 녹여줘야지, 안 그러면 또 개새끼 되니까.

형은 마치 어항 속의 상어 같아. 집 앞 골목에서 녀석이 불쑥 입을 연다. 내가 무슨 말인지 몰라 녀석을 내려다본다. 그러니깐, 그냥 멀리서 보면 안 무서운데, 가까이 가면 무서워. 내가 툭, 쏘아붙인다. 난 상어가 아니고 착한 돌고래야, 인마! 돌고래가 아니라 상어라니까. 아, 그 자식, 도대체 내가 왜 무섭다는 거야? 음, 그냥 나를 이상한 눈으로 볼 때. 그럼, 생각지도 못한 일을 믿으라면 믿어지겠냐? 난 형을 처음 봐도 하나도 안 이상한데? 그거야 네가 어려서 그렇지. 어린 게 어른하고 뭐가 달라?

생각하는 깊이며 폭이 다르지. 어떻게? 이를테면 어른은 슬픔을 자주 느끼고 꼬마들은 기쁨을 자주 느낀다는 차이 정도? 나도 슬픔을 많이 느껴. 어떤 때? 엄마가 보고 싶을 때. 나이 많은 형이랑 아빠를 볼 때도. 엄마는 몰라도 나머지는 좀 그런걸? 녀석의 표정이 무겁다. 녀석을 미숙한 존재로만 알았더니 나이와는 달리 조숙했다. 이것도 환경 탓인가.

뭐 하세요? 응, 왜 이리 늦었냐? 바파가 나를 힐끗 쳐다보고는 다시 고개를 꺾는다. 바파의 앞에는 라디오 부품들이 놓여 있다. 그깟 조잡한 조립식 라디오는 왜 만지작거려요, 버리지 않고. 그래도 고칠 만큼은 고쳐봐야지. 얼른 올라가서 씻고 쉬어라. 바파는 다시 라디오 부품들을 들여다보기 시작한다. 조립에 착수한 지 제법 시간이 오래된 듯 표정이 진중하다. 강아지에게 날개를 달아놓은 듯, 흐릿한 눈을 하고 있던 녀석이 바파를 향해 달려간다. 그러더니 바파의 손짓 하나하나를 뚫어져라 내려다본다. 나는 두 사람을 지켜보다가 곧장 내 방으로 향한다. 집요하게 매달린 바파의 진지한 눈빛과 태도. 어릴 때는 전혀 보지 못하던 모습이다. 씻기 위해 욕실에 들어갈 때까지 바파는 라디오 수리에 매달려 있었다. 한데 다시 나오니 바파의 손에는 가정용 용접기가 쥐여 있다. 녹은 납에서 연기가 피어오르는 중이다. 그냥 버리라고 말하려다가 방으로 도로 들어온다. 한데 잠시 뒤 야호,

라디오가 살아났어, 멋진 소리가 나, 하는 녀석의 새된 소리가
울려 퍼진다. 나도 모르게 거실 쪽으로 귀가 쏠린다. 이 정도의
아빠 솜씨면 마당에 그네도 만들 수 있겠지? 하하하. 바파의 웃
음이 온 집 안에 쩌렁쩌렁하게 울린다.

낙지회를 왜 이렇게 좋아하세요? 모르겠다, 왜 좋아하게 됐는
지. 그러면서 바파는 다시 낙지회에 젓가락을 갖다 댄다. 죽은
것 같은 토막 난 낙지 다리가 다시 꿈틀댄다. 너도 먹어봐라, 이
놈이 입천장에 달라붙는 게 꼭 떨어져 나간 살점이 도로 붙는 기
분이니까. 그래서 낙지회를 좋아하나 보죠? 글쎄, 그런지도 모르
겠다. 바파는 낙지 다리를 오물거리기 시작한다. 마치 낙지 다리
에 뼈라도 숨어 있는지 아주 조심스럽게. 그래도 우둘투둘한 볼
살의 움직임은 이물스럽다. 집에 불이 났을 때 말이다. 그 말을
듣자마자 제일 먼저 반응한 것은 귀가 아니라 내 심장이다. 어찌
그 일을 잊을 수 있을까. 바파가 얼굴과 팔에 심한 화상을 입어
엉덩이 살을 떼어 얼굴에 붙이는 대수술까지 받아야 했으니까.
근데 왜 갑자기 그 얘기를 하세요? 모르겠다, 그냥 갑자기 생각
나는구나. 네 누나도 보고 싶고. 그때, 왜 우리를 깨우지 않으셨
어요? 곤히 자는 니들을 놀라게 하고 싶지 않아서다. 숨길 걸 숨
기지 그게 뭔 보석이라고 숨겨요? 네 누나가 아비 얼굴을 볼 때
마다 괴로워할까 봐. 아무튼 누나가 가스레인지 위에 냄비를 올

려놓고 그만 잠이 든 것이 화근이었다. 바파의 말을 듣는 순간, 마치 짓는 법을 잊어버린 개가 된 기분이다.

그렇다고 손해본 건 없었다. 녀석의 엄마인 예랑 씨가 조선족 여자였고, 지금은 강제 추방 당해 이곳에 없다는 사실까지 알게 되었으니까. 극단적으로 교통사고나 뭐 그런 일로 이 세상에 없을 줄 알았는데 살아 있다니 다행이었다. 합법적인 결혼을 통해 불러올 수도 있고, 일이 여의치 못하면 그냥 제 엄마의 나라로 보내는 방법도 있을 테니까. 아무튼 해결책이 전혀 없는 건 아닌 듯했다. 그래서 은근히 뒷말을 달았을 것이다. 어떻게 만났어요, 예랑 씨를? 조선소 현장에서 같이 일했다, 한데 크레인 레버를 조작하다가 쇳조각이 하필 예랑 씨에게 떨어질 줄이야. 아마 그때 내 눈이 저절로 커졌을 것이다. 화제의 물꼬는 엉뚱하게 흘러 갔다. 예랑 씨가 한국 남편과 국제결혼을 했지만 남편이 애를 되게 먹인 모양이더라. 이혼하고 상우를 데리고 살고 있는 처지였지. 근데 하필 열심히 살아가는 예랑 씨를……. 바파는 가슴 한쪽에 예랑 씨의 모습이 액자처럼 걸려 있기라도 한 듯 한동안 말이 없었다. 아버지야 필드에 있는 무전대로 움직이시잖아요? 그렇다고 도의적인 책임까지 면할 순 없는 것 아니냐. 그러니깐 그만큼 회사에서도 물질적 보상을 충분히 해야 하는 거 아니겠어요? 한데 아빠란 작자가 보상금만 챙기고 상우를 시설에 맡겨버

렸더구나. 그렇다고 아빠가 있는 애를 집으로 데리고 오면 안 되
잖아요? 안다, 하지만 이상하게 그러고 싶지 않더라, 구석에 처
박혀 혼자 지내는 걸 보니 네 누나가 떠오르고. 혹시 외가가 있
는 중국에 연락이라도 취해보셨나요? 당연하지, 하지만 거기서
도 돈만 생각할 뿐 상우는 안중에도 없더라. 그럼 상우는 어떻게
되는 거죠? 어떡하긴, 너랑 함께 지내면서 생각해봐야지. 제가
여기 왜 있어요? 넌, 아비의 눈을 속일 수 있다고 생각했냐? 바
파가 내 아픈 부위를 정확히 찌르고 들자 아차 싶다. 자존심이
뭉텅뭉텅 빠져나가는 기분이다. 하긴, 아버지도 눈이 있고 귀가
있으니 아들이 다니는 회사가 지금 어떤 상황인지 알고 있을 것
이다.

　장마철도 아닌데 때아닌 천둥이 치고 비가 쏟아진다. 이런 날
씨에 구조조정안 발표라니. 물불 안 가리고 사람 목숨 오락가락
하기에는 정말 딱이다. 그런데도 나는 위위, 하는 돼지의 울음을
살기 위한 절규로 생각지 않고 승진의 기회로만 여기다니. 승진
이 업무 능력만으로 되는 게 아니란 것은, 입사 동기들을 통해서
알았다. 회사에 떠도는 승진 '영순위'란 알아서 착착 기면서 인
사철에는 확실히 미풍양속을 끔찍하게 준수해야 한다는 사실을.
그래서 누나의 일을 빌미로 해외 근무를 자청했다. 하지만 사업
실적은 쌓이지 않았다. 밀려오는 동종업체 간의 파상적인 물밑

경쟁도 매서웠고, 해외 유수한 해운회사의 대형 자본 앞에서 무릎 꿇는 일이 빈번하게 벌어졌다. 그런 와중에 개척한 인도양 어장마저 어획고를 점점 상실해갔다. 본사에서 가만있을 리 없었다. 이 땅엔 가난한 사람은 없어, 단지 부자가 되지 못한 사람만 있지. 수향의 메일을 읽을 때만 해도 먼 산 보듯 했다. 그랬으니 이 땅의 현실을 몰라도 너무 모르고 지냈다. 희망이 전쟁이 된 시대. 이제 내 앞에 운명의 주사위는 다시 던져졌다. 당분간 대기 발령. 그렇다면 결과는 뻔하다. 바로 회사에서 팽, 당했다는 거. 졸지에 반성할 것도 없는데 눈물까지 팽, 돈다. 거실의 전등마저 힘을 잃고 흐릿한 것만 같다. 그런 기분 탓인지 수향의 전화도 받고 싶지 않다. 입에서 연신 한숨만 터진다. 물러설 수도, 덤벼들 수도 없는 내 인생 최대의 위기 상황. 녀석도 내 마음을 알아챈 것일까. 말없이 곁에서 살구놀이만 하고 있다. 녀석의 모습만 뚫어져라 바라본다. 이 불모지 같은 땅에 태어났다는 사실만으로도 아플 수밖에 없는 녀석. 녀석은 이 세상의 거친 바람을 견디고 꽃으로 피어날 수 있을까. 놀이에 빠진 녀석의 표정이 너무 진지하다. 야, 박상우. 녀석이 고개를 돌려 나를 본다. 우리, 같이 살구놀이할까? 녀석이 나를 뚫어져라 쳐다본다.

묵묵
깜깜

하늘은 날아오르고 싶을 정도로 높고 푸르다. 때아닌 청명한 날씨. 이런 기막힌 하늘 아래 네 발 달린 짐승이 수난을 당한다는 게 믿기지 않는다. 더군다나 재앙은 지금도 확산 일로를 걷고 있다. 방역공무원들은 급격히 지쳐갔고 일손은 달렸다. 어쩌면 이런 상황이 강바닥만 긁고 있던 그를 이곳에 불러들였을 것이다. 이봐, 한! 그냥 한쪽으로 밀어놓고 파라잖아! 류가 무전기를 통해 또 소리친다. 지랄, 벌써 몇 번째 잔소리인가. 지금 상황이 어떤지 내려와서 직접 확인해보라고 왜장이라도 치고 싶다. 악취를 맡으며 작업을 하는 것이 얼마나 힘든지를. 속이 매스껍다 못해 내장이 서로 충돌하며 위치까지 바꾸어버리는 것만 같은 이 좆같은 기분이 어떤지를. 하지만 그가 고작 하는 것이라고는 포클레인 운전석의 쪽창을 열어 가래침을 테엑, 하고 내뱉는 것뿐이다. 어차피 그는 류에게 목줄이 매인 처지이므로. 그는 암을 뻗어 다시 버킷을 놀리기 시작한다. 그런 와중에도 류는 사냥감을 노리는 독수리 같은 시선으로 그를 쏘아보고 서 있다. 제기랄, 눈곱도 떼지 못하고 나와 이게 무슨 짓인가 싶다. 처음 버킷을 땅에 꽂을 때부터 흙에 끈기가 없어 이상하다 싶었다. 한데 아니나 다를까, 파면 팔수록 폐자재가 쏟아지기 시작했다. 시멘트덩어리는 그나마 나은 축에 속했다. 산업폐기물까지 함께 묻었는지 역한 냄새마저 풍겨댔다. 그 바람에 방역 책임자로부터 강행 명령이 떨어지기까지 한동안 작업을 멈출 수밖에 없었다. 아까운 시간을 허비한 것, 어쩌면 그게 류의 심기를 자극했을지 모른다. 하지만 마음이 급하기는 그가 더했으면 더했지 덜하지 않았다. 이곳에 위치한 축산 농가만 해도 여섯 곳. 죄다 양성 판정을 받았으니 살처분해야 한다. 주어진 건 칠십이 시간. 그렇다면 오늘도 철야 작업을 해야 할 것이다. 더군다나 눈구름이 빠르게 몰려오는 중이지 않은가. 하지만 며칠 집을 비운 탓인지 그의 머릿속에는 집 생각만 가득하다.

정부에서는 강을 살리겠다며 대대적인 삽질을 부추겼다. 중장비들은 일제히 강으로 몰려들었다. 하지만 강을 살린다는 게 생각처럼 쉽지 않았다. 일기예보관이 이젠 장마가 아니라 우기라고 불러야 한다고 했듯이 지난여름 내내 비가 쏟아졌다. 그 바람에 몇백 년 묵은 산 중턱의 노송마저 그대로 선 채 강까지 내려오기도 했고, 마을 하나가 고스란히 사라지기도 했다. 범람하는 강물에 작업은 지속될 수 없었다. 산에서 흘러내린 모래는 다시 강바닥을 덮었다. 작업은 늦가을까지 별반 진척이 없었다. 다급해진 것은 류였다. 류는 기사들을 재촉하기 시작했다. 작업은 해가 져도 멈출 줄 몰랐다. 그날도 그는 늦은 시각까지 포클레인 조종석에 강바람을 깔고 앉아 있어야만 했다. 작업을 마무리하고 트럭에 올랐을 때에는 어둠이 꽤 짙어진 다음이었다. 서둘러 트럭의 전조등을 켜고 둑길을 향했다. 강기슭에 하얀 물체가 눈을 파고들었다. 사람이 분명했다. 강바람을 맞으며 벌벌 떨고 있는 여자. 인적이 없는 이곳까지 어떻게 왔을까. 그는 눈앞의 상황에 잠시 고민했다. 그냥 두기에는 기력이 다한 듯 몰려오는 추위에 부르르 떨기만 할 뿐이었다. 그때 그는 여자의 맨발을 보고 말았다. 언 발이라도 녹여주고서 떠나고 싶었다. 그는 여자를 위해 히터를 최대로 켜고 점퍼를 벗어 여자의 몸을 덮어주었다. 그런데 여자가 잠이 들고 만 것이었다. 난감했다. 하지만 그녀를 매몰차게 차에서 내쫓지 못했다. 결국 여자를 집까지 데려오고 말았다. 트럭이 멈추자 여자는 놀란 눈으로 그를 쳐다보았다. 일단 씻어, 내 집에서 자고 싶으면. 여자를 욕실로 내몬 후 그는 다시 트럭을 몰았다. 털로 감싼 신발 한 켤레와 여자가 입을 옷을 쥔 채 돌아왔을 때 여자는 말끔하게 변해 있었다. 정신이 나간 여자도 아니었고 그렇다고 빌어먹는 거지도 아니었다. 집은 온통 여자 냄새로 가득 차 있었다. 더러운 냄새가 아닌 향긋한 향기로. 그는 여자에게 달려가 돌돌 말고 있는 이불을 걷었다. 햇볕에 그을린 듯한 까무잡잡한 피부, 그리고 수줍은 듯 고개를 내민 유방과 그의 손길을 기다리는 듯 나풀거리는 거웃. 그 순간 여자를 사정없이 쓰러뜨리고 말았다. 그때, 여자의 가느다란 목소리가 흘러나왔다. 고 · 마 · 워 · 요. 순간 그의 성기에서 누런 정액이 쏟아졌고, 여자의 목소리가 아름답다는 생각을 했다.

구덩이가 완성되면 미리 준비한 비닐을 깐다. 비닐 위에 적당히 흙을 깐 후 본격적으로 가축들의 사체를 쌓는다. 그런 다음 사체 위에 생석회를 포설하고 흙으로 다져 비닐을 덮으면 작업은 끝이다. 그렇게 마무리가 되면 다음 구덩이를 파기 위해 이동이다. 류는 끝없이 이어지는 작업이 마냥 흐뭇할 것이다. 류의 말마따나 관급 공사야말로 제때 현금이 쏟아지는 자동인출기나 마찬가지니까. 햇살이 이울고 있다. 이제 조만간 어둠이 몰려올 것이다. 그는 그 사실을 너무나 잘 알고 있다. 그래서 더 작업을 서두르고 싶다. 하지만 생각처럼 작업에 속도를 낼 수 없다. 폐자재는 이제 다 나왔겠지, 싶으면 또 튀어나오는 중이다. 그런데도 류는 막무가내로 작업만 다그친다. 관리 지침에 따르면 구덩이의 깊이는 오 미터. 규정대로라면 이제 바닥을 다듬을 일만 남았다. 이번 파스를 끝내면 무조건 집으로 향할 것이다. 아, 씨발.

자넨 눈앞의 일이 안 보이나? 산더미같이 밀린 일을 보고도 그런 말이 입에서 터져? 류가 세모눈을 만들며 짜증을 부렸지만 그로서는 어쩔 수 없다. 그때 끼르륵, 버킷에서 날카로운 비명이 인다. 뭐야, 폐자재가 아직 남았단 말인가. 물체를 살핀다. 평평한 모양새가 바위는 분명 아닌 듯하다. 그는 버킷의 이빨을 이용해 그것을 슬쩍 밀어본다.

숨 쉬는 것조차 까먹을 정도였다. 심장이 제 리듬을 회복했을 즈음에야 그는 다시금 구덩이 속으로 눈길을 주었다. 도대체 저 건 뭐지? 부서진 마네킹인가, 아니면 더미? 아, 니기미, 또 왜 그래? 무전기 속에서 류의 새된 소리가 터진다. 그가 슬며시 고개를 든다. 그새 사위가 어두워져 류의 모습이 흐릿하다. 무슨 일이냐고, 또? 어디 기계 고장이라도 났어? 그가 운전석 곁에 둔 무전기를 그러쥔다. 아뇨, 그거보다 더 심각한 상황이 발생한 것 같은데요. 아, 나 참. 작업 더딘 것보다 심각한 게 뭐가 있다고 그래? 그러니까 빨랑 내려와 보라니깐요! 그의 말에 마지못해 류가 구덩이 아래로 내려온다. 류가 가까이 오자 그가 턱으로 구덩이 한쪽을 가리킨다. 류가 천천히 다가간다. 류의 발걸음이 멈칫한다 싶더니 재빨리 주위부터 살핀다. 이봐, 한. 오늘 집에 가야 한다고 했지? 잽싸게 포클레인 조종석에 올라탄 류가 다급하게 그를 밀친다.

문은 잠그지 않은 상태 그대로다. 여자가 떠난 후 그는 한 번도 문을 잠근 적이 없다. 그녀가 돌아올지도 모르므로. 하지만 집 어디에도 그녀가 다녀간 흔적은 없다. 서둘러 달려온 게 후회스럽다. 그는 보일러 가동도 하지 않은 채 방바닥에 벌러덩 눕는다. 겨울의 냉기를 그대로 품고 있는 바닥이 차다. 추위 탓일까. 그의 몸이 저절로 옹송그려진다. 이봐, 한. 자네가 본 건 마네킹이었어, 알겠나? 구덩이를 빠져나올 때, 당조짐하듯 그의 등 뒤에서 류가 던진 말이 떠오른다. 그가 잘못 본 게 아닌 모양이다. 하지만 그딴 건 중요한 게 아니다. 문제는 그녀다. 그녀는 어디로 갔을까. 어디에 있을까. 몸은 무겁지만 눈은 갈수록 더 말똥말똥해진다. 그때, 네냐웅, 네냐웅, 고양이 울음소리가 난다. 망할 놈의 고양이 같으니라고. 그렇게 팔매질을 해도 나타나다니. 춘희가 키우는 고양이라고 했다. 고양이는 제 집을 두고 꼭 그의 집 담 위에 와서 울어댔다. 그게 그의 성미를 자극했다. 손에 잡히는 대로 물건을 밖으로 던졌다. 그때마다 번번이 빗나갔고 고양이는 도망쳤다. 그러다가 한 번은 제대로 맞춘 적이 있었다. 사기로 된 밥그릇이었다. 목 부위를 명중 당한 다음부터는 녀석의 울음이 달라졌다. 야옹, 야옹에서 네냐웅, 네냐웅으로. 고양이가 보복이라도 작정한 것일까. 계속 떠나지 않고 신경을 자극한다. 그는 주위를 두리번거린다. 하지만 집어던질 마뜩한 물건

69
묵묵깜깜

이 보이지 않는다. 그의 눈에 걸리는 건 화분밖에 없다. 저것도 던질 수 있었다면 창밖으로 내던졌을지 모른다.

푸엉이라고 했다. 여자의 이름을 들었을 때, 그는 폭죽 같은 웃음을 터트렸다. 코 푸는 소리도 아니고 이름이 그게 뭐냐며. 푸엉의 남편은 죽었다고 했다. 결혼한 지 삼 개월쯤 되었을 때. 아직 푸엉이 동네 지리며, 낯선 이곳의 언어도 채 익히기 전이었다. 그녀는 홀로 남편 없는 집을 지켰다. 그렇게 시간이 흘러갔다. 그런 그녀를 위해 들락거리며 음식을 나눠주던 동네 사람들도, 친척의 방문도 뜸해졌다. 할 수 없이 혼자서 끼니를 때우기 시작했다. 그것마저 없어지자 그녀는 집 주변을 헤매기 시작했다. 그녀의 행동반경은 점점 넓어졌다. 그러다가 해가 떠오르면 끼니를 찾아 무작정 걸었고, 어두우면 아무 곳에서나 잠들기 시작했다. 그런 와중에 강가에서 그를 만난 셈이었다. 떠듬거리며 내뱉는 그녀의 얘기에 그도 모르게 가슴이 아렸다. 지난날 그가 고아원에서 도망친 일이 떠올라서. 어쩌면 그것 때문에 말했을 것이다. 이젠 더 이상 헤매지 않아도 된다고. 여기 있고 싶을 만큼 있어도 좋다고.

잠이 달아난 지 오래다. 소주의 힘을 빌지 않으면 오늘도 혼자 잠들긴 힘들 것 같다. 그는 점퍼를 꺼내 입고 밖으로 나선다. 그가 사는 동네의 건물은 낡았고 사람들은 늙었다. 재개발지구로 지정되면서 폐가는 점점 늘어가는 중이다. 이 밤이 새면 또 누군가 떠날 것이다. 그렇게 사람이 떠난 집에는 풀방구리에 쥐 드나들 듯 고삐리들이 숨어들곤 했다. 그는 터벅터벅 걸음을 재촉한다. 사람들이 없어서 그런가. 이제 훤하던 골목마저 어둡다. 창가에 돋아나던 불빛마저 이빨 빠진 듯 드문드문하다. 그는 겨우 길눈을 더듬어 발걸음을 내딛는다. 슈퍼에 조라도 앉아 있다면 대작을 해도 나쁘진 않을 것이다. 그때 어디선가 중얼중얼, 시냇물 같은 소리가 난다. 그는 걸음을 멈추고 귀를 모은다. 근처의 빈집에 또 고삐리 새끼들이 숨어들었나 보다. 먼저 돈부터 줘! 순간 그는 자신도 모르게 발걸음이 멈칫한다. 그 목소리의 주인공은 고삐리가 아니라 어린 춘희였기 때문이다. 이 늦은 시각에 저기서 뭐하는 것일까. 춘희의 할미가 안고 감싸는 극성을 부리는 것도 다 이유가 있다. 보통 아이들과 달리 조금 지능이 낮기 때문이다. 목소리는 무당집에서 새어 나오는 것 같다. 그는 자신도 모르게 소리의 진원지로 향한다. 여기 돈 보이지? 퍼뜩 빨기부터 하라니까? 묵직한 남자의 목소리가 터진다. 갈라진 톤이 조가 분명하다. 조가 어떻게 이 동네까지 흘러들었는지는 모른다. 다만 고깃배를 탔으며, 어로작업 중 허리를 다친 후 아내의 벌이에 기대 사는 처지라는 것만은 알고 있다. 허리 탓에 밤일도 제대로 치르지 못해 아내가 다른 남자만 찾는다며 넋두리했던 기억이 오롯하다. 방에서 흐릿한 불빛이 새어 나오고 있다. 전기마저 끊겼으니 아마 촛불일 것이다. 그가 슬금슬금 다가간다. 역시 방 안에는 춘희와 조, 두 사람이 함께 있다. 조는 아랫도리를 까놓은 채 벽에 비스듬히 기대었고, 그 앞에 고개를 숙인 건 춘희가 분명하다. 순간 그는 피식 웃음이 난다. 조의 입에서 아흡, 아흡, 야릇한 신음 소리가 흘러 나오기 시작한다. 그는 곧장 몸을 돌린다. 달뜬 조의 기분을 망치고 싶지 않아서다.

춘희의 할미가 문밖을 뚫어져라 지켜보고 서 있다. 그가 슈퍼 문을 열고 안으로 들어서자 할미가 기다렸다는 듯이 입을 연다. 혹시 오는 길에 우리 춘희 몬 봤나? 못 봤는데요. 그가 부러 능친다. 이 망할 년은 밤늦게까지 어데를 싸돌아댕기는 기고? 할미가 밖으로 다시 눈길을 내몬다. 쎄칸도. 세컨드도 아니고 경상도 특유의 된소리로 쎄칸도. 할미는 자신이 이 동네 남정네들의 쎄칸도라고, 그게 내 운명이자 팔자라고 술만 취하면 입나발을 분다. 한 사람을 잘못 만나 평생을 그늘처럼 산 사람. 남자에게 본처가 있을 줄은 꿈에도 생각지 못했다. 아이의 손을 잡은 여자가 나타난 후 모든 것이 무너졌다. 불룩한 몸으로 첫 아이와 도망쳐 정착한 곳이 여기라 했다. 이곳에서 할미는 데려왔던 사랑스런 첫 아이를 잃었다. 그리고 배 속에 씨앗처럼 숨어 있던 아이가 태어났다. 그게 춘희의 엄마였다. 할미는 제 자식만큼은 '쎄칸도'라는 운명의 굴레를 벗겨주고 싶었다. 하지만 딸은 엄마의 기대와 달리 첫 번째 결혼에 실패했다. 그리고 얼마 뒤, 두 번째 남자를 만났다. 딸은 첫 남자의 아이인 춘희만 남긴 채 떠났다. 춘희가 정상적인 아이였다면 이곳에 버리듯 남겨놓진 않았을지 모른다. 아무튼 춘희가 이곳에 온 후, 동네 사람들은 약속이나 한 듯 이 슈퍼를 춘희네라 부른다. 하지만 큰길에 대형마트가 생기면서 이 슈퍼마저 쎄칸도의 운명을 고스란히 껴안고 말았다. 그나마 남아 있던 사람마저 발길을 끊으면서 점점 생기를 잃어가는 중이다. 할미 말마따나 노인 발걸음이 뜸하면 앓는 중인 거고, 한 달 넘기면 꽃상여 탄 거라던가. 요즘 조가 잘 안 보이네요? 그가 소주와 안줏거리를 내밀며 툭, 뱉는다. 그놈도 딴 곳에 둥지를 틀었는지 당최 발걸음을 않는구먼. 할미는 속이 쓴지 입맛을 다신다. 그때 고양이가 운다. 한데 이상하다. 네냐웅, 네냐웅이 아니라 이번엔 왜 너야웅, 너야웅으로 들릴까. 마치 고양이가 슬픈 건 너야, 하고 말하는 듯하다. 어쩌면 그럴지 모르겠다. 푸엉에게 그 자신은 쎄칸도일 테니까.

죽어가는 소도 울고 떠나보내는 주인도 우는 눈물범벅의 세상. 그래서 눈은 더 풍풍 내리는가. 뉴스에서는 봄이 멀지 않다고 연일 멘트 하지만 이른 아침부터 언덕배기에 날리는 건 눈발이다. 이러다가 영영 봄이 오지 않을 것 같다. 구덩이 옆에 선

노인 내외는 등을 떠밀어도 한사코 떠나려 하지 않았다. 그저 제 자식 같은 동물들의 마지막 모습이라도 끝까지 지켜보고 싶다며. 눈발이 거세지기 전에 서둘러야 한다. 하지만 본의 아니게 양주가 작업을 방해하는 중이다. 아, 니기미! 이건 사람 장례식도 아니고 정말 사람 꼭지 팍, 돌게 만들 거요? 참고 있던 류가 기어이 한마디를 뱉는다. 류의 말이 맞는지 모른다. 죽은 걸 파묻는 것도 아니고 우리는 돼지들을 생매장해야 한다. 제 생명의 위태함을 안 돼지들은 아우성을 칠 것이다. 그는 그 비명을 못 들은 척하며 버킷을 놀려야 한다. 보이지 않는 균들이 퍼지기 전에 철저히. 숭고한 인간들의 삶을 위하여. 인간을 위해 사육되는 가축이 인간의 생명을 위협하는 것은 일종의 테러다. 그러므로 생매장되는 비참한 최후를 맞는 것이 당연한 법. 그런 의미에서 그는 사형 집행원인 셈이다. 눈송이가 점점 굵어지고 있다. 할 수 없다는 듯, 더 이상은 곤란하다는 듯 방역공무원들까지 나서서 양주를 떠밀기 시작했다. 두 사람도 알고 있을 것이다. 제 눈으로 더 이상은 볼 수 없다는 것을. 내외가 눈가를 훔치며 마지못해 돌아선다. 이때를 기다렸다는 듯 가축을 실은 트럭이 구덩이를 향해 제 엉덩이를 디민다. 좀 더, 좀 더! 류가 눈을 맞으며 트럭 곁에서 손짓을 한다. 위치를 잡은 트럭이 쿠르릉, 소리를 낸다. 짐칸이 허공으로 서서히 부상한다. 가축들도 직감한 탓일까. 일제히 날카로운 비명을 지른다. 툭툭, 구덩이 속으로 떨어

지는 소리가 난다. 류의 손에는 어느새 삽이 들려 있다. 기어오
르는 놈이 있으면 가차 없이 삽날을 받을 것이다. 구덩이에 떨어
진 하얀 돼지들이 마치 구더기 같다. 꿈틀꿈틀. 서로 살겠다고
아우성치는 모습이 안쓰럽다. 이제 곧 흙덩이가 녀석들의 몸으
로 떨어져 내릴 것이고 곧 그들은 질식사할 것이다. 이봐, 한. 뭐
하는 거야, 서두르지 않고! 류가 소리친다. 그제야 그는 서둘러
기계를 작동하기 시작한다. 버킷이 천천히 허공으로 치솟아 오
른다. 마치 허공이라도 퍼서 뿌릴 것처럼.

　더 이상의 작업은 무리였다. 트럭도 헛바퀴를 돌렸고 사람도
눈밭에 서 있기 힘들 정도였다. 결국 작업 중지 명령이 떨어졌
다. 하루고 이틀이고 눈이 그칠 때까지 푹 쉴 수 있다. 그런 설렘
탓일까. 사람들은 장비를 챙기면서도 내심 흐뭇해하는 표정들이
다. 하긴 아무리 이놈의 세상이 개똥밭이지만 그래도 구르고 싶
은 생각이 날 때가 바로 지금이 아닐까. 더군다나 하늘까지 협찬
을 해서 폭설까지 퍼부으니 피곤한 인부들이야 입이 찢어질 수
밖에. 게다가 류의 선심성 회식까지 있을 판이니 뱃구레 실컷 두
드릴 기회까지 얻었던 것이다. 거, 이왕이면 네 발 달린 건 뵈기
도 싫으니까 지느러미 달린 놈으로 합시다! 누군가 흰소리를 쳤
다. 그러자 류는 대답 대신 그부터 먼저 쳐다보았다. 자네도 조
만간 독립해서 한 사업해야 않겠어, 하던 때 그 표정 그대로. 류

의 말이 거짓임을 안다. 그게 다 그를 묶어두기 위한 핑계란 것
도. 하지만 류의 곁을 떠날 수 없었다. 어차피 그는 갈 곳이 없었
으므로. 의외로 류의 입에서 좋소, 하는 소리가 터진다. 그러자
방역복을 벗은 인부들이 삼삼오오 현장을 떠나기 시작한다. 뒤
늦게 그도 움직이기 시작한다. 벌써 세상이 하얗게 변했다. 나무
들도 푸짐하게 살이 올랐다. 내리는 눈을 바라보면 볼수록 눈이
부드러워지고 마음마저 그윽하게 깊어진다. 트럭을 몰고 갓 시
내로 접어들었다 싶었는데 눈앞에 횟집 간판이 보인다. 트럭의
시동을 끄자 실내에서 울리는 왁자한 소리가 귀를 파고든다. 그
는 천천히 횟집 입구로 향한다. 문을 밀려다가 흠칫한다. 입구
안쪽 좌우를 차지하고 있는 화분들 때문이다. 집에 똑같은 나무
가 있다. 하지만 그는 아직 나무의 이름조차 모르고 있었다. 혹
시 이 나무 이름이 뭡니까? 카운터에 서 있던 주인이 돌아본다.
아, 이 나무요? 남천이라는 식물이죠. 남쪽 하늘, 하는 남천요.
요걸 사람들이 관상용으로 좋아하는 건 붉은 잎 때문이죠. 요 붉
은 잎을 제대로 감상하려면 절대 물이나 거름을 많이 주면 안 돼
요. 그럼 대번에 제 색을 버리고 파란 본색을 드러내거든요. 주
인은 모처럼 자신의 취향을 유감없이 드러낼 수 있어 기쁜지 웃
음까지 보탠다.

집에서 누군가가 자신을 기다리고 있다는 거, 그건 생각만 해

도 설레는 일이다. 푸엉은 그에게 따뜻한 밥을 지어줄 줄 알았다. 따뜻한 건 밥뿐만이 아니었다. 이부자리 속 그녀의 알몸도 따스했다. 그런 그녀가 언제부턴가 온기를 잃고 창밖만 내다보기 시작했다. 처음엔 그런 그녀가 안쓰러웠다. 이곳이 아닌 저곳의 사람이니 당연하다 싶었다. 하지만 한편으로는 그런 그녀가 못마땅했다. 그녀를 잃는다면 다시 혼자로 되돌아가야 한다는 것을 알기 때문에. 혼자 잠드는 방이 얼마나 차가운지 생각만 해도 끔찍했다. 도저히 그녀 없이 혼자 잠들 수 없을 것 같았다. 그런 어느 날이었을 것이다. 집으로 돌아오니 그녀가 보이지 않았다. 집 근처에 바람이라도 쐬러 갔겠지 했다. 조금씩 집 밖으로 나가곤 했으니까. 집에만 틀어박혀 지내기보다는 그게 나을 수 있었으므로 나무랄 일도 아니었다. 하지만 밤이 이슥해도 나타나지 않자 걱정은 분노로 바뀌어갔다. 참다못한 그가 그녀를 찾아 나섰다. 동네를 몇 바퀴나 돌았지만 그녀는 보이지 않았다. 그러다가 큰 도롯가에서 비로소 그녀를 발견할 수 있었다. 여기, 여기, 막, 걸었어. 집, 가고, 싶었어. 그녀는 엉뚱한 소리만 뱉었다. 그가 푸엉의 손을 잡아끌었을 때 그녀는 자꾸 앉은 자리를 뒤돌아보았다. 그녀의 시선이 닿은 곳에는 테두리가 깨진 화분 하나가 덩그러니 놓여 있었다. 누군가 쓸모없어 길가에 내다 버린 모양이었다. 그는 잠시 망설였다. 그러다가 화분 쪽으로 발길을 돌리고 말았다.

유부남이 좋아하는 떡은 벌떡이고 총각이 좋아하는 떡은 무슨 떡인 줄 알어? 일행 중 누군가 흰소리를 쳤다. 그러자 뭔데, 하는 소리가 이어진다. 그건 바로 퍼떡이야, 퍼떡! 총각은 굶었으니 급할 수밖에 없거든. 일행은 일제히 낄낄거렸다. 하지만 그는 웃는 것조차 피곤했다. 어서 빨리 집에 가서 쉬고 싶었다. 하지만 누군가가 노래방으로 2차를 제의하면서 술자리가 다시 이어질 낌새다. 마누라한테 덤벼들려면 거시기 예열 좀 시켜놔야 하지 않겠어? 노래방 도우미가 왜 있어? 안 그래? 그는 그 자리만은 피하고 싶다. 예열이 필요한 사람들은 하나둘 자리를 털고 신발을 꿰차기 시작한다. 신발을 보자 푸엉 생각이 난다. 내려가서 그의 눈으로 직접 확인하지 못한 것이 후회스럽다. 그때 그의 곁으로 류가 다가온다. 자넨, 왜 이렇게 심각한 포즈야? 설마 아직 그 마네킹 생각하는 건 아니겠지? 그가 되쏜다. 요즘 마네킹은 신발까지 신는 모양이죠? 류의 인상이 굳는다. 잠시 뒤 류가 그의 어깨를 감싸며 입을 연다. 이봐, 한. 시간이란 놈이 어떤 식성을 가진 줄 아나? 그놈은 아주 단단한 바위까지도 먹어 제낀다네. 심지어 우리 머릿속의 안 좋은 기억까지도. 그러니 너무 걱정 말게. 류가 웃으면서 그의 어깨를 다독거린다. 그럴지도 모른다. 시간은 푸엉과 함께한 기억마저 갉아먹을 것이다. 그러면 영영 푸엉도 잊히겠지. 하지만 지금 당장은 시간과 싸워서라도 푸엉을 지켜내고 싶다. 그때 류가 다시 입을 연다. 근데 말이야, 아직도 후잉인가 푸엉인가 하는 년, 끼고 자나? 그의 눈썹이 저절로 솟구친다. 아, 그렇게 놀랄 거 없어. 아직 난 자네의 성생활까지 간섭하고 싶진 않으니까. 류가 킬킬, 쇠 긁는 소리를 내며 웃는다. 그러더니 미리 준비하고 있었는지 안주머니에서 봉투 하나를 꺼낸다. 요걸로 그 여자 쌀국수나 사줘, 한 며칠 푹 쉬면서 말이야. 후잉이 아니라 푸엉이라고 몇 번이나 얘기해야 합니까? 그리고 제 아내한테 년이 뭡니까! 류가 내민 봉투가 머쓱한지 주위를 살피더니 다시 입을 연다. 이거, 주운 물건을 제 것인처럼 하긴. 류가 킬킬거린다. 참다못한 그는 자리를 박차고 일어선다. 그러자 류가 등 뒤에서 소리친다. 자네도 잘 알지? 내 사업을 방해하는 놈은 그 어떤 놈이든 가만두지 않는다는 거? 그도 알고 있다. 류가 어떤 사람인지를. 제 지갑에 손을 대는 사람은 가족조차도 용서치 않는다는 것을. 수가 틀리면 오늘 생선회값도 인부들의 일당에서 공제하려 들 것이다. 제 지갑을 생각했다면 좋소, 하고 소리칠 위인이 결코 아니니까. 그는 똑똑히 보았다. 늙은이가 젊은 류 앞에서 무릎 꿇고 싹싹 비는 것을.

공사 현장에서 늙은 기사가 논가에 웅덩이를 파준 것이 화근이었다. 작업 끝나고 굴착기로 두어 번 버킷 짓만 하면 되는 일이었다. 받은 거라고는 논 주인이 막무가내로 주머니에 찔러 넣어준 막걸리 두어 병 값이 전부였고, 당사자가 아버지뻘 되는 노인이니 몇 마디 잔소리로 그쳐도 충분할 일이었다. 그런데도 류는 확실히 달랐다. 노인의 전신에 자전거 체인으로 선홍빛 무늬를 아로새겼다. 그것도 인부들을 불러 모아놓고 보란 듯이. 노인을 때리는 류를 보면서도 고작 그가 한 행동이라곤 주먹만 말아 쥔 것뿐이었다. 어쩌면 그날의 주먹질도 류 때문인지 모른다. 류가 아니었다면 그런 일은 벌어지지 않았을 것이다. '벌어먹지' 않으면 '빌어먹고' 산다. 그런 무력한 자신이 미웠다. 그래서 억병으로 술에 취했을 것이다. 그런데 그런 그를 위로해주기는커녕 넋을 잃고 창밖만 바라보다니. 그녀는 날아오는 주먹을 맞으면서도 아프다는 비명 한마디 내지르지 않았다. 대신 그녀의 입에서 나온 건 망할 놈의 보내주세요, 였다. 어쩌면 그 말이 그를 더 미치게 만들었는지 모른다.

눈송이에 가시라도 숨어 있는 것일까. 밟을 때마다 아리다. 눈밟는 소리가 보내주세요, 하며 울먹이던 푸엉의 목소리 같다. 용서해달라고, 두 번 다시 이런 일은 없을 거라고 말했지만 푸엉은 아무 말이 없었다. 그저 화분의 잎을 매만지고 매만질 뿐이었다. 무턱대고 걷다 보니 어느새 익숙한 골목 입구다. 주위를 둘러본다. 혹시 싶었지만 역시, 그녀의 그림자는 보이지 않는다. 그는 다시 걸음을 재촉한다. 쏟아지는 눈송이 탓일까. 아니면 술기운 탓일까. 중심 잡기가 힘들다. 슈퍼 앞에 춘희의 할미가 고개를 내밀고 서 있다. 이제 퇴근하는 기라? 그가 예, 하고 짧게 대답한다. 근데 혹시 오는 길에 우리 춘희 몬 봤나? 조막만 한 년이 인자는 이력이 났는지 밥숟갈을 놓으몬 달라빼기 바쁘다카이. 그러면서 할미는 걱정되는 듯이 한숨을 내쉰다. 그는 소주병을 그러쥔 채 할미를 향해 묻는다. 혹시 쌀국수도 파나요? 그거야 저기 길 아래 월남 쌈 식당에나 가야제, 여서 그걸 와 찾노? 할미가 별꼴을 다 보겠다는 듯 구시렁댄다. 아뇨, 어떤 맛인가 싶어서요. 그러자 할미가 또 되받는다. 눈 오는 거 보이 허연 국수 생각 나는갑제. 가다가 우리 춘희년 보몬 할미가 찾는다꼬 전해주우. 그는 알겠다며 슈퍼를 나선다. 그는 골목으로 나서자마자 소주병의 목부터 비튼다. 밍밍한 게 예전 맛이 아니다. 알코올 도수가 낮아지면서 이젠 두어 병 정도는 마셔야 마신 듯하다. 어쩌면 이것도 다 없는 놈 주머니 터는 방법일 테지. 몇 발자국이나 내디뎠을까. 아니면 급하게 벌컥거린 술 탓일까. 거친 숨이 거푸 터진다.

무당집에서 인기척이 난다. 너무 커져서 힘들단 말야. 그러니까 요 부분만 사탕 빨듯이 해보라니까. 그럼, 진짜 만 원 주는 거야? 아찌가 거짓말할 것 같냐? 요기서 우유가 펑, 쏟아지면 넌 대번에 만 원을 번다니까 그러네. 조가 또 어린 춘희를 데리고 장난질이다. 그는 멈췄던 걸음을 내디디려다 그 자리에 주저앉고 만다. 그리고 다시 소주병을 입에 가져간다. 남쪽 하늘 아래 푸엉이 살던 나라가 있다고 했던가. 거기에 고향과 부모님이 살고 있다고. 푸엉은 그곳으로 가고 싶다고 했다. 그런 푸엉이 부러웠다. 그에겐 고향도 부모도 없었으므로. 철이 들었을 때 보니, 그의 엄마를 자신처럼 엄마라고 부르는 아이들이 수십 명 더 있었을 뿐. 어쩌면 그것이 그를 수용시설에서 도망치게 했을 것이다. 그날도 오늘처럼 추웠을까. 모르겠다. 근데 왜 구덩이 속 여자가 자꾸 생각나는 것일까. 쩝쩝거리는 소리가 희미하게 인다. 이어 아흠, 아흠, 조의 야릇한 신음 소리도 섞여 들린다. 그 소리를 듣고 있자니 마치 조가 그를 놀리는 것만 같다. 힘들어, 이제 돈 줘. 힘들면 너 가랑이 좀 빌려줄래? 잠시면 되는데. 순간 그도 모르게 벌떡 몸을 일으킨다. 소주병을 쥔 손에 피가 쏠린다. 그가 나타나자 촛불이 더 놀란 듯 흔들린다. 놀란 조가 허겁지겁 제 바지부터 추스르기 시작한다. 이런 개잡놈의 새끼를 봤나. 계집까지 있는 주제에 어린것을 꼬드겨 밤마다 이게 무슨 짓이야? 조의 머리에서 퍽, 하는 소리가 난다. 놀란 조가 머리를 움켜쥔다. 조의 머리에서 검붉은 액체가 서서히 흘러내린다. 흘러내리는 그 모양이 마치 남천의 잎사귀 같다. 그걸 보자 그도 모르게 소리가 높아진다. 그러지 말라고 했어, 안 했어? 왜 자꾸 하지 말라는 짓만 골라서 해! 왜, 왜, 왜! 조의 얼굴과 배로 그의 발길이 무차별로 쏟아진다. 쏟아질 때마다 조의 입에서 윽, 으윽 소리가 터진다. 얼마 뒤 조의 몸이 축 늘어진다. 그제야 그의 눈에 춘희가 보인다. 춘희는 놀란 모양인지 눈만 치뜨고 앉아 있다. 너, 빨리 집으로 가! 그제야 춘희가 그의 눈치를 보며 조심조심 엉덩이를 일으킨다. 이건 챙겨야지! 그가 조의 손에 쥐여 있던 만 원짜리를 건네자 춘희가 돈을 잡아챈다. 다음에 또 오면 너도 죽는다, 알았냐? 대답도 없이 춘희는 도망치기 바쁘다. 조의 입에서 다시 으으, 소리가 난다. 그가 천천히 주머니에서 휴대폰을 꺼낸다. 신호음 소리가 들리고 그가 입을 연다. 예, 거기 112죠? 그 순간, 조의 입에서 나던 신음이 울음으로 바뀐다.

목숨이 끊어지는 순간까지 기도라도 했던 것일까. 아니면 살려달라고 구걸하고 있었을까. 사체는 두 손을 모은 채 옆으로 누워 있었다. 마치 그의 곁에서 그렇게 잠들던 푸엉처럼. 아니, 어쩌면 푸엉 생각에 그렇게 보였는지 모르겠다. 푸엉은 도대체 어디로 갔을까. 이 추운 날, 혹시 또 맨발로 거리를 헤매는 것은 아닐까. 푸엉이 떠난 후, 그는 푸엉이 내다보던 자리에 앉아 창밖을 물끄러미 내다보기 일쑤였다. 그때마다 나타난 것이 고양이였다. 마치 그를 놀리는 듯한 울음에 물건을 하나둘 집어던졌을 것이다. 하지만 그녀의 손때 묻은 물건들을 던진다고 따스한 추억마저 없어지는 건 아니었다. 그는 그게 괴로웠다. 늦었지만 푸엉에게 용서를 빌고 싶었다. 그러려면 푸엉부터 찾아야 했다. 눈발이 제법 많이 약해졌다. 하늘에서는 마지막 눈발을 정리하듯 내리고 있다. 사체의 부패 정도로 보아 암매장된 지 그리 오래되지 않은 듯했다. 아니, 어쩌면 산업폐기물이 사체의 부패를 막고 있었는지 모른다. 처음부터 여기까지 올 생각은 아니었다. 그냥 달리다 보니 강을 거슬러 올라가는 중이었다. 이제 조금 더 가면 푸엉을 발견한 곳이 나타날 터였다. 눈앞에 한창 건설 중인 보가 나타난다. 조만간 보가 완공되면 강의 발걸음도 여기서 멈춰야 할 것이다. 그녀는 강을 따라 걸어오던 길이었을까. 강을 따라 바다로 간다면 그녀가 태어난 곳으로 갈 수 있을까 싶어서? 그렇다면 그녀는 지금쯤 바다에 당도했을까. 이 강을 따라 내려가면 그녀를 만날 수 있을까. 산행을 해본 사람은 안다. 사람의 느린 걸음이 얼마나 멀리 갈 수 있는가를. 산길을 가다가 지쳐 잠시 바위짬에 걸터앉아 쉬다가 보면 동료들이 아득히 멀어져 있음을. 우우웅, 주머니 속의 휴대폰이 몸을 떤다. 꺼내 들고 보니 액정 화면에 류의 전화번호가 떠 있다. 류가 알아챈 것일까. 알았다면 가만있을 류가 아니다. 하지만 그로서는 개의할 바 아니다. 아픈 과거들이 이미 몸의 뼈가 된 지 오래이므로. 그는 전원 버튼을 꾹 눌러버린다.

  너, 여기서 뭐 해? 춘희가 고양이를 안고 그의 집 앞에 쪼그리

고 앉아 있다. 어, 아찌. 어디 갔다 와? 그걸 네가 알아서 뭐하
게? 나, 아주 오래오래 기다렸거든. 왜? 그냥 아찌랑 놀려고. 그
의 입에서 핏, 소리가 터진다. 친구도 아니고 뜬금없이 놀러 왔
다니. 할머니가 찾기 전에 어서 가. 그는 문을 열고 집으로 들어
선다. 그는 보일러를 가동하고 털버덕 방바닥에 눕는다. 온종일
긴장이라도 했던가. 갑자기 몸이 축 늘어진다. 이대로 눈만 감으
면 곧장 잠들 것 같다. 얼마나 지났을까. 네냐옹, 네냐옹, 고양이
소리가 난다. 아직 춘희가 돌아가지 않은 것인가. 몸을 일으켜
바깥 동정을 살핀다. 춘희가 여태껏 눈사람을 만들며 놀고 있다.
추운 날씨 탓인지 두 손이 얼어 벌겋다. 그는 잠시 난감함에 빠
진다. 마지못해 그가 고갯짓을 하자 춘희가 잽싸게 집으로 뛰어
든다. 처음 와본 곳이라 그런가. 춘희는 집에 오자마자 주위를
두리번거린다. 아찌는 혼자 살아? 딱히 대꾸할 말이 없다. 그렇
다고 꼬마에게 구구절절 사연을 늘어놓을 수도 없는 일. 하지만
녀석은 말똥한 눈을 한 채 그의 얼굴만 쳐다본다. 대답을 기다리
는 표정이 역력하다. 할 수 없이 그가 입을 연다. 실은 아저씨의
아내가 죽었거든, 많이 아파서. 어디가 아팠는데? 그냥 마음이
무지무지. 춘희가 알겠다는 듯 고개를 주억거린다. 그러더니 재
차 묻는다. 아찌, 저건 무슨 나무야? 녀석의 눈에도 나무가 눈에
띄는 모양이다. 들어오게 한 게 후회스럽다. 응, 남천이라는 나
무야. 한데 춘희의 궁금증은 끝이 없는지 또 묻고 나선다. 근데

나무가 아픈 거야? 잎이 온통 빨개. 이러다간 밤새워 물을 것 같
다. 야, 너 집에 언제 갈래? 그가 소리를 지르자 춘희의 눈이 커
진다. 빨랑 가, 아저씨 지금 몹시 피곤하단 말야. 부러 누워 눈을
감아버린다. 그래도 녀석은 갈 생각이 없는지 미동조차 않는다.
가든 말든 모르겠다 싶어 부러 코 고는 소리를 낸다. 그러자 춘
희가 다시 입을 연다. 조 아찌 내일 이사 간대. 그 말에 그의 눈
이 번쩍 뜨인다. 누가 그러던? 우리 할머니가. 너, 설마 섭섭한
건 아니지? 조 아찌, 많이 보고 싶을 거야, 근데 아찌도 찾던데?
나를 왜 찾아? 몰라. 춘희의 대답이 짧다. 그는 귀찮다는 듯 다시
눈을 감는다. 그러자 춘희는 마지못해 슬그머니 엉덩이를 든다.

　덜컹, 소리가 났을 때만 해도 바람의 장난이겠거니 했다. 한데
푸엉이 돌아오다니. 그는 눈을 뜨고도 도저히 믿을 수 없었다.
그는 다시 눈을 비볐다. 마치 꿈만 같았다. 더군다나 그녀가 이
렇게 아름다웠다니. 그가 알고 있던 푸엉이 아닌 것만 같았다.
당신, 정말 푸엉 맞아? 그럼요, 당신의 사랑, 푸엉이지요. 근데
지금까지 어디 있었던 거야? 고향에 잠시 다니러 갔지, 어디 갔
다가 왔겠어요? 그게 정말인지 그녀는 하얀 아오자이까지 입고
있었다. 그래, 부모님과 친지들은 잘 계시고? 그럼요, 당신 먹으
라고 이렇게 맛있는 과일도 주셨는걸요. 그녀가 내미는 낯선 열
대과일을 보자 눈이 동그래졌다. 일단 맛부터 보세요. 옥황상제

가 먹는다는 천도복숭아보다 맛있었다. 그는 과일을 먹다가 그
녀를 바라보았다. 그러고 보니 어눌하던 푸엉의 말씨조차 달라
져 있었다. 그가 물었다. 당신, 말은 언제 다 배웠어? 그거야 당
연히 익혀야 하는 거 아닌가요? 푸엉은 재미있다는 듯이 깔깔거
렸다. 웃는 모습이 너무 예뻐서 그도 덩달아 함박웃음을 터뜨렸
다. 그럼, 이제 다신 떠나지 않을 거야? 그럼요, 절대 안 떠나요.
확신을 주듯 푸엉은 고개를 끄덕이고 또 끄덕였다. 그제야 그의
입에서 해맑은 미소가 퍼져 나왔다. 당신이 떠난 후 내가 당신을
얼마나 사랑했는지 알게 되었어. 푸엉, 사랑해! 그녀를 가슴에
꼭 끌어안았다. 저도 사랑해요. 그렇게 말하는 그녀의 입에서 은
은한 살구 냄새가 났다. 지나가던 바람이 시샘했는지 다시 문이
덜컹, 소리를 냈다. 그러거나 말거나 그는 그녀의 입술을 더듬고
손으로는 젖무덤을 찾느라 정신이 없었다. 내가 그러지 말라고
했지! 낯선 소리가 들리는 듯했고, 잠시 뒤 무언가가 그의 얼굴
로 날아들었다. 충격은 그게 끝이 아니었다. 온몸 구석구석으로
일시에 몰려왔다. 한두 명의 발길질이 아닌 듯했다. 그제야 그는
이번에는 꿈이 아닌 현실임을 깨달았다. 하지만 꿈을 잊기에는
너무 생생했다. 그는 꿈의 끝자락을 부여잡으려 애를 썼다. 하지
만 그의 의식은 점점 까무러지기 시작하다가 완전한 암전 상태
로 빠지고 말았다.

의식을 회복했을 때에는 트럭의 짐칸 위였다. 익숙한 엔진음으로 보아 그의 트럭이 분명했다. 정신이 돌아오자 이번에는 살을 에는 추위가 육체를 휘감았다. 특히 차가운 곳은 발이었다. 아무래도 맨발인 모양이었다. 그는 덜컹거리는 짐칸에 누워 신음을 질렀다. 그래도 트럭은 아랑곳없이 달리고 달릴 뿐이었다. 그러다가 어느 순간 트럭은 심하게 요동치기 시작했다. 겨우 눈을 떴다. 사위가 어두워 어디쯤인지 짐작할 수 없었다. 하지만 곧 그는 알아챘다. 그가 구덩이를 파고 돼지를 묻었던 현장임을. 그도 돼지처럼 생매장될 것이다. 구덩이 속에서 발견된 그녀처럼 쥐도 새도 모르게. 운전석에서 킬킬거리는 소리가 난다. 그는 온 힘을 다해 소리를 만든다. 보·내·주·세·요.

챔피언

형, 군대 갔다 왔지? 내 물음에 큐를 쥔 채 짜장면을 먹던 창대 형이 되쏜다. 당근, 긍데 그겅 왜 뭉냐? 형이 단무지를 깨문 채 말하는 바람에 발음도 덩달아 씹혀 나온다. 세종대왕이 들었다면 우리말 망가뜨린다고 노발대발할 상황이다. 그 와중에도 무람없이 탁탁, 당구공 부딪히는 소리가 들려온다. 면을 삼킨 뒤 형이 다시 입을 연다. 군대는 말이야, 한마디로 죽으라면 죽고 죽이라면 죽이는 명령에 의해 돌아가는 특수한 조직 사회지. 그럼, 군기도 세겠구나. 두말하자면 잔소리지, 고참이 행군하다가 염소 똥을 보고 너 주워 먹어, 그러면 쫄따구는 예, 하고 바로 주워 먹어야지. 나도 모르게 눈이 휘둥그레진다. 입에서 야릇한 염소똥 냄새가 나는 듯도 하다. 탁탁, 하는 소리도 변함없이 울린다. 형도 실제 그렇게 했어? 내가 되묻자 형이 다시 입을 연다. 아니, 나야 뭐 예, 알겠습니다! 하면서 주워 먹는 척만 하면 됐지. 그럼 나도 그러면 되겠네. 지금은 아마 아닐걸? 나야 뭐 노무현 대통령 만나 흉내만 내면 됐지만, 넌 아마 전부 주워 먹어야할 거야. 왜? 내가 눈을 치뜨자 형이 입을 연다. 세상 돌아가는 꼴이 안 보이냐, MB 땜에 아마 국방부 시계도 거꾸로 가고 있을걸. 그럼, 좆뱅이 치겠구나. 말해 뭐하냐, 차라리 양심적 병역거부 선언을 하는 게 나을지 모르지. 그럼 총 안 쏴도 돼? 군대보다영창이 더 무서운데? 형의 말을 듣고 있자니 맥이 탁 풀린다. 이럴 줄 알았으면 장난감 총에 검지라도 끼워보게 해주던지, 제기랄. 빅맨이 원망스럽다.

창대 형이 다시 포켓볼의 위치를 잡기 시작한다. 손에 쥔 하얀공이 마치 빅맨이 좋아하는 계란 같다. 삶은 계란의 껍데기를 까는 빅맨의 모습이 떠오른다. 그리고 그 계란을 먹다가 가슴을 치며 켁켁거리던 모습도. 그때 형이 소리친다. 야, 순번 정해! 순번이 정해지면 빠져나가려 해도 나갈 수 없다. 게다가 형 실력이살아나고 있어 게임 결과도 안심할 수 없다. 형, 잠시 화장실 좀다녀올게. 나를 바라보는 형의 눈빛이 매섭다. 그래도 어쩔 수없다. 타이밍을 놓치면 낭패 보기 십상이다. 소변기 앞에 서서바깥 동정을 확인한 다음, 재빨리 휴대폰을 꺼낸다. 일 분 뒤에바로 전화해! 문자를 전송한 후 세면기의 수도꼭지를 잡아챈다.쏴아, 하고 물소리가 들릴 정도로 세게 튼 다음 상의 안주머니

속 게임비를 다시금 확인한다. 제법 두둑하다. 저절로 휘파람이 터진다. 당구장으로 돌아오자 휴대폰이 울린다. 역시 은희답다. 부러 나는 큰 소리로 통화한다. 뭐? 벌써 그렇게 됐어? 알았어. 나를 지켜보던 형이 소리친다. 너, 이 자식, 또 돈 따고 튀려고 수작 부리는 거지? 그게 아니라 진짜 은희랑 영화 보기로 했거든. 나는 부러 주머니 속에서 영화표를 꺼내 흔든다. 형은 날린 게임비 탓인지 마빡만 구긴 채 서 있다.

정말 총소리 한 번 나지 않는 지루한 영화였다. 기억에 남는 장면은 겨우 침대 위의 베드신뿐이었다. 아랫도리를 총신처럼 딱딱하게 만들던 장면도 문갑 위에 놓여 있던 휴대폰 생각을 하면 감독의 멱살이라도 잡고 싶은 심정이었다. 차라리 내용이라도 달콤쌉싸름하든가. 이건 뭐 달아도 너무 달았다. 은희는 그 장면을 놓친 모양이었다. 문갑 위의 휴대폰 기종이 바뀌어 있었다는 말에 괜한 흠집내기라며 나를 곤경에 빠뜨렸다. 그 바람에 내 기분마저 잔뜩 엉키고 말았다. 서방, 뭐 먹을래? 은희가 나를 향해 묻는다. 그냥 간단한 걸로 먹어. 음식에 간단한 게 어딨냐, 조리 과정은 다 복잡하지. 역시 그녀답게 되쏘아 붙였다. 그럼 덜 복잡한 걸로 하든지. 거리엔 먹을 만한 것이 없다. 이것도 다 입대 증후군인가. 그때 은희가 다시 입을 연다. 우리, 파스타는 질리니까 쌈밥 먹으러 갈까? 왜 하필 쌈밥이냐? 은희가 배시시

웃으며 입을 연다. 쌈은 연인의 음식이니까. 우리는 나란히 근처의 쌈밥집으로 향했다. 그리고 테이블을 차지하고 앉았다. 잠시 뒤 음식이 세팅되기 시작한다. 그녀는 종업원이 떠나기 무섭게 주섬주섬 쌈을 싸기 시작하더니 갑자기 내 앞으로 디민다. 서방, 입 벌려. 야, 그 서방이란 호칭 좀 안 할 수 없어? 왜, 서방이란 애칭이 싫어? 마음 안 바뀔 자신이나 있으면 또 몰라. 이 년 뒤 네가 옛 서방이 될 수도 있겠지, 하지만 지금은 아니야. 은희는 정말 그런 마음인지 부지런히 쌈을 싸서 내게 건넸다. 나 또한 그에 대한 보답으로 쌈을 싸서 건넸다. 역시 쌈은 연인들의 궁합 음식인 모양이었다. 그렇지 않았다면 은희가 우리, 호프집에서 분위기 계속 이어갈까? 하고 말하지 않았을 테니까.

우리는 적당히 취한 다음, 기꺼이 근처 모텔의 손님이 되어주었다. 영화 속 휴대폰이 다시 튀어나온 것은 섹스를 끝낸 다음이었다. 그때, 벽에 조그맣게 써놓은 글씨가 눈에 띄었다. "재능은 바지 속의 거시기 같은 것, 언제 꺼내느냐가 문제다! 상호 씀." 상호란 녀석은 이 방에서 성적 재능이라도 발견한 것일까. 한데 읽으면 읽을수록 예사롭지 않게 다가왔다. 어쩌면 그게 다 쏟아 버린 정액 탓인지 모르겠다. 나도 상호처럼 미처 알지 못했던 성적 재능이라도 하나 발견했으면 좋겠다. 하지만 내게는 그 어떤 재능도 없었다. 빅맨처럼 운동에 대한 재능도.

빅맨이 내게 집착한 것은 아주 우연한 사건 때문이었다. 그러니까 누나가 운동장보다 책상을 좋아해 일찌감치 운동에 대한 재능 없음을 알고 포기한 상태였을 것이다. 때마침 꽃 피는 봄날이라, 우리 가족은 서로 손에 손을 잡고 놀이동산을 찾았다. 자유이용권을 구매해 나는 놀이동산 곳곳을 활보하고 다녔다. 물론 그 와중에도 누나는 여전히 동화책만 쥔 채 벤치에 앉아 있었고. 내가 사고를 당한 건 공중자전거를 탔을 때였다. 어린이 전용이라 그다지 높지 않았지만 공포를 느낄 만했다. 중간쯤 달려가는데 갑자기 부식된 레일이 하중을 못 이겨 뚜둑, 소리를 냈다. 자전거는 중심을 잃고 기울어졌다. 그 바람에 나는 땅으로 곤두박질치는 신세가 되고 말았다. 지켜보던 엄마가 비명을 질렀고 빅맨도 급히 달려왔다. 하지만 그 상황에도 아무 일 없다는 듯이 나는 바지를 훌훌 털고 일어났다. 달려온 엄마가 놀란 표정을 풀지 못한 채 물었다. 안 다쳤니? 다친 곳이 없었으므로 당연히 그렇다고 했다. 빅맨은 곁에서 호오, 하는 경이로운 감탄사만 연발할 뿐이었다. 그건 마치 우리 집에서 반짝이는 물건을 이제야 발견한 듯한 경이로움이 묻어나는 표정이었다. 빅맨은 착각할 수밖에 없었을 것이다. 낙법도 배우지 않은 내가 땅 위에서 부드럽게 한 바퀴 구르고 사뿐히 일어섰으니까.

그날 이후, 빅맨은 나를 인근 학교 운동장으로 데려가기 시작했다. 거기서 빅맨은 내게 점프를 시켰고, 운동장 트랙까지 힘껏 달리게 했다. 그리고 운동장 구석의 벤치에 앉아 틈나는 대로 내게 배구란 어떤 경기인지 설명하기 시작했다. 배구란 허공에서 펼쳐지는 공의 예술이지. 빅맨이 배구공을 어루만지며 말했다. 그럼 서커스 같은 건가요? 그래, 공을 많이 떨어뜨리는 팀이 지는 경기지. 그래서 부러 떨어뜨리게 하거나 실수하게 하려고 하늘을 난단다. 우와, 그럼 아빠도 하늘을 날았어요? 그럼, 독수리처럼 훨훨 날았지. 근데 전 키가 너무 작잖아요. 키가 작다고 배구를 못하는 거 아니다. 너 혹시 김호철이라고 들어봤니? 나는 고개를 저었다. 그 감독도 너처럼 키가 작지만 전위센터로 이름을 떨쳤단다. 전위센터는 뭐예요? 전번에 아빠랑 TV에서 중계하던 배구 경기에서 봤을 거야. 네트 앞에서 토스로 공격수에게 공을 패스해주는 거. 그게 전위센터야. 그건 키가 작아도 얼마든지 할 수 있거든.

얼음이 녹으려면 어차피 기다릴 수밖에 없지. 아마 빅맨은 그렇게 생각했을 것이다. 그러지 않았다면 내 손을 잡고 구덕실내체육관을 찾지 않았을 테니까. 날렵하게 공을 향해 날아올라 상대방 지역에 내리꽂는 스파이크는 정말 내 눈에 스파크가 날 정도였다. 문제는 인근에 유소년 배구팀을 가진 학교가 없다는 것이었다. 빅맨은 스스로 내 코치가 되기로 작정을 했는지 틈만 나면 나를 학교 운동장으로 데려가 서브, 리시브, 토스, 스파이크 요령 등을 가르쳤다. 하지만 내 눈은 배구공보다 작은 야구공에만 쏠릴 뿐이었다. 배구는 이미 한물간 스포츠였고 대세는 야구였다. 프로야구가 개막된 탓인지 아이들은 한결같이 야구공이나 배트를 쥐고 있었다. 그래서 말했을 것이다. 배구는 싫어요, 야구라면 또 몰라도.

어느 날, 빅맨은 글러브와 야구공을 사 왔다. 야구도 나쁜 선택은 아니란다. 야구야말로 치고 달리고 솟구치고 슬라이딩까지 하면서 역전이 가능한 스포츠니까. 역시 우리의 빅맨다웠다. 나는 진도 7.5에 가까울 정도로 난리를 쳤다. 빅맨의 손을 끌고 학교 운동장으로 내달은 건 당연한 이치였다. 부자간의 배팅볼. 하지만 난 금세 싫증을 느꼈고 눈길은 자꾸 야구공이 아닌 농구공에 가닿았다. 운동장 구석에서 아이들이 모여 한창 농구 경기에 열중이었으니까.

농구처럼 점수가 쑥쑥 올라가는 경기도 없지, 게다가 농구공으로 인생을 드리블하며 사는 것도 나쁜 건 아니고 말야. 빅맨은 다음날 내 가슴에 농구공을 안겨주며 말했다. 하지만 농구공은 너무 크고 무거웠다. 내가 아무리 점프를 하고 골대를 향해 슛을 던져도 그물망조차 건드리지 못했다. 점점 내 눈은 농구 코트를 떠나 축구공에 머물기 시작했다. 바야흐로 월드컵 시즌이었고 TV에서는 연일 축구 경기만 방송 중이었으니까. 나도 호나우두처럼 멋진 축구선수가 될래요. 그래, 그것도 나쁜 선택은 아니란다, 축구란 그야말로 발레처럼 발의 아름다움을 관중에게 보여주는 스포츠니까. 하지만 내 발은 손보다 더 무뎠다. 킥을 한 공은 힘을 잃고 다른 쪽으로 굴러가기 일쑤였다. 빅맨은 아마 속으로 이렇게 되뇌었을 것이다. 이 녀석은 아무래도 녹을 얼음이 아니었군. 하지만 빅맨은 내게 용기만은 잃지 않도록 했다. 아들아, 꼭 운동을 잘하는 것만이 최고는 아니야. 신은 공평하거든. 그때 다시 내 눈길을 잡아챈 것은 다름 아닌 유리구슬이었다.

스포츠 중에 구슬치기가 있다면 어떻게 됐을까. 아마 난 세계 챔피언이 됐겠지. 당시 나는 친구들 사이에서 달인으로 불렸으니까. 멀리 있는 구슬도 내가 한쪽 눈을 감고 탁, 튕기면 백발백중이었다. 덕분에 내 책상 서랍 속에는 구슬이 수북하게 쌓여 있었다. 그 구슬은 중학교 문턱을 넘어설 때까지 그득했었는데 어느 날 감쪽같이 사라져버렸다. 너도 이제 구슬 대신 단어장 쥐고 살아야 할 나이다. 엄마 말에 나는 아무 대꾸도 할 수 없었다. 이후 나는 재능영어, 재능수학을 풀었다. 그래도 성적만큼은 평범

해도 너무 평범했다. 그 바람에 난 지극히 평범한, 아니 조금 덜 평범한 학생이 되어갔다. 그러다가 고등학교를 졸업했고 그렇고 그런 대학에 진학했다. 그러니 대학에 입학했다고 해서 없던 향학열이 타오를 리 만무했다. 늘 술집 아니면 당구장만 기웃대기 바빴다.

당구란 너무 단순한 경기였다. 작대기로 구슬치기. 게다가 당구공이야말로 유리구슬보다 크니 맞추는 것이 어려울 것도 없었다. 당구계에 같이 입문한 친구들이 큐로 기본기를 익힐 때 이미 나는 스리쿠션을 쳤고, 녀석들이 스리쿠션을 배울 때 나는 나인 포켓볼에 입문해 내기 당구를 치고 있었다. 당구장 창대 형은 하루가 다르게 달라지는 내 실력에 프로 입문을 종용했다. 하지만 평생을 당구공만 바라보면서 사는 건 지루하다 싶었다. 그래서 형에게 말했다. 그건 군대 가서 진지하게 고민해볼게.

재능이 없다는 건 제대를 하더라도 그렇고 그런 삶을 살아야 한다는 얘기다. 그런 삶은 정말이지 죽어도 살고 싶지 않았다. 은희는 벽에 쓰인 글귀가 눈에 띄지 않는 모양이었다. 그녀는 어디, 어디? 하며 내가 거짓말이라도 한 듯이 주위를 두리번거렸다. 나의 턱짓에 젖가슴을 출렁거리며 벽까지 다가간 다음에야 그녀는 나를 향해 두 눈을 치떴다. 그 봐, 내 눈은 정확하다니까.

그제야 은희도 영화 속의 휴대폰이 다른 기종이었음을 인정하는 눈치였다. 침대로 돌아온 은희가 묻는다. 앞으로 며칠 남았어? 사흘. 사흘밖에 안 남았다고? 은희가 되묻자 내 기분이 야릇하다. 정말 앞으로 사흘밖에 남지 않았다니. 사흘 후면 이 긴 머리카락은 잘려 있을 것이고 은희와 더 이상 만날 수 없겠지. 우리 추억 새기러 경주 갈까? 내 제의에 은희가 이기죽거리며 나선다. 추억 새기려고 굳이 경주까지 가? 여기서도 충분한데. 추억에도 가슴에 쌓이기만 하는 게 있고, 새겨지는 게 있다잖아. 그래서 미용실 째고 경주까지 납시자고? 그럼 환송식도 없이 그냥 헤어져? 아니, 내 말은 경주라니까 그건 묻으러 가는 거지, 새기러 가는 게 아니라는 뜻이지. 은희의 말이 맞는지 모른다. 경주는 무덤의 도시니까. 내가 입을 연다. 그래서 못 가겠다는 거냐, 안 가겠다는 거냐? 지금 나 뽕 맞은 것처럼 황홀한 거 안 보여? 그럼 환송 이벤트 식순은 네가 짜. 오케이, 하면서 은희가 환하게 웃는다.

오늘은 왜 메추리알도 하나 없어? 빅맨이 투덜거린다. 그는 계란조림이나 하다못해 계란프라이를 알약 챙기듯 복용한다. 그러다가 가끔 그걸 내게 억지로 권하기도 한다. 하지만 되레 입맛만 상하게 할 뿐이었다. 그때 엄마가 대뜸 소리를 높인다. 오늘 밥상은 당신을 위한 게 아니잖아요? 그러거나 말거나 누나는 부스스한 모습으로 젓가락만 깨작대고 있다. 눈이 잔뜩 부은 상태로 봐서 간밤에 제법 운 모양이다. 그러게 왜 핸드백 속에 콘돔을 넣어 다니다가 들키나. 간수라도 잘해야 빅맨한테 잔소리는 덜 듣지. 빅맨이 흘낏 나를 훔쳐본다. 그러더니 다시 젓가락질을 계속한다. 아들을 떠나보낸다는 아쉬움 탓일까. 오늘따라 빅맨의 젓가락에 힘이 실려 있지 않은 것 같다. 우람한 체구에 걸맞게 빅맨은 식사 시간도 짧다. 밥과 반찬을 골고루 먹다가 밥이 반쯤 남으면 국에 만다. 그리고 후루룩. 그러면 대개 오 분쯤 걸린다. 할아버지한테 전화는 드렸냐? 빅맨이 나를 향해 묻는다. 아뇨, 좀 있다가 드리려고요. 기차표는? 끊어놨어요, 근데 꼭 거기까지 가야 하나요? 오래 뵙지 못할 건데 당연히 찾아봬야지. 빅맨의 표정으로 봐서 물릴 것 같지 않다. 할 수 없다. 그렇다면 잠시 들렀다가 경주로 출발하면 되니까. 은희도 이별 여행이니 그 정도는 이해해주겠지. 그때 빅맨이 다시 입을 연다. 갈 때 저거 꼭 챙겨 가거라. 빅맨이 턱짓을 하는 곳에 스티로폼 상자가 놓여 있다. 저게 뭔데요? 전복이다. 전복요? 응, 자연산으로 주문한 거니 할아버지 갖다 드려. 세상에, 저걸 들고 가라니. 갑자기 머리에 쥐 내리는 기분이다. 아니, 그냥 인사만 하고 오면 되는 거 아니었어요? 어른한테 그냥 가는 거 아니다. 택배로 보낼 수도 있잖아요? 그건 예의가 더더욱 아니지. 허걱, 코와 입을 총동원해도 숨 쉬기가 답답하다.

야, 이건 약속이 틀리잖아! 은희가 어처구니없다는 듯 소리친다. 짐작했지만 너무 크게 소리를 치는 바람에 쥐고 있던 스티로 폼 상자를 놓칠 뻔했다. 대합실에 앉아 있던 손님들까지 무슨 일인가 싶어 우리 둘을 쳐다본다. 아니, 내 말은…… 경주 가기 전에 잠시 들렀다가 가자는 거지. 그리 멀지 않아. 내가 적절히 양념까지 섞어 달랜다. 그래도 은희는 불쾌한 감정만 증폭시킨다. 그렇다고 내가 왜 니네 할아버지 집까지 따라가? 안 갈 이유는 뭐 있어, 서방인데? 그건 다른 개념이잖아. 그러니까 평생 먹여 살릴 능력이야 몰라도 내 말대로 따라준다면 일박 이 일 정도는 충분히 먹여 살려주겠다 그 말이야. 따라오기 싫으면 내가 할아버지댁에 갔다 올 동안 대합실에서 기다리고 있든지. 야, 그게 할 말이야? 이건 우리 둘만의 여행이잖아! 은희의 반응이 장난 아니다. 마치 반항심을 최대로 발휘하는 것 같다. 적당히 물러서지 않으면 '침 사태'라도 당하겠다. 아주 잠깐이면 돼, 그러면 경주에서 멋진 이별 여행을 보낼 수 있다니까? 은희가 세모눈을 치뜨며 나온다. 근데 넌 왜 기분 나쁘게 아까부터 이별 여행이라고 그래? 그럼 환송식이라 부를게. 말 하나는 참 휘황찬란하게 돌리셔, 정말. 그래도 은희의 충만하게 부은 얼굴은 가라앉지 않는다. 이렇게 실랑이만 벌이다간 진짜 기차 놓치겠다, 떠그랄. 내가 소리친다. 빨리 움직여, 안 그러면 경주에서 머리 올릴 시간도 없겠다야. 나의 재촉에도 은희는 여전히 불퉁한 표정을 지을 뿐이다.

　기차는 푸헥, 픽, 거친 숨소리를 내며 달리는 중이다. 은희는 때아닌 명상 삼매경에 빠져 있다. 내가 기분 전환을 위해 농담을 하고 훈훈한 입김을 귓가에 불어 넣어도 눈만 흘길 뿐이다. 그 바람에 선반 위에 올려놓은 스티로폼 상자에 자꾸 눈길이 쏠린다. 나 지금 기분 엄청 나빠, 이러다간 나쁜 사람 될지 몰라, 그러니 제발 너도 노력해줘. 은희의 말이 귀에 오롯하다. 젠장, 저것만 아니었어도 은희의 감정이 꽈배기가 되지는 않았을 텐데. 신경전을 벌인 탓인지 가슴에 피곤함이 소복하다. 창밖을 봐도 눈길을 잡아채는 풍경이 없다. 그런데 왜 하필 전복을 산 거지. 설마 기차가 전복되길 원한 건 아닐 테고, 당구장에서 빈둥거리는 내 인생이 전복되기를 원하나. 아니면 할아버지가 전복을 되게 좋아하시나. 아, 머리털이 갑자기 곤두선다. 전복 때문에 속마저 뒤집히는 기분이다. 그때 덜그럭거리는 소리를 내며 밀차가 다가온다. 은희가 기다렸다는 듯이 눈을 번쩍 뜬다. 나, 삶은 계란 한 줄 사줘. 하필 은희의 입에서 계란이라는 말이 터져 나오자 내 눈이 저절로 휘둥그레진다. 이것도 다 빅맨 탓일까. 갑자기 웬 계란 타령이야? 내가 묻자 은희가 대답한다. 계란이야말로 울고 싶을 때 먹는 음식이거든. 그건 또 무슨 이유냐? 은희가 어이없다는 듯 소리친다. 이 븅신아, 넌 똥만 만들고 사니? 저절로 목 메이니까 핑계 대기 좋잖아!

빅맨의 체구는 할아버지의 피를 물려받은 것이 틀림없다. 할아버지 또한 빅맨처럼 엄청 기골이 장대하니까. 할아버지는 얼마나 힘이 셌던지 한 손만으로 쌀가마니를 움켜쥔 채 십 리를 걸어갈 정도였다고 한다. 그러니 명절이나 마을 대항 씨름대회가 열리면 우승은 '따 놓은 당상'이나 마찬가지였고. 하지만 당시에는 씨름대회가 정기적으로 열리는 것이 아니었고, 돈이 되는 일도 아니었다. 거기에 할아버지의 아쉬움은 컸다. 천하장사, 이를테면 씨름 챔피언이 젊은 할아버지의 꿈인 셈이었다. 그런 꿈을 가진 할아버지는 씨름 기술을 엉뚱하게 할머니한테 풀면서 운명이 꼬이고 말았다. 적어도 내가 알기로는.

기차에서 내리면 금방이라며? 은희가 되쏜다. 그렇게 멀지 않아, 걸어도 한 십 분이면 충분할걸? 그럼 택시라도 타든가, 벌써 이십 분 넘게 걸었잖아! 또 발걸음보다 감정이 앞서신다. 네 걸음이 느려서 그런 거야. 조금만 빨리 걸어. 난 도저히 못 걷겠어, 너 혼자 갔다 와. 거리에서 하이힐까지 벗어던지고 주저앉아버린다. 지나가는 차들이 우리를 힐끗거린다. 최소한 이따위 여행을 작정했다면 모닝이라도 한 대 몰고 나서든가, 쳇. 은희가 볼

멘소리를 낸다. 거의 다 왔다니까. 난 돌아갈래. 여기까지 와서 기차역으로 돌아간다고? 그게 더 낫겠어, 계속 가는 것보담. 아, 그 계집애 성깔 하나 더럽게 타고났다. 설마 여기까지 와서 인연에 빨간 줄을 긋고 돌아가진 않겠지. 저게 다 전략적으로 저러는 거지. 두고 보자 싶어 나 혼자 털레털레 걸음발을 재촉한다. 한참을 걸어도 따라오는 발소리도, 같이 가자는 고함도 없다. 저게 진짜 돌아가려나 싶어 돌아보니 엥, 이게 웬일인가. 은희 곁에 트럭이 멈춰 서 있다. 조금 전에 지나친 계란을 듬뿍 실은 트럭이다. 저게 태워달라고 치마라도 걷어 올렸나? 그때 은희가 손을 흔들며 소리친다. 삼십 분 내로 기차역에 오지 않으면 여행 취소야! 트럭은 문이 닫히자마자 검은 연기를 뿜으며 내뺀다. 아, 정말 니기미 뿅이다.

처음에는 반대했제, 당연히. 그래도 자꾸 찾아와. 니 아비한테 재능이 있다고 맡겨달라는 기라. 그래서 하루는 이 할애비가 물었제. 그라만 배구를 해도 챔피언이 될 수 있냐꼬. 그러이까 담임이 야그를 하는 기라. 배구는 개인이 아닌 단체경기지만 국가대표가 되고, 또 올림픽에 나가 금메달만 따몬 세계 챔피언이 되는 기람서. 거다가 올림픽에 나가 금메달만 따몬 평생 연금도 나온다 카는 말에 마음이 동하고 말았제. 자식 앞가림은 하도록 하는 게 부모 도리니까 말이라.

빅맨이 기량이 출중한 선수였음은 분명하다. 그건 집에 가득한 메달과 트로피가 증명한다. 빅맨은 중·고등학교 시절 때만 해도 '강 스파이크'의 소유자였다. 또래 선수들보다 두 배가 되는 키. 거기에 가공할 만한 점프력은 공격하기 전에 상대방 선수들을 주눅 들게 했다. 그러니, 어느 대학에서 탐내지 않으랴. 하지만 빅맨은 무슨 생각인지 광주에 있는 대학으로 진학했다. 어쩌면 자신의 기량을 발휘할 수 있는 신생 팀을 택했을 수 있다. 하지만 대학 졸업을 앞두고 무릎 이상이 발생하고 말았다. 그런데 빅맨의 무릎이 오일팔 때문이라니? 빅맨이 총을 맞고 죽어가는 것을 본 적이 있다는 말은 엄마에게 들었다. 그러니까 총 한 자루 사주지 않아 아이들과 전쟁놀이를 하지 못한 게 억울해서 집으로 달려와 엄마에게 따졌던 때였을 것이다. 빅맨이 사고까지 당했다니. 그것도 선수의 생명인 무릎을 진압봉으로 무참히 구타당하다니. 그제야 빅맨이 총기류 장난감을 사주지 않은 이유를 알 것 같았다.

그때 일이 없었으몬 니 아비는 챔피언이 아니라 챔피언 할애비가 되고도 남았을 끼라. 할아버지는 무연한 눈길을 던진 채 말했다. 말투로 보아 아직 빅맨에 대한 미련이 남아 있는 듯했다. 하긴 그걸 빅맨이 모를 리 없다. 그랬기에 나와 함께 고향 마을 찾는 걸 피하려 했겠지. 할아버지의 장황한 이야기는 끝날 줄 모른다. 무료함을 달래려 나는 마당가에 서 있는 바지랑대만 바라보았다. 빨랫줄에는 젖은 빨래가 가득했다. 그 탓에 힘겹게 허공에 떠받치고 있는 바지랑대가 부러질 것 같아 위태로워 보였다.

은희는 술 몇 잔에 기분이 붕 떴다. 하지만 나는 정반대다. 시간이 흐를수록 마음이 무겁기만 하다. 할아버지의 말이 지느러미를 달고 가슴을 헤엄쳐 다닌다. 이게 다 무덤의 도시라서 그런가. 마치 모텔이 무덤 속만 같다. 그 때문인가. 은희가 실험적인 키스를 해대고 내 젖꼭지를 비틀어대도 가라앉은 마음은 떠오르지 않는다. 너, 머리 올리는 것 때문에 심란해서 이러는 거야? 은희가 내 표정을 살피며 묻는다. 그깟 머리 때문에 이러는 줄 알아? 그럼 뭐야? 그냥 가만히 좀 내버려둬, 생각 좀 하게. 은희가 토라진 듯 등을 돌린다. 두 사람 사이에 잠시 침묵이 쌓인다. 골똘한 생각이라도 하는지 한동안 미동도 없던 은희가 나를 향해 다시 돌아눕는다. 그러고는 손을 뻗어 내 거시기를 거머쥐더니 입을 연다. 이거 빨아줄까? 내가 이맛금을 파며 되쏜다. 원래 동침은 머리 올리고 하는 거야. 은희가 웃으며 입을 연다. 알았어, 그럼 계속 생각해, 난 이벤트 준비나 할 테니까. 은희가 핸드백 속에서 미용용 전동이발기를 꺼낸다.

언제였을까. 빅맨이 거실에 앉아 무언가에 몰두하고 있었다. 뭐 하세요? 외출해서 돌아온 내가 물었을 것이다. 빅맨은 호옵, 하고 놀라는 표정을 했다. 빅맨의 무릎 위에는 하얀 색상에 등번호 8번이 박힌 유니폼이 놓여 있었다. 빅맨이 대학 시절에 입었던 선수복. 저런 오래된 옷을 아직 간직하고 있다니. 빅맨의 옆에 반짇고리가 놓여 있었다. 바느질은 엄마에게 부탁하시지, 이게 무슨 청승이세요? 그, 그건 네 엄마도 바쁘잖니. 그래서 직접 옷을 기워 입고 사시겠다? 아니, 뭐 집에서 별로 할 일도 없고. 하긴 어머니는 슈퍼에서 한창 바코드를 찍고 있을 테니 혼자 심심하기도 했을 것이다. 게다가 엄마가 봤다면 바로 쓰레기통에 처박았을지도. 옷을 갈아입고 거실로 나오니 빅맨은 유니폼을 입고 서 있었다. 마치 내가 나타나기만을 기다리고 있었던 것처럼. 어떠냐? 옛날 선수 시절의 폼이 나오는 것 같지 않냐? 선수가 아니라 어울리지 않는 옷을 걸친 노숙자 같은데요. 이걸 입으니 마치 선수 시절로 돌아간 기분이다. 그럼, 생활복으로나 잠옷으로 애용하세요. 빅맨은 유니폼을 입은 자신의 모습을 거울까지 비춰 보았다. 내 눈에 들어오는 건, 실밥이 해져 금세라도 떨어져 나올 듯한 등번호 8자 뿐이었다. 엄마가 봤다면 저놈의 8자 때문에 내 팔자도 엉망이 됐구나, 탄식했을 터였다. 그런데 오늘따라 왜 불쑥 그 일이 떠오르지? 왜 낡은 유니폼이 나를 울컥거리게 하지?

넌 아무리 생각해도 이상한 놈이야. 은희가 불쑥 입을 연다. 내가 묻는다. 왜? 알몸으로 머리 깎자고 해서? 은희가 대답한다. 그거야 머리카락 안 묻으려면 둘 다 벗는 게 낫지. 근데 뭐가 이상하단 거야? 은희가 잠시 생각하는 듯하더니 다시 입을 연다. 한 번씩 딴 곳에 있는 것 같으니까, 넌 뭔가 생각하는 게 너무 진지할 때가 있거든. 마치 무언가를 노려보는 것 같다고나 할까? 듣고 있던 내가 나선다. 내가 뭐 언제 그런 적이 있다고? 아냐, 커피숍에 앉아서도 거리를 내다보는 걸 보고 있으면 마치 혼이 빠져나간 사람으로 보일 때가 있어. 그때마다 넌 나와 함께 있지 않고 다른 곳에 있는 것 같기도 하고. 은희의 말은 계속 이어진다. 나를 뚫어지게 쳐다볼 땐 네 눈빛에 온몸이 관통당한 듯 섬뜩한 느낌이 들 때가 있거든. 그게 네 매력이기도 한데 자세히는 말 못하겠어. 내가 되쏜다. 그런 것도 매력이냐? 매력이란 재능이 받쳐줘야 진짜 매력이지. 내 말에 은희가 한숨을 내쉬더니 대꾸한다. 난 그런 재능도 매력도 없어. 은희가 고개를 꺾는다. 내가 되쏜다. 미용 기술은 재능 아냐? 헤어디자이너가 되겠달 땐 또 언젠데? 은희가 힘없이 말한다. 그쪽으로 재능이 있는 줄 알았는데 아닌 것 같아. 지금은 까만 것만 보면 머리카락이 떠올라 속이 미식거리기만 해. 그럼, 우리 삭발 의식도 못 치르는 거 아냐? 그거야 눈물을 머금고서라도 올려줘야지, 멀리 떠날 서방님

인데. 은희가 전동이발기의 전원을 켠다. 그러고는 입을 연다. 준비됐어? 나도 모르게 호흡을 가다듬는다. 그리고 천천히 머리를 끄덕인다.

습관이란 무서운 법이다. 머리를 가다듬기 위해 쓰윽 손짓을 했을 때, 아무것도 닿지 않아 나도 모르게 머쓱해지곤 했다. 아 참 나 빡빡머리지, 하고 깨달으면서. 그것을 빼고 나면 달라진 것은 없었다. 빅맨 대신 조교가, 트레이닝복 대신 군복으로 교체된 것뿐이었다. 어떻게 생각하면 집보다 편한 곳이기도 했다. 괜히 조바심쳤다 싶었다. 그러니까 군대란 제복 입은 학교나 다름없었다. 입만 열면 뭐든 최고가 되기를 강요할 뿐이었으니까. 제군들은 국가 안보를 책임질 최고의 군인이 되어야 한다. 군대에서 이등은 없다, 오로지 일등만 존재할 뿐이다. 말똥을 단 훈련단장이 훈시할 동안에도 나는 속으로 구시렁거렸다. 최고가 되기를 원한다면 군대가 아니라 다른 곳에 갔지, 이곳에 왜 오나. 하지만 나는 이내 이 말을 수정해야 했다. 최고인 것을 알리면 군대에 와야 한다!

재능은 바지 속의 거시기 같은 것, 언제 꺼내느냐가 문제다! 상호란 녀석을 꼭 한번 만나보고 싶었다. 당신은 내 삶의 은인입니다, 감사합니다. 깊은 포옹까지 덤으로 선사하며 말해주고 싶었다. 사격 훈련을 앞두고 조교가 소리쳤다. 표적지에 탄착점이 정삼각형을 이뤄야 한다, 그렇지 않으면 십 미터 앞의 적도 사살할 수 없다, 알겠나! 조교의 말이 끝나자 우리는 먼저 세 발을 발사했다. 평생 처음 쏘아보는 총이었다. 호오, 내 뒤에 서 있던 조교의 입에서 어릴 적 빅맨이 내게 내뱉던, 똑같은 감탄사가 터져 나왔다. 망원경을 들고 통제실에서 지켜보던 장교도 믿을 수 없다는 듯 붙여놓은 표적지를 떼어 오라고 했다. 과녁에는 구멍 하나만 덩그렇게 나 있었다. 그걸 본 나는 아차 싶었다. 두 발의 흔적이 아무리 찾아보아도 눈에 띄지 않았으니까. 이 새끼, 다시 한 번 더 쏴봐. 그래서 또 '엎드려 쏴'를 했다. 이번에도 표적지에는 구멍이 하나밖에 없었다. 그걸 본 장교는 흐뭇하게 웃었다. 좋아, 이제야 제대로 된 놈을 만났군. 이제부터 넌 사격 훈련에만 집중한다, 알겠나?

우연히 발견한 재능 덕분에 나는 부대를 대표하는 선수로 발탁되었다. 그리고 얼마 뒤에는 부대별 사격대회에 출전하기도 했다. 하지만 그때까지 난 내가 사격에 출중한 재능을 갖고 있다고는 믿지 않았다. 그래서 까짓거, 그냥 최선을 다해보는 거지 뭐, 하고 말았다. 하지만 우승까지 하자 이게 진짜 내 재능인가 의구심을 떨치기 어려웠다. 군대에서 제일 큰 상은 당연히 휴가다. 나는 부대장으로부터 사흘간 특별포상휴가를 받았다. 드디어 내일이면 내 발로 걸어서 집으로 갈 수 있었다. 한데 이게 무슨 뜬금없는 소식이람. 빅맨이 돌아가셨다는 비보가 날아든 것이다. 믿기지 않았기에 나는 되물었다. 혹시 할아버지가 아니고요? 전보엔 틀림없이 아버지라고 적혀 있었다. 믿을 수 없었다. 아니, 운동으로 다져진 양반이 죽다니. 아무리 그래도 죽음까지 제 마음대로 해서는 안 되는 거였다. 적어도 입대한 아들을 생각한다면 제대 후에 나를 앉혀놓고 돌아가셔야 했다. 아무래도 아들아, 내가 오늘을 못 넘길 것 같구나. 부디 나 대신 네가 엄마랑 누나를 잘 모셔라. 최소한 그 정도는 해줘야 하는 게 아닌가. 근데 이건 뭐 휴가 가는 날 맞춰 죽다니. 이건 아무리 생각해도 부자간 작별의 수순이 잘못된 것 같았다.

빅맨의 뼈는 단단했다. 다른 이가 '수골 중'이라는 말이 뜨고 유골함을 들고 장지로 떠난 다음에도, 여전히 '화장 중'이란 말만 떠 있을 뿐이었다. 하긴, 뼈대가 크고 운동으로 단련된 몸이니 천오백 도에 가까운 뜨거운 열기에도 쉬 망가지지 않았을 것이다. 빅맨은 제 심장 소리에 귀 기울이고 있었을지 모른다. 종종 빅맨은 베란다에 앉아 가슴을 쓰다듬곤 했으니까. 그제야 빅맨이 왜 목욕탕에 다녀왔으며, 얼굴의 점까지 레이저로 치료했는지 납득이 갔다. 엄마의 말마따나 임종을 준비했던 셈이라고나 할까. 안내 방송이 나온 건 거의 두 시간 가까이 될 무렵이었다. 수골실로 갔을 때, 빅맨의 육신은 그 어디에도 찾을 수 없었다. 하얀 유골만 남은 빅맨. 그 모습을 보고 어떻게 살아생전의 빅맨을 떠올릴 수 있을까. 누나와 엄마는 다시 울음이 북받치는지 서럽게 울기 시작했다. 하지만 나는 빅맨의 유골을 뚫어지게 바라보기만 했다. 빅맨의 하얀 유골 중 유독 검게 탄 뼈 때문이었다. 엄마, 저 뼈는 도대체 뭐야? 내 말에 울던 엄마와 누나도 눈을 치떴다. 검은 뼈는 오른쪽 무릎 근처에 놓여 있었다. 아버지가 언제 인공관절 수술한 적 있어? 아니, 전혀 없는데? 그렇다면 저건 도대체 어떻게 된 영문일까. 계란을 먹으며 켁켁거리던 빅맨. 계란을 삼키며 무릎이 꺾인 자신이 서러워 울먹였던 것일까. 인생을 전복시키고 새처럼 훨훨 날고 싶어서? 이유는 알 수 없었다. 수습한 유골을 들고 밖으로 나오니 햇살이 얄밉게 눈이 부셨다. 빅맨이 죽었는데 이렇게 세상이 환하다니. 최소한 눈발이 흩날리거나 가랑비가 듣거나 하다못해 안개라도 뿌옇게 쌓여 있어야 하는 거 아닌가. 그게 더 내 속을 서럽게 했을 것이다.

바지랑대 생각이 난다. 할아버지 고향집 마당에 서 있던 그 긴 장대. 빨래가 땅에 닿지 않게 하늘로 밀어 올려주던 버드나무 작대기. 어쩌면 빅맨은 나를 창공으로 밀어 올려주던 바지랑대였는지 모르겠다. 부대로 복귀한 나는 다시 표적지를 상대하기 시작했다. 이전과 달라진 것이 있다면 빅맨의 죽음이 나를 부쩍 키웠다는 느낌이 든다는 거였다. 그러니 옷이 작다는 생각이 든 건 어쩌면 당연한 거였는지 모른다. 이듬해에 나는 만기 전역을 했다. 물론 군 생활 동안 은희로부터 온 연락은 없었다. 머리까지 올려준 사이라 서운했지만 나쁜 년이란 생각은 들지 않았다. 다만 은희도 나처럼 자신의 재능을 찾았기를 바랄 뿐이었다. 그래야 그녀의 인생도 달라질 수 있을 테니까.

햐, 제기랄. 맞췄으면 이번 큐에 게임 완전히 뒤집는 건데. 창대 형은 아깝다는 듯이 투덜거리고 서 있다. 당구장 입구에 서서 형을 지켜보던 내가 입을 연다. 형은 세월이 흘러도 여전하시네요? 창대 형이 고개를 돌린다. 어, 이게 누구야? 드디어 제대했구나, 너. 형은 진심으로 반가운지 악수까지 건넨다. 형의 환대에 내가 웃으며 말한다. 그동안 잘 지냈습니까? 근데 너, 군대 가서 사람 백팔십 도 달라진 거 같다야? 체격도 커지고 말투와 억양도 달라지고. 인생이란 게 뭐 한순간에 전복되는 당구 게임과 같은 건가 봅니다. 전복이라, 그거 딱 어울리는 말인걸. 그나저나 생각은 해봤어? 형이 갑자기 진지한 표정을 짓는다. 아, 네. 군대에서 생각해보니 아무래도 난 사격에 더 재능이 많은 것 같더라고요. 형이 갑자기 진지한 표정으로 되묻는다. 그래서 당구대신 사격으로 결심했다? 지금 태릉에서 합숙 훈련하다가 잠깐 집에 들른 길입니다. 그럼 사격 국가대표란 거야? 형이 놀란 표정을 짓는다. 아뇨, 공기소총 입사 부문 최종선발전이 남아 있으니 아직 태극마크를 단 건 아닙니다. 야, 그거야 문제도 아니지, 맞히는 덴 재능 있다는 거 내가 이미 인증했으니까. 그러더니 형은 깜박했다는 듯이 이내 말을 잇는다. 근데, 점심은 먹었어? 아뇨, 괜찮습니다. 그러지 마, 이건 제대 기념이 아니라 국가대표를 위해 한턱 쏘는 거니까. 형이 내 손을 잡아끈다. 당구장을 빠져나와 거리로 나서자 형이 불쑥 입을 연다. 넌 무슨 음식 좋아하냐? 전 계란이 나오는 식당이면 무조건 오케이입니다. 형이 고개를 갸웃거린다. 그러더니 이내 걸음을 재촉한다.

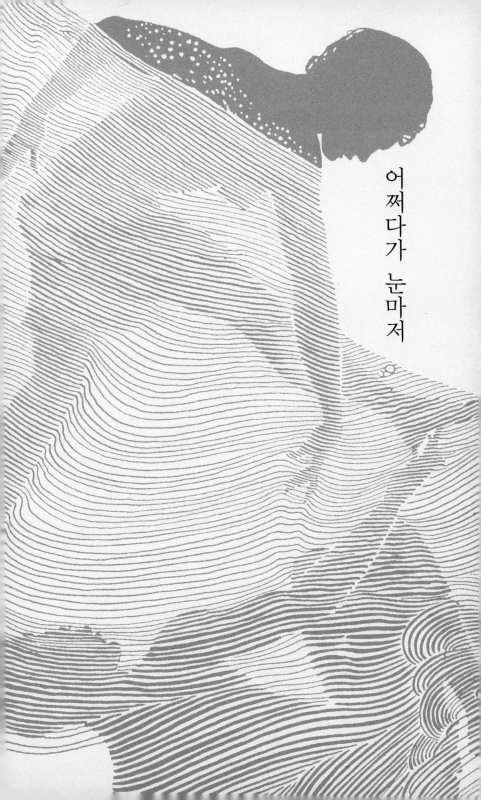

어쩌다가 눈마저

오빠, 오늘 우리 둘이 눈 맞겠네? 순심이 운전대를 쥔 채 흰소리를 친다. 그녀의 말이 눈을 함께 맞아서 기분이 좋다는 뜻인지, 둘이 함께 바람이라도 나겠다는 뜻인지 알 수 없다. 들뜬 순심의 마음을 이해하지 못할 내가 아니다. 이곳이야말로 한겨울에도 눈 구경하기가 쉽지 않은 지역이니까. 하지만 여정의 목적지가 슬픔의 장소였으므로 덩달아 맞장구칠 계제가 아니다. 눈 맞는 건 두 번째고 우선 사고 안 나게 안전 운전해, 까딱하다간 우리까지 저승길 동행할 수 있으니까. 오빠는 눈 오는 거 좋지 않아? 좋긴 하지, 하지만 아이처럼 무작정 좋아할 상황이 아니니까 하는 소리지. 그렇다고 계속 슬픈 표정을 지어가며 달려갈 필요까진 없잖아? 그래도 최소한 망자는 생각하며 가자는 거지, 부고장은 망자가 산 자에게 보내는 마지막 질문지라 그랬는데. 순심은 기분이 상했는지 입을 샐쭉거리더니 이내 말문을 닫는다.

그녀가 침묵으로 일관하자 실내는 차량의 엔진음과 타이어 마찰음으로 그득하다. 고개를 내밀어 허공을 올려다본다. 내리는 눈송이가 큼직한 게 아무래도 눈치가 수상쩍다. 몰려온 눈구름 탓일까. 사위도 금세 어둑해졌다. 일기예보에는 한두 차례 눈이라고 했다. 당연히 지역상 큰 눈이 오지 않으니 눈발이 조금 날리다가 그칠 것이다. 다만 지금 눈은 내리고 있으므로 눈을 함께 맞으며 길을 떠날 수밖에 없다는 건 분명했다.

고속도로로 진입하는 톨게이트가 눈앞이다. 통행료는 내가 낼게, 어차피 기름값도 많이 들 테니까. 내 말에 순심이 한 치의 머뭇거림도 없이 대꾸한다. 괜찮아, 신경 쓸 거 없어. 그래도 내가 얹혀 가는 처지이니 맘 편하게 해줘. 그럴 필요 없다고 해도 그러네? 순심이 그런 말로 사양했지만 나는 바지 주머니를 뒤지기 시작한다. 통행료야 천 원짜리 몇 장이면 충분할 테니까. 바지 주머니에 손을 넣는 순간, 지폐가 아닌 딱딱한 물건이 손에 잡힌다. 동전도 아닌 것 같은데 이게 뭐지? 꺼내고 보니 너트다. 이걸 왜 주머니에 넣었지? 그러니까 너트를 발견한 건 순심의 자동차를 기다리고 있을 때였다. 도로 멀리까지 시선을 뻗었는데 길바닥에서 뭔가 반짝 빛이 났다. 누군가의 주머니에서 떨어진 동전인가 싶어 살피니 너트였다. 이게 왜 여기에 떨어져 있는 것일까. 나도 모르게 허리를 숙여 너트를 집었다. 겉은 녹이 슬었지만 안쪽은 하얀 나사선 상태를 그대로 유지하고 있었다. 그렇다면 이게 나온 지 얼마 되지 않았다는 증거가 아닌가. 아직 쓸 만한 부품. 근데 이건 어디서 나온 것일까. 어느 부분을 조이고 있던 나사일까. 그런 생각을 하던 중 빵빵, 클랙슨 소리가 났다. 오빠, 그건 뭐야? 내가 꺼내 든 너트를 만지작거리자 순심이 궁금하다는 듯이 묻는다. 엉? 이거 보다시피 나사잖아. 그러니까 그걸 왜 주머니에 넣고 다니냐고? 모르겠어, 이걸 줍긴 주웠는데 왜 주머니에 넣었는지 그 이유를 나도 모르겠네? 오빠, 혹시 그때 명재 오빠 생각하고 있었던 거 아냐? 그녀의 말처럼 그때 난 명재 생각을 했을까. 어쩌면 그랬는지 모르겠다. 제자리를 찾지 못해 평생 굴러다니다시피 한 놈이었으니까. 잠시 생각하는 사이 차는 톨게이트를 지나친다. 나도 모르게 눈이 휘둥그레진다. 오빠 보기보다 구식이다, 저거 안 보여? 순심이 턱짓으로 하이패스 단말기를 가리키며 웃는다. 그제야 나도 웃음이 터진다. 하지만 왠지 씁쓸하다. 이런 사소한 세상의 변화에 민감하지 못한 게 늙어가는 증거 같아서.

설레발을 떨던 순심도 이제 눈송이가 지겨운지 연신 하품이다. 입도 가리지 않고 내뱉는 저 동작. 여고생이었다면 아마 저런 모습을 결코 보여주지 않았을 것이다. 그러고 보니 순심이도 벌써 마흔 중반이다. 얼굴에 지난 시절의 그 뽀송한 윤기도 사라졌으며 입가에는 잔주름이 가득 잡혀 있다. 역시 시간의 식성은 무섭다. 오래오래 씹으며 생명체를 죽음으로 몰아가니까. 순둥이 여고생이 이렇게 변할 줄은 생각지도 못했다. 이럴 줄 알았으면 내가 차를 가지고 오는 건데 그랬어. 내가 입을 열자 순심이 되쏜다. 오빠는 거기 가면 술 마셔야 하잖아. 마시지 않음 되지. 그러니까 그게 가능하냐고? 고향 친구들 보면 아무리 무거운 분위기라도 반갑다고 죄다 술잔 내밀며 덤벼들 건데. 날씨가 이러니 그냥 해보는 소리야, 게다가 너도 피곤해하는 것 같고. 오라버니나 맘 놓고 한숨 푹 주무시기나 하셔요, 어차피 빈소에 가면 쉬지도 못할 테니까. 그때 우우웅, 하는 휴대폰 진동음이 울린다. 나도 모르게 바지 주머니에 손이 간다. 하지만 손에 쥔 휴대폰은 죽은 것처럼 미동이 없다. 내 전환가 보네? 오빠 미안한데 뒷좌석의 핸드백 좀 줄래? 순심의 말에 나는 몸을 돌려 뒷좌석을 기웃거린다. 뒷자리에는 핸드백뿐만 아니라 갖가지 물건이 어지럽게 놓여 있다. 아마 고객을 위한 미끼용 상품인가 보다. 핸드백 속에 든 휴대폰을 꺼내 순심에게 내민다. 휴대폰을 받아든 그녀가 흘낏 액정 화면을 살핀다. 그러더니 통화 버튼을 누르며 대뜸 응, 엄마! 하고 소리친다. 순심이 잠시 침묵 상태에 빠진다. 모친의 말이 제법 긴 모양이다. 오늘 좀 늦는다니까, 일이 있어 멀리 좀 가는 중이라고! 순심이 대뜸 고함을 치더니 재빨리 내 눈치를 살핀다. 나는 모녀간의 편안한 통화를 위해 부러 창밖으로 시선을 내문다. 내리는 눈이 장난 아니다. 풍풍, 쏟아지는 게 아무래도 눈길이 될 듯싶다. 수야가 아프니깐 그러는 거지, 엄마도 알면서 왜 그래? 아냐, 바꾸지 마. 지금 길게 애기할 상황 아냐, 운전 중이거든. 또다시 침묵. 다시 순심이 흘낏 내 동정을 살핀다. 그러더니 기어이 언성을 높인다. 아니 내가 무슨 애를 방치한다고 그래, 알았어, 알았다고. 일찍 갈 테니까 제발 쓸데없는 참견 좀 하지 마! 순심이 화를 내더니 일방적으로 전화를 끊어버린다. 표정이 일그러진 것이 아무래도 신경 쓰인다. 애가 많이 아픈 거 아냐? 순심이 태연히 대꾸한다. 괜찮아, 애 좀 봐준다고 늘 유세를 해대니 짜증이 나서 그런 것뿐이야. 근데 너, 언제부터 어머니를 모신 거야? 이것도 일이라고 밖으로 나돌아야 하니 별 수 있어? 노인한텐 고향이 제일인데 적적해하시겠다. 그러면 뭐해, 모실 인간들이 없는데. 순심이 말한 후 겸연쩍게 웃는다. 하지만 금세 한숨을 내모는 꼴이 심상찮다.

한때 모두가 가난하였으므로 가난은 부끄럽지 않았다. 하지만 언제부터인가 가난은 숨기고 싶은 최대의 수치가 되고 말았다. 세상은 이미 가진 자와 못 가진 자로 구분하며 지갑의 두께에 따라 대우조차 달리했다. 그러자 가난한 사람은 가난을 벗어나기 위해서, 부자는 더 가지기 위해서 재테크에 몰입하고 부자가 되기 위한 지침서를 읽느라 난리들이다. 나 또한 예외가 아니었다.

부의 열쇠를 찾아 도시의 거리를 헤맸다. 하지만 열쇠는 쉬이 찾을 수 없었고 행복을 찾아가는 약도는 세월이 흘러도 그려지지 않았다. 한 발자국 다가가면 세상은 두 걸음 멀어질 뿐이었다. 그래도 종종걸음을 치며 여기까지 왔다. 돌아보면 참 눈물겨운 시절이었다. 때아닌 폭설 탓인가. 속도를 나타내는 빨간 작대기는 꺾인 고개를 쳐들 생각이 없다. 시간이 흐를수록 차량은 꼬리를 물기 시작한다. 흘낏 시계를 본다. 평상시 같으면 목적지에 거의 다다랐을 시각이다. 오래 앉아 있어서 그런가. 아니면 이것도 나이 탓인가. 허리가 묵직해져 통증까지 몰려온다. 순심은 제 엄마와 통화한 뒤부터 말수가 현격히 줄었다. 어색한 분위기도 바꿀 겸 내가 입을 연다. 일은 잘 돼가? 그저 그렇지 뭐, 원래 보험이란 게 그렇잖아. 모르는 사람이 찾아가면 보험의 '보' 자도 꺼내지 못하게 문전박대하는 거. 하긴 그렇기도 할 것이다. 나 또한 알음알음으로 사무실을 찾아오는 사람들에게 그런 태도를 보이곤 하니까. 어차피 만나면 서로 피곤하고 미안하다. 그래서 차라리 만나지 않는 게 상책이다. 그럼 어떡하냐? 내 물음에 순심이 한숨을 내쉬더니 힘없이 대답한다. 어떡하긴, 그래도 먹고 살려면 별 수 없지, 뭐. 순심은 무안한 듯 정면만 노려본다. 앞차의 미등 탓에 순심의 얼굴에 붉은 기운이 가득하다. 마치 제 스스로 얼굴을 붉힌 것 같다. 차는 가다가 섰다가, 섰다가 다시 가기를 반복한다. 지루해서였을까. 순심이 닫아걸었던 말문을 다시 연다. 사실 나, 다른 사람은 몰라도 오빠한테만큼은 절대 안 찾아가려고 했어. 순심이 긴 숨을 내쉬더니 다시 말을 잇는다. 이런 꼴로 사는 거 오빠한테 보여주고 싶지 않았거든. 네 꼴이 뭐가 어때서? 사람 사는 건 다 거기서 거기지. 말은 다들 그렇게 하지, 하지만 정작 당해봐, 그게 그리 쉬운가. 나이 들어도 아직 자존심은 그대로구나, 너? 자존심 때문인지 모르겠어, 하지만 몇 번이나 찾아갔다가 그냥 돌아섰어. 명재 오빠가 알려줘서 오빠 회사는 진즉에 알고 있었거든. 그럼 끝까지 오지 말든가. 그러고 싶었어, 그래서 그날도 마음 편하게 오빠 얼굴이나 한번 보고 나오자 하고 간 거야. 용기를 내준 게 고맙군, 그렇지 않으면 못 만났을 테니까. 근데 이상하지, 나이 들어 만났는데 오빠 얼굴을 보는 순간 갑자기 얼굴이 화끈거리는 거 있지. 순심이 무안한 듯 웃는다. 그 바람에 나도 웃음이 터진다. 조문 가는 길이 졸지에 데이트하는 기분이다. 그런 상황이 어색했는지 순심이 화제를 돌린다. 그나저나 명재 오빠가 오빠한테 많이 미안해하더라? 명 재가 무슨 미안한 짓을 했다고? 모르지, 나는. 그냥 오빠 보니까 갑자기 생각나서 하는 말이야. 나는 부러 창밖으로 시선을 돌린 다. 저절로 한숨이 터진다. 미친놈, 그렇게 미안하면 죽지 말고 악착같이 살아남든가. 회사까지 찾아와 마지막으로 한 번만 도 와달라고 하더니, 이게 무슨 꼴이람. 눈이 제법 쌓였다. 가로수 도 살이 올라 통통하게 변했다. 그때, 눈앞에 휴게소 간판이 보인다. 잘됐다 싶어 순심에게 묻는다. 너, 출출하지 않니? 순심이 시큰둥하게 되받아친다. 장례식장에 가면 저녁 먹을 건데, 뭐. 이렇게 가다간 저녁때 놓치기 십상이겠다, 그냥 여기서 간단하게 요기라도 하고 가지. 오빠 되게 배고픈 모양이네, 나는 아직 괜찮은데. 그럼, 차라도 한잔 마시든가. 내 마음을 알아챈 듯 순심이 휴게소 진입로로 핸들을 꺾는다. 주차장에 차를 세운 순심이 입을 연다. 오빠 먼저 가, 나 전화 좀 하고. 알았어, 근데 넌 뭐 먹을래? 음, 하며 순심이 잠시 눈빛을 반짝인다. 그냥, 난 달콤하면서 뭔가 속 시원하게 하는 거 먹고 싶어. 순심이 나를 보며 환하게 웃는다. 나 또한 알겠다며 웃음으로 화답한다. 순심이 휴대폰을 쥐는 걸 본 후 나는 재빨리 매점을 향해 잰걸음을 친다. 기온이 뚝 떨어져 으스스 한기가 몰려오는 게 장난 아니다. 이럴 줄 알았으면 속옷이라도 제대로 챙겨 입고 나올걸, 하는 후회가 인다. 눈송이가 기다렸다는 듯이 덤벼든다. 달콤하면서 뭔가 속 시원한 거라니, 아이스크림을 말하는 건가? 눈 내리는 날에 아이스크림이라, 어딘지 어울리지 않을 것 같지만 어울리지 말라는 법도 없다.

날씨 탓인가. 사위는 사물을 분간하지 못할 정도로 어두컴컴하다. 아이스크림을 쥔 채 서둘러 차로 돌아왔지만 순심이 보이지 않는다. 대신 웬 남자 하나가 그녀의 차 가까이 서 있을 뿐이다. 남자는 회사 로고가 선명한 작업복을 입고 있다. 저 남자가 저기서 뭘 하는 거지? 남자가 순심의 차를 눈여겨 살피는 중이다. 순심과 아는 사이인가. 혹시 싶어 고개를 돌리니 화장실 쪽에 순심이 서 있다. 통화가 아직 덜 끝났는지, 아니면 새로 걸려온 전화를 받은 것인지 휴대폰을 귀에 바짝 붙인 채로. 사장님, 스크래치가 많네요? 내가 다가가자 남자가 기다렸다는 듯이 말을 건넨다. 남자의 손에는 차량용 스프레이 종류가 쥐여 있다. 보아하니 휴게소에서 차량용품을 파는 작자인 모양이다. 이거 조금만 발라서 요렇게 문질러주면 깨끗이 없어지거든요. 남자는 직접 스크래치를 찾아 시범까지 보인다. 나를 승용차 주인으로 단단히 착각한 모양이다. 보세요. 완전히 없어졌죠? 날씨 탓인가. 정말 감쪽같이 긁힌 자국이 사라졌다. 여기에 요놈을 살짝 뿌려주세요, 그럼 새 차처럼 광택까지 되살아나죠. 남자가 다른 물건을 쥐고 다시 시범을 보인다. 그러고 보니 순심의 차에 유난히 스크래치가 많다. 근데, 그게 얼마라고? 요렇게 타이어 광택제까지 포함해서 한 세트 오만 원이요, 이 정도면 완전 공짭니다, 사장님! 그 사이에 통화를 끝낸 순심이 다가온다. 순심은 자주 접하는 일인지 태연하게 운전석 문을 연다. 남자가 다급하게 입을 연다. 사모님을 위해서 장만해 주시죠, 단돈 오만 원에 부부애도 반짝반짝 빛이 나거든요, 헤헤헤. 순심이 매정하게 차의 시동을 건다. 내가 잠시 머쓱해진다. 그때 순심이 외친다. 오빠,

뭐 해. 빨랑 안 타고! 순심의 독촉에 할 수 없이 내가 등을 돌리자 남자가 실망한 듯 돌아선다. 어깨가 늘어진 게 벌이가 쉽지 않은 모양이다. 보조석에 엉덩이를 걸치며 내가 슬쩍 눙친다. 남자가 파는 물건, 제법 유용할 것 같던데? 어차피 새 차도 아니고 긁히는 거야 다반사지. 그래도 정면의 상처는 볼썽사납잖아? 괜찮아, 까짓거 엔진만 멈추지 않으면 돼. 그래도 명색이 여성이 모는 찬데 모양 빠지잖아? 아무도 그렇게 봐주는 사람은 없어, 신경 쓰지 마. 순심은 내 의중을 알아챈 듯 '말 재갈'을 물린다. 차는 휴게소를 빠져나오면서 서서히 속력을 내본다. 하지만 쌓인 눈 때문에 속도는 다시 뚝 떨어진다. 내리는 꼴이 밤새도록 그치지 않을 모양새다.

순심이 갑자기 생각났다는 듯 내게 묻는다. 오빠, 애들은 다들 공부 잘하지? 잘하고 있겠지. 잘하고 있을 거라니, 무슨 아빠가 그런 식으로 말해? 그럼 어떡해, 공부를 하는지 안 하는지 눈으로 보지도 못하는걸. 그래도 가끔 전화는 할 거 아냐? 제 엄마가 다 알아서 해. 그래도 가족이란 게 서로 안부 정도는 하고 지내야 하는 거 아냐? 그것도 옛말이야, 몇 년 지나봐라, 비싼 전화요금 물어가며 고작 안부 하나 물려고 전화했냐고 따지니까. 그렇다고 연락까지 안 할 수는 없잖아. 가끔 메일로 소식 주고받아. 근데 오빠, 혼자 있음 적적하진 않아? 혼자 있는 게 습관이

돼서 괜찮아. 근데 언제 돌아와? 아직 모르겠어. 들어와봤자 오히려 낯선 학교 환경에 외려 아이 버리기 쉽다고 망설이는 중이니까. 그래도 오빠 능력이 되니까 조기 유학이라도 보내지 우린 꿈도 못 꿔. 그깟 돈 얼마 번다고. 그래도 굴지의 대기업 회사 간부가 박봉은 아닐 거잖아. 순심의 말에 딱히 대꾸할 말이 없다. 그렇다고 순심 앞에서 시시콜콜 회사 사정이며 가정사까지 떠벌리고 싶지 않다. 생각의 차이가 사이를 만들고, 사이는 다시 서로의 틈을 만든다. 아내와 내가 그랬다. 신혼 초, 서로 조금 다른 생각도 살아가다 보면 같아지겠지 했었다. 하지만 그건 어디까지나 나의 바람일 뿐이었다. 언제부터인가 아내는 혀를 묶어놓기로 작정한 듯 내게 침묵으로 일관했다. 그런 아내가 못마땅해 소리를 질러도 아내가 내는 거라고는 숨소리가 전부였다. 직장의 일보다 사랑하는 일이 더욱 힘겹게 느껴지는 나날이었다. 괴로웠다. 이럴 때 아이라도 곁에 있었다면, 하는 생각이 들었다. 하지만 아이가 있다고 한들 나아질 리 없었다. 아내는 이미 자신의 내부를 얼음으로 가득 채운 상태였으니까. 시간이 흐를수록 더욱 멀어지는 아내의 눈빛. 그 눈을 바라보는 일 자체가 고통이었다. 그러던 어느 날, 아내에게 말했다. 당분간 아이 곁에 가 있을래? 아무래도 그게 서로를 위해 좋을 것 같아. 그녀는 기다렸다는 듯이 짐을 쌌다. 이후 형식적이나마 가족 관계를 유지하기 위해 할 일이라고는 그저 송금밖에 없었다.

오빠. 혹시 명재 오빠가 나한테 편지 보낸 거 알아? 갑자기 그게 뭔 소리야? 군대 있을 때 연애편지 매주 보낸 적이 있었어. 난 금시초문인데? 순심이 잠시 호흡을 가다듬더니 다시 말을 잇는다. 기다리는 사람한테서는 편지가 안 오고 엉뚱하게시리. 차라리 이 편지가 오빠한테서 왔으면 얼마나 좋을까 하고 얼마나 많이 생각했다고. 나도 모르게 흐음, 하고 호흡을 가다듬는다. 그런 다음 부러 되쏘아 붙인다. 답장하지 그랬어? 그럴까 생각도 했어, 근데 그게 잘 안 되더라? 그건 왜? 명재 오빠가 내 마음을 오해하면 어쩌나 싶어 도저히 답장을 못하겠더라고, 근데 휴가 나와서 회사 기숙사까지 찾아온 거 있지. 그럴 만하지, 녀석이 널 좀 좋아했냐? 그러니까 더 겁나는 거야, 명재 오빠가 불량의 상징이란 건 읍에도 쫙 퍼져 있을 정도였으니까. 그래서 안 만나준 거야? 이렇게 될 줄 알았으면 만나라도 줄 건데 되게 마음 아프네. 순심이 진심으로 말하는 듯했다. 너무 그러지 마, 명재한테도 그게 잊지 못할 아름다운 추억이 되었을 테니깐. 고속도로를 벗어난 차는 어느새 익숙한 거리로 들어섰다. 소리 없이 내리는 눈 탓인지 사위가 더욱 고요한 것 같다. 어두운 날씨 탓인지 읍의 전경을 확인할 순 없지만 길 주변의 풍경이 제법 달라졌음은 눈치챌 수 있었다. 많이 변했지? 순심이 묻는다. 많이 변했군. 어릴 때만 해도 이곳은 가난이 울타리를 치고 있는 땅이었다. 해안을 따라 난 길에는 어창이나 작업 창고만 덩그러니 서 있을 뿐. 건물 사이의 공터에는 그물 따위가 잡초처럼 자라고 있었고, 해안에는 조용히 바닷물이 밀려왔다 밀려가곤 했다. 더없이 고즈넉했던 마을. 덕분에 삶마저 너무 고요해, 사람들은 술을 마시면 부러 큰 소리로 싸우곤 했다. 하지만 그런 풍경은 지우개로 지운 듯 사라져버렸다. 그건 거리 주변으로 들어선 빌딩과 번쩍이는 네온사인 간판들이 말해주고 있었다. 앞만 주시하며 운전을 하던 순심이 다시 입을 연다. 혹시 오빠, 멀미 나지 않아? 갑자기 그게 무슨 말이야? 오빠 떠나기 전까지만 해도 지금 여기가 바다였으니까. 그럼 우리가 바다 위를 달리는 중이란 말이야? 말은 그렇게 했지만 나는 주위를 두리번거리기 바쁘다. 정말 고향이 아닌 낯선 곳에 온 것 같다. 하지만 순심은 수시로 오간 덕분인지 한 치의 머뭇거림도 없이 차를 운전하는 중이다. 병원도 제법 들어섰겠어. 순심이 대꾸한다. 말하면 뭐해, 요즘 들어섰다 하면 병원 아니면 모텔이지. 여기서 멀어? 아니, 거의 다 왔어. 순심의 말에 나는 헛기침으로 호흡과 표정을 다듬는다.

　병원 입구에 들어서자 순심도 입을 닫았다. 우리는 노상 주차장에 차를 댄 후 곧장 지하에 위치한 영안실로 향했다. 영안실 입구에는 상복을 입은 사람들이 서서 담배를 태우고 있었다. 혹시 아는 사람은 없나 싶어 살폈지만 안면이 있는 이는 없었다.

영안실 입구로 들어서면서 나는 옷매무새며 넥타이를 다시 매만졌다. 빈소를 찾아 안내 창구까지 찾아갈 필요조차 없었다. 명재 소식을 알려준 철우가 먼저 달려 나왔기 때문이다. 온다고 고생 마이 했제? 하필 눈까지 내리는 바람에 말이라. 뭐, 그래도 와야 할 길이잖아. 철우를 따라 빈소로 들어서니 안면이 있는 친구들이 접빈실에 모여 앉아 술잔을 꺾고 있었다. 빈소 앞에 섰다. 영정 속 명재가 환하게 웃으며 순심과 나를 맞았다. 망자에게 절을 한 후 유족들과 인사를 나누었다. 하지만 그 속에는 명재의 처도 명재의 늦둥이도 없었다. 우리를 맞이한 건 늙수그레한 명재의 먼 친척들뿐이었다. 야, 명재가 너를 만나게 하는구나, 근데 이거 얼마만이냐? 자세히 보니 혁수였다. 그가 고향 지킴이로 이곳에서 여전히 대를 이어 고기를 잡으며 횟집까지 운영하고 있다고 철우가 일러주었다. 혁수의 혀가 꼬인 상태로 보아 벌써 꽤나 취한 듯 보였다. 반가운 감정을 드러내는 건 혁수만이 아니었다. 운영, 종근, 상진, 희철도 보인다. 모처럼 만난 녀석들은 장소에 어울리지 않게 안부를 묻기에 바쁘다. 그러고 보니 내가 이곳을 떠난 지도 꽤 오래되었다. 대학을 핑계로 대처로 나간 후 올 일이 없었으니까. 만약 고향에 친척이 한 사람이라도 남아 있었다면 왔을까. 아마 그것도 쉽지 않았을 것이다. 사느라, 살아남느라 무지무지 바빴으니까. 바쁜 건 나만이 아닌 모양이었다. 친구들도 전부 중늙은이가 되어 있었다. 그런 홍감 탓일까. 슬픈 장

소임을 잊고, 마치 동창회 뒤풀이에 온 듯 건네는 술잔마다 연거
푸 들이켜고 말았다. 그러다가 정신을 차린 내가 철우에게 묻는
다. 근데 명재 처랑 애는 어디 갔어? 철우가 주위를 두리번거리
더니 목소리를 낮춘다. 명재 처 도망간 지 몇 개월 됐어. 왜 도망
가? 맨날 술만 처먹고 행패를 부리니 살고 싶은 마음이 있겠냐?
마음잡고 분식점 열었잖아, 그 일로 명재가 찾아온 적이 있었는
데? 열었지, 진짜 마음잡고 고향에 눌러살려고. 철우가 잠시 말
을 멈춘다. 나는 녀석의 입만 쳐다보며 다음 말을 기다린다. 근
데 큰놈 잃고 그만 더러운 성깔이 도지고 말았지 뭐냐. 큰놈이
왜? 큰놈이 자살했잖아! 자살이라니, 아직 나이도 어리잖아, 중
학생인가 그런 걸로 알고 있는데? 그러니까 내 말이. 늦장가를
가서 겨우 얻은 중1짜리가 옥상에서 뛰어내렸으니, 쯧쯧. 무슨
일인데 어린 게 뛰어내려? 철우가 술잔을 거머쥐더니 잠시 호흡
을 가다듬는다. 찌맨한 게 학교 간다고 거짓말하고선 땡땡이치
고 피시방에서 죽쳤던 모양이라. 그래서? 그래서는 뭔 그래서
냐? 그걸 안 명재가 가만있었겠냐? 안 그래도 성깔 더러운데, 애
새끼 반쯤 죽여놨지. 얘기를 듣고 있자니 속에 자꾸 뜨거운 것들
이 쌓이는 기분이다. 그 바람에 나도 모르게 호흡이 거칠어진다.
철우가 다시 입을 연다. 그랬는데 요게 사 층 교실 창문에서 뛰
어내려 버린 거야. 이번에는 내가 다급하게 술잔을 그러쥔다. 철
우의 말은 계속된다. 근데 말야, 나중에 알아보니까 친구들한테

왕따를 당하고 있었던 거야. 소위 말해 소속감을 잃고 있었으니 애가 학교에 가고 싶었겠냐? 철우가 젓가락으로 돼지 수육을 집으면서 계속 입을 연다. 명재는 그것도 모르고 아들만 나무랐으니 얼마나 쓰렸겠냐? 그러니 끊은 술 다시 마시기 시작한 거지. 몇 잔 하는 거 우리가 이해 못 할 인간도 아니고. 문제는, 그 도가 더 심해졌다는 거지. 너도 알잖냐, 명제 한번 마시면 끝장 본다는 거. 아파도 어미가 더 아플 건데 지가 더 지랄을 해대니 처도 참을 수 있어? 그래도 술잔만 안고 지내니 간이고 뭐고 상할 수밖에. 철우가 입맛이 쓴지 혀끝을 찬다. 그럴지 모르겠다. 어쩌면 명재의 사인은 질병이 아닌 절망일 수 있으므로. 순심은 곁에서 술잔만 만지작거리며 앉아 있다. 그런 순심을 본 철우가 술병을 쥐며 말한다. 순심이 가시나 니도 마음이 그럴 테이 한잔 마셔. 나는 힐끗 순심의 동정을 살핀다. 순심이 기다리고 있었다는 듯 불쑥 잔을 내민다. 술을 받은 그녀는 머뭇거림도 없이 단숨에 술잔을 입으로 가져간다. 순심이 네가 명재의 마음 받아줬으면 이래 되지 않았을지도 모르겠다. 순심이 바닥으로 시선을 떨군다. 그런 철모르던 얘기는 갑자기 왜 하냐? 내가 부러 쏘아붙인다. 그래도 옛정이 생각나는지 순심이 고향 찾으면 명재가 앞장서서 친구들한테 전화질을 해대고 난리를 쳐댔으니까. 철우의 말에 내 눈이 커진다. 순심이한테 보험 들라고, 그 바람에 성가셔서 가입해준 놈이 한둘이 아니다. 순심이 더 이상 듣고 있기 그런지 화장실을 핑계로 자리를 뜬다. 순심이 혼자 자작을 했는지 걸음걸이가 위태롭다.

순심이 보이지 않자 기다렸다는 듯이 철우가 내 어깨를 친다. 너, 쟤 소식은 좀 들었냐? 뜬금없는 말에 내가 되묻는다. 무슨 소식을 들어? 쟤도 사는 게 힘든 모양이더라, 이혼한 뒤부터. 이혼이라는 말에 나도 모르게 두 눈이 커진다. 왜 이혼했대? 뭐라더라, 명재 말로는 애새끼가 장애가 있어 그것 때문에 늘 티격태격했다더구먼. 애가 장애라고? 너, 정말 아는 게 쥐뿔도 없네, 그러니깐 고향도 부러 좀 찾고 그러라니까, 인마! 순심의 삶이 녹록치 않다는 건 눈치챘다. 그렇지 않았다면 길바닥으로 나서지도 않았을 테니깐. 하지만 그런 내막을 감추고 있을 줄은 몰랐다. 명재도 그렇고 순심도 그렇고, 내가 아는 이들은 다들 왜 이렇게 힘들게 사는 것일까. 저절로 술잔에 손이 간다. 철우가 다시 말을 잇는다. 하여튼, 사는 게 힘들어서 그런지 순심이 소문도 사나워. 이건 또 무슨 말인가 싶어 나도 모르게 눈을 흡뜬다. 다들 쉬쉬 하지만 이 바닥에서 알 만한 사람들은 다 알아, 쟤가 몸으로 보험질한다는 거. 설마, 하고 대꾸하면서 화장실 쪽으로 눈이 간다. 다행스럽게 순심은 보이지 않는다.

시간이 꽤 흘렀다. 문상객들도 하나둘 엉덩이를 들면서 자리는 이빨 빠진 듯 횡하다. 그나마 남은 친구들도 거의 만취 상태다. 명재 너 이 새끼, 친구 돈 죄다 핥아먹었지. 이렇게 갈 거면 씹새끼, 미안하단 말이나 한마디 하고 가든가. 왜 그냥 가, 이 씨발놈! 명재의 영정을 지키고 앉은 혁수가 넋두리를 한다. 어릴 적부터 명재와 함께 어울려 다니며 사고깨나 치던 친구. 슬픔을 더 이상 참을 수 없는 모양이다. 바람맞은 코스모스처럼 혁수의 상체가 흔들리고 있다. 그걸 본 누군가가 소리친다. 야, 저 새끼 술 취했다, 빨랑 구석에 눕혀 재우든지 좀 해라. 친구 몇 명이 달려들어 혁수의 겨드랑이를 잡아챈다. 그러자 혁수의 주정은 더욱 거칠어진다. 놔봐, 이 새끼들아. 나 술 안 취했어. 명재 새끼 그냥 보내면 안 돼. 그 새끼 그냥 보내면 내가 억울해서 안 된다고! 이 자슥 참, 너만 억울하냐, 억울한 건 명재가 더 억울하지. 곁에 있던 친구의 고함에 혁수가 엉엉, 울기 시작한다. 그제야 친구들은 슬며시 겨드랑이를 푼다. 이렇게 갈 거면 외상값이라도 갚고 가든가, 죄 갚고 간다더니 왜 그냥 가냐, 저 씨발놈은! 흑흑거리며 혁수가 흐느끼기 시작한다. 잠시 실내가 숙연해진다. 혁수를 데리고 친구 몇이 사라지자 빈소에 냉기가 돈다. 너도 좀 쉬어야지, 먼 길 왔는데. 철우의 말에 내가 대꾸한다. 난 괜찮아, 신경 쓰지 마. 넌 내일 출근해야 하잖아, 어쩔래? 발인 보고 가든지 하지, 뭐. 그럼 여긴 시끄러우니 조용한 우리 집에 가서 쉴래? 번거롭게 니네 집에 왜 가냐? 우리 집이 남의 집이냐? 그래도 성가시게 하고 싶지 않아. 그럼 요 근처 모텔에 가서 쉬고 내일 일찍 오든지. 그건 내가 알아서 할게. 그나저나 장지는 어떻게 하기로 했어? 응, 화장하려고 했는데 너무 멀어서 그냥 공동묘지에 묻기로 했어. 그럼 벌초는 어쩌냐? 거기 명재 혼자 묻히는 건 아니잖아. 친구들이 벌초하러 가면 먼저 간 사람이 해주기로 벌써 약조했어. 친구들이 고맙네. 넌 친구 아니냐? 내가 뭐 해준 게 있어야지. 그래도 돈 제일 많이 뜯긴 건 너잖아, 인마. 나는 마땅하게 대꾸할 말이 없이 입만 다물고 만다. 하긴 명재도 알았을 것이다. 내가 제일 만만한 친구란 것을. 갑자기 빈소 앞에 울부짖는 소리가 난다. 고개를 돌려보니 눈을 뒤집어쓴 아낙 하나가 명재의 영정을 잡아채 우는 중이다. 그 곁에 어린 딸아이가 멍하니 서 있다. 그런 광경을 지켜보던 철우가 입을 연다. 이제 겨우 연락이 닿았나 보네. 그래도 다행이다, 늦게라도 찾아와줘서. 철우가 다시 술잔을 든다. 나도 묵묵히 술잔을 입으로 가져간다.

밖으로 나서니 찬바람이 먼저 마중을 나온다. 그 사이 눈은 더 쌓였다. 벌써 내린 눈의 양만으로도 발목이 잠길 정도다. 이 정도의 눈이라면 영구차가 움직이기도 쉽지 않을 것 같다. 순심은 보이지 않았다. 취하기도 했지만, 그보다도 체한 것 같아 보여 안쓰럽던 차였다. 해서 부러 밖으로 나선 길이었다. 혹시 싶어

주차한 곳으로 가니 순심이 차 안에 앉아 있다. 여기서 뭐 해? 내가 문을 열자 순심이 재빨리 눈가를 훔쳤다. 응, 그냥 생각 좀 하느라고. 추운데 시동이라도 켜놓고 있든가 하지 않고서. 괜찮아, 이 정도야 뭐. 우리는 쏟아지는 눈만 바라보며 말없이 차에 앉아 있었다. 밖에는 소리 없이 눈이 쌓이고 안에는 침묵만 쌓이는 중이다. 그래도 누구 하나 입을 열 생각이 없다. 날씨 탓일까. 찬바람을 깔고 앉은 듯 몸이 떨린다. 근데 왜 하필 명재 오빠 죽은 날, 눈이 이렇게 많이 온대? 하늘도 모든 걸 덮어주고 싶은 모양이지 뭐. 근데 오빠, 나 사실 오빠 만나면 펑펑 울고 싶었다? 그게 무슨 말이니? 모르겠어, 그냥 내 인생이 왜 이렇게 된 건지 억울하단 생각이 들어서. 세상에 힘들지 않은 사람이 어딨냐, 다 드러내지 않을 뿐이지. 오빠 나 술 한잔 더 마시고 싶은데. 그럼 다시 들어가든가. 거기 말고. 그럼 어디? 오빠도 피곤할 테니 우리 술 사갖고 모텔 가서 한잔해. 순심의 뜻밖의 제의에 난감해진다. 하지만 철우의 얘기 탓일까. 이상하게 엉뚱한 말이 터진다. 알았어, 어차피 쉬이 잠도 오지 않을 거니까 그러든지. 우리는 차를 두고 나란히 주차장을 빠져나왔다. 그런 다음 편의점에 들렀고, 술이 든 까만 비닐봉지를 쥔 채 근처 모텔로 향했다. 오빠, 나 노래방 알바도 뛴 거 알아? 그녀가 왜 모텔 입구에서 그 말을 하는지 몰랐다. 하지만 그녀가 카운터에 다가서서 방을 하나만 주문하자 묘한 기분이 들었다.

135
어쩌다가 눈마저

오빠, 고등학교 다닐 때 단어장 들고 만날 버스 안에서 외웠던
거 생각나? 나, 그때 오빠가 너무 부러웠다? 오빠처럼 나도 열심
히 공부 한번 해봤으면 싶어서. 그런데 어느 날, 지갑을 두고 버
스를 탄 거야. 주위를 둘러보니 친구도 없고 얼굴이 화끈거려 미
치겠더라고. 근데 오빠가 그걸 알고 말없이 버스비를 내주는 거
있지. 그때 그게 얼마나 고마웠는지 몰라. 어쩌면 그 일로 오빠
를 더 좋아했는지 모르겠어. 곁에만 있어도 오빠가 알아서 내 마
음까지 헤아려줄 것 같았거든. 근데 오빠는 자꾸 멀어지기만 하
는 거야. 마음도 거리도 말이야. 오빠가 결혼한다는 소식 들었을
때, 갑자기 멍해지더라? 꼭 내 사람 남한테 뺏긴 것 같아서. 사실
은 그게 아닌데. 오늘 나 유치하지? 그치? 나 술 취한 거 아니다,
오빠. 그냥 오빠 보니까 갑자기 생각나서 하는 소리야. 이런 말
하기는 뭐하지만, 초상집에 왔지만 나 기분만큼은 좋아. 오빠랑
만날 수 있어서, 이렇게 둘이서 한 방에 같이 있을 수 있어서. 오
빠랑 이렇게 단둘이 잠자리에 드는 거 얼마나 꿈꿔왔는데. 근데
이게 이십오 년 만에 이뤄지네? 그러고 보니 나 억세게 재수 좋
은 년인가 봐, 안 그래? 사실 여태 내가 원하는 걸 가져본 건 하
나도 없었어. 이상하게 내가 가졌다 싶으면 누가 뺏어가. 그런데
오빠만은 누가 가져가지 못했지. 그거야 내 맘속에 있었으니까.
오해하지 마. 나 오빠한테 바라는 거 없어. 그냥 오빠를 한번 가

져보고 싶었어. 근데 저 위에 계신 분이 눈을 뿌리면서 오늘 딱
그 소원을 들어주네. 그것도 더 늙기 전에 말이야.

모르겠다, 어떻게 그 지경이 되었는지. 누가 먼저 덤벼들었는
지도 분간이 되지 않는다. 다만 정신을 차렸을 때에는 두 사람
다 알몸으로 변해 있었다. 순심이 말했던가. 너무 좋았다고. 이
런 느낌 정말 오랜만이라고. 나도 좋았다고 했다. 네 신음 소리
가 음악처럼 내 몸을 춤추게 했다고. 섹스 후에도 우리는 날이
밝도록 도란도란 얘기를 나누었다. 잠결이지만 순심은 아이가
불쌍해 죽겠다는 말을 하기도 했고, 자신의 삶이 억울해 미치겠
다고 했으며, 명재 오빠가 고맙고 불쌍하다는 말도 했다. 그러다
가 그만 잠이 들었을 것이다. 눈을 떴을 때, 순심은 이미 방에 없
었다. 숙취로 머리가 무거웠지만 명재의 발인을 놓칠 수는 없었
다. 서둘러 모텔을 나섰다. 밤새도록 내린 눈 덕분에 세상이 온
통 흰빛이었다. 눈 내린 풍경을 보자 내가 이 세상이 아닌 다른
곳에 와 있는 기분이었다. 순심은 이미 빈소에 와 앉아 있었다.
친구들도 간밤의 피로 탓인지 다들 초췌해 보였다. 명재의 처는
어제보다 한결 안정된 표정이었다. 그녀 곁에는 어린 딸아이가
깊은 잠에 빠져 있었다. 명재의 처가 먼저 다가와 알은체를 했
다. 아침 식사부터 먼저 하셔야죠. 명재의 처는 해장이라도 하라
는 듯 시래깃국으로 간단한 아침상까지 직접 봐주었다. 고마워

요. 부끄러움을 가리려 얼굴 각도를 조절한 그녀가 작은 소리로 말했다. 고맙기는요, 오히려 못난 놈이랑 살아준 게 고맙죠. 나도 모르게 튀어나온 말이었다. 그런데 뜻하지 않게 왜 이런 말을 불쑥 내뱉었을까. 여태 잘 참고 있던 눈물을 왜 그때 그만 쏟고 말았을까. 아내 생각을 했을까. 알 수 없는 노릇이었다.

　오빠 잘 갔겠지? 그래, 그놈이 성깔 하나는 제대로니 저승에서도 기죽진 않을 거다. 근데 차가 이렇게 막혀서 어떡헌담? 뭐 어쩌겠어, 천재지변인걸. 아마 눈이 안 오는 지역이니 제설 장비도 제대로 없는 게 문제일 거야. 예기치 못한 일은 어디서든 벌어지지만 우린 주어진 현실 외에는 보지 못하니까. 오빠가 빈소에 오기 전에 명재 오빠의 처량 얘기 많이 했어. 힘들어도 분식점 다시 시작할 거래. 혼자 살아보니 그게 더 힘들더라면서. 잘 생각했네, 어차피 가게를 빼지도 않았다니까. 근데 오빠도 힘든 모양이더라? 갑자기 내가 왜? 잠이 들었는데, 앓는 소리가 나서 눈을 떠보니 오빠가 엄청 땀 흘리고 있더라? 마치 꿈속에서도 쫓기는 것처럼. 나는 헛기침을 하며 얼른 방패막을 쳤다. 너무 피곤해서 그랬나 보지, 뭐. 아무튼 오빠도 힘내. 숨겨둔 마음을 들킨 것만 같았다. 하지만 내색하고 싶지는 않았다. 벌크선 제작만으로는 국제경쟁력을 이미 상실했다. 맞는 말이다. 노동집약형인 조선업이야말로 중국이나 베트남의 싼 노동력 앞에서는 당해낼 재간이 없다. 그러니 삼성중공업처럼 쇄빙선이나 석유시추선 같은 특수조선으로 전향해야 한다. 발 빠르게 대응하지 못한 것은 사실이다. 회사는 막대한 투자와 연구자본이 투여되는 위그선이나 특수선박을 제조하는 일에 인색했다. 간부 회의에서 거기에 대비한 투자와 연구를 호소했지만 오너는 들은 척 만 척이었다. 그런데 이제 와서 투자와 연구도 없이 무조건 경영 체질 개선이라니. 그런 책임을 간부들에게 떠맡기다니. 오너의 리더십이 문제였음을 왜 인정하지 않는가. 그런 잘못을 직원에게만 돌리는 오너의 태도는 생각할수록 납득이 가지 않았다. 하지만 이제 와서 그땐 왜 간부들 말을 듣지 않았나요? 라고 되물을 수도 없잖은가. 그렇다면 이제 그가 할 일은 딱 하나밖에 없었다. 때가 되면 명령에 따라 묵묵히 사직서를 작성하는 거.

오빠, 내 얼굴 짓무른 과일 같지는 않아? 간밤의 정사 탓일까. 뜬금없이 순심이 묻는다. 아냐, 아직은 이쁜 얼굴이야. 세월이 모르고 그냥 지나간 것 같은데? 그녀가 나를 보며 피식, 웃는다. 우리 나이엔 더 이상 낭만을 품을 수 없는 걸 알면서 왜 그래? 낭만마저 잃으면 우리 인생이 너무 슬퍼지잖아. 그녀가 내 말의 의도를 알아챈 듯 고개를 끄덕인다. 차가 휴게소에 도착한 건 얼추 두 시간 가까이 흘렀을 때였다. 다행히 고속도로의 소통이 원활해져 그만한 시간을 소비한 것만으로도 감지덕지다. 시간은 벌써 오후 두 시를 넘어섰다. 간단히 요기를 한 다음 휴게소를 빠져나와 주차장으로 향했다. 날씨 탓에 주머니에 저절로 손이 들어간다. 손에 뭔가 잡혔다. 너트였다. 이걸 왜 아직 지니고 있는 거지? 버렸다고 생각했는데? 알 수 없는 일이다. 근데 너트를 볼수록 생각이 깊어진다. 근데 도대체 이 나사는 어디에 있던 것일까. 이게 없어도 과연 아무 지장이 없을까. 하긴, 사라진 너트는 다른 것으로 대체될 것이다. 그것이 조직의 이치이자 세상의 이치이기도 하다. 하지만 그렇다고 뒹구는 것들이 죄다 쓸모없는 것일까. 제자리를 찾기만 한다면 다시 요긴하게 쓰일 수 있지 않을까. 너트를 도로 바지 주머니에 집어넣는다. 사장님, 상처가 많으시네요. 그때 차 곁에 다가선 남자가 입을 연다. 고개를 드니 어제 그 남자다. 이걸 바른 다음에 요렇게 문질러주시면 스크래치는 깨끗이 없어진다니까요. 남자는 어제의 일을 기억하지 못하는지 똑같은 말을 되풀이한다. 이런 날도 나와서 장사를 하다니. 낮이라 그런 것일까. 설명하는 말투며 몸짓까지 몸에 익지 않아 어설퍼 보이기까지 한다. 이 남자도 한때 성공을 향한 나사만 조여왔을까. 보아하니 젊은 나이인데 왜 거리로 나선 건지 묻고 싶다. 하지만 남자가 다시 흠집을 살피기 시작하자 이내 내입이 닫힌다. 눈을 들어 순심의 동정을 살핀다. 순심은 휴게소 앞에 서서 아직 통화중이다. 표정으로 보아 제법 진지한 내용이 오가는 듯하다. 통화 상대가 누구일까. 장애를 갖고 태어난 아이

일까. 남편과 아이로 인해 순심은 얼마나 상처를 입었을까. 멀리
서 있는 순심의 가느다란 다리에 눈길이 머문다. 연필처럼 가는
다리. 왜 저게 이제야 눈에 띈 것일까. 순심의 알몸을 보지 않았
다면 눈에 띄지 않았을지 모를 다리. 저 가냘픈 다리로 험한 세
상을 또 얼마나 버텨야 할까. 보세요, 완전 새 차로 바뀌었죠? 남
자의 말에 고개를 돌리자 남자가 빙그레 웃는다. 알았어요, 근데
그게 얼마라고 했던가? 타이어 세척제까지 포함해서 단돈 칠만
원요. 남자가 부른 가격은 어제보다 이만 원이 더 비싸다. 그래
도 나는 모르는 척 지갑을 꺼낸다.

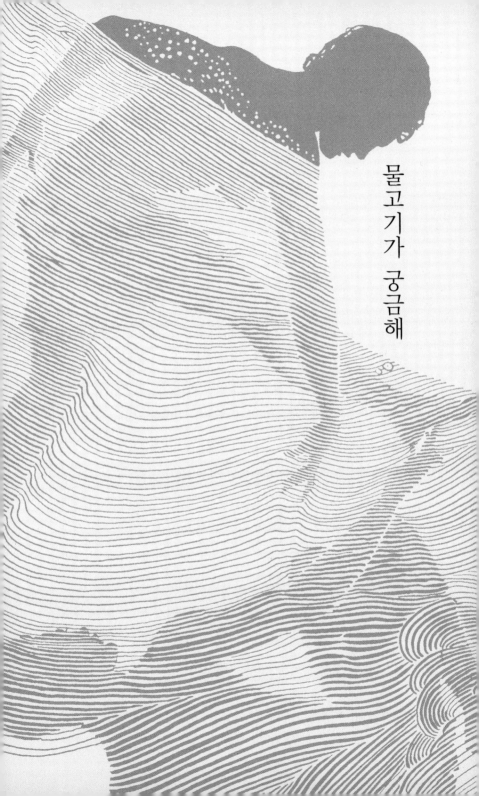

물
고
기
가

궁
금
해

야, 너 갑자기 왜 그래? 진우 형이 물었다. 형, 혹시 무슨 소리 못 들었어? 무슨 소리? 그러니깐 뽀르륵, 하는 물방울 소리 비슷한 거 말이야. 형이 눈을 치뜨며 입을 연다. 야, 너 이안류 탄 뒤부터 이상해진 거 같다? 여기선 바다가 수백 킬로미터나 떨어져 있어, 게다가 화장실은 작업실 밖이고. 이상하네, 무슨 소리가 들렸는데? 요즘 고민이 많다더니 너, 머리가 살짝 혼선된 거 아냐? 형이 고개를 갸웃거리며 의심의 눈빛까지 보탠다. 형의 말처럼 정말 내 신경이 예민해진 것인가. 형은 작업 일정이 빠듯하다는 듯 다시 시선을 모니터로 가져간다. 모니터에는 물고기 모양의 캐릭터가 떠 있다. 형은 물고기를 이용한 다양한 캐릭터를 개발 중이다. 그런 작업 덕분에 디자인 특허만도 몇 건 되는 것으로 알고 있다. 주위를 둘러본다. 형의 말처럼 정말 이상한 소리가 날 만한 곳은 없어 보인다. 근데 내가 들은 소리는 도대체 어디서 난 거지?

　진우 형의 작업실은 생각보다 어둡다. 게다가 저 조만간 무너져 내릴 겁니다, 하고 엄포라도 놓듯 건물 자체도 낡았다. 지금까지 서 있는 것 자체가 용하다고나 할까. 하긴 프리랜서 주제에, 비록 도시 외곽이지만 이만한 공간을 확보하고 있다는 것도 대견스럽긴 하다. 형이 갑자기 엉뚱한 제의를 하고 나선다. 휴가라니 같이 출사 갈래? 아침 아홉 시, 됐냐? 몰라, 생각해보고. 짜식, 곧 실업자 될 처지라 생각해서 하는 말에 그렇게 성의 없이 나오기냐? 형의 말에 대꾸할 필요는 없다. 이행 여부야 전적으로 내 몫이니까. 그나저나 넌 언제부터 정식 삶을 살래? 모르겠어, 비정식 삶마저도 유지하기 힘든데 정식 삶이 가능하기나 하겠어? 그래서 이대로 그냥 살겠다 이거야? 아, 몰라, 시간이 갈수록 생각만 63빌딩처럼 푹푹 쌓이기만 해. 그때 주머니 속의 휴대폰에서 멜로디가 흐른다. 여보세요, 하기 무섭게 수연이 냅다 소리부터 치고 나온다. 야, 너 왜 휴대폰 인제 받는 거야, 문자도 전부 씹고? 휴대폰이 울려야 받든가 말든가 하지. 이건 아예 거짓말도 대놓고 하시는군. 정말이라니깐! 내가 되레 당당하게 나오니까 수연이 황당하다는 듯 급기야 목소리를 낮춘다. 일단 알았어, 나중에 만나 브리핑 듣기로 하고 대신 약속 시간 어기지 마. 수연은 제 할 말만 하고 전화를 끊어버린다. 끊고 보니 정말 부재중 전화가 열세 통이나 찍혀 있다. 그것도 전부 수연의 번호다. 근데 아무리 생각해도 이상하다. 마술 지팡이에 제대로 한 방 얻어맞기라도 했단 말인가. 전화가 이렇게 많이 왔는데 왜 몰랐던 거지?

점검했는데 이상이 없던걸요. 남자 직원이 휴대폰을 내밀며 말했다. 이상이 없다니요, 분명 잡음이나 혼선이 생겼는데? 내가 못 믿겠다는 표정을 짓자 직원이 정색하고 나선다. 칩까지 분해해봤는데 이상 없습니다, 깨끗하게 내부 청소까지 했으니 이상이 있으면 그때 다시 한번 방문해주세요. 이상이 없다는 말에 절로 고개가 갸웃거려진다. 이상이 없다면 파도 소리 같은 것의 정체는 뭐지? 소리의 진원지를 찾아 형의 작업실에 의심의 눈길을 박았지만 허사였지 않은가. 이거, 휴대폰이 아니라 내 귀에 이상이 있는 건가. 그렇다면 서비스 센터가 아니라 이비인후과로 가야 했나? 다행인 것은 아직 내 청력은 전혀 이상이 없다는 거다. 휴대폰을 쥔 채 밖으로 나서려는데 그새 빗방울이 듣고 있다. 요즘 들어 날씨마저 제정신이 아니다. 가느다란 빗줄기를 바라보며 휴대폰의 전원을 켠다. 기다렸다는 듯이 문자 도착 알림음이 뿅뿅, 터진다. 순간, 아차 싶다.

수연이 우산도 없이 서 있다. 야, 비 오는데 왜 우산도 없이 나와 있어? 내가 통바리를 주어도 수연은 태연하게 되쏜다. 이게 비냐, 딱 온몸을 촉촉하게 적셔주는 적당량의 수분이건만. 어쭈, 말하는 꼬락서니 하고는, 그러니 손에서 생수병을 못 놓지. 그러고 보니 수연은 정말 못 말리는 여자다. 날씨가 쌀쌀해진 겨울 초입에도 생수병을 놓지 않는다. 빨랑 타기나 해! 내가 소리쳐도 수연은 탈 생각은 않고 되레 엉뚱하게 나온다. 파킹하고 그냥 여기서부터 걸어, 그다지 멀지도 않잖아. 야, 그러다가 감기에 걸리면 어떡해? 그깟 감기야 늘 달고 사는걸, 뭐. 수연이 혼자서 성큼성큼 걷기 시작한다. 정말 대략 난감이 따로 없다. 제 고집만 부리는 여자, 그런 여자였다는 걸 왜 처음부터 알아채지 못했을까.

수연과 연애의 첫 삽을 뜬 곳은 아쿠아리움이었다. 마을금고 주주의 한 사람이었으므로 서류 작업차 찾아나선 길이었을 것이다. 만나야 할 당사자가 자리를 비운 상태라 기다리지 않을 수 없었다. 하지만 곧 온다는 사람이 나타날 생각이 없었다. 그 바람에 무료함도 달랠 겸 수족관을 둘러보기로 했다. 평일 낮이라 관람객은 적었다. 동선을 따라 움직이던 나는 대형 가오리 수족관 앞에서 걸음을 멈출 수밖에 없었다. 발밑에 웬 여자가 쪼그리고 앉아 있었던 것이다. 근무복을 입은 상태로 보아 점심시간을 이용해 잠시 들른 모양이었다. 그녀는 격무에 피곤했던지 연신 하품이었다. 그런 그녀의 모습이 마치 미확인종 물고기를 발견한 느낌이랄까. 아무튼 괜히 장난기가 동했다. 혹시, 이 녀석을 보면 뭔가 떠오르지 않으세요? 내 말에 그녀가 천천히 고개를 들었다. 그러더니 이내 가오리에게 시선을 옮겨버렸다. 내가 다시 능치며 나섰다. 저놈이 헤엄치는 걸 보면 마치 파란 하늘을 마음껏 날아가는 연을 보는 듯하죠, 연 중에 가오리연이 만들어진 것도 아마 그런 데 있을 겁니다. 그녀가 다시 나를 쳐다보았다. 그러더니 살풋 웃어주었다. 미소 또한 보기 드문 걸작이었다. 저런 유영이 가능한 건 다 공기주머니 덕이겠죠, 우리가 흔히 부르는 부레란 기관, 인간에겐 그게 없으니 자꾸 바닥으로 가라앉는 것인지 모르겠고요. 전 요 녀석을 볼 때마다 꼭 사람 같다는 느낌이 들어요, 아주 오래된 인류의 조상 같다고나 할까요? 그녀의 말에 난 아차 싶었다. 괜히 진우 형에게 주워들은 것으로 알은체를 하다가 뒤통수를 제대로 가격당한 기분이었다. 한데 다시 가오리를 보니 정말 그녀의 말처럼 사람 형상과 닮아 있었다. 갑자기 이안류에 휩싸였던 일이 떠올랐다. 그때 나를 구한 것이 저런 물고기는 아니었을까. 불현듯 그녀가 궁금해지기 시작했다. 어차피 사귀었던 여자 친구가 다시 돌아올 리 만무했으므로.

하고많은 침대 중에 왜 하필 물침대야? 내가 언성을 높이자 수연이 성가시다는 듯이 시큰둥하게 대꾸한다. 몰라, 그냥 누워보니까 배를 타고 먼 바다로 항해하는 기분이 들었어. 그래서 멀쩡한 침대 버리고 물침대를 장만하겠다? 오죽 잠자리가 불편했으면 그 생각을 했겠어, 요즘은 그야말로 매일 악몽이라니까. 악몽이라니, 꿈에 해적 녀석이 나타나 사귀자고 해? 수연이 태연스레 입을 연다. 며칠 전에는 이상한 꿈마저 꿨어. 꿈에 이상한 분홍물고기가 나타난 거 있지. 분홍 물고기라는 말에 내가 이기죽거리며 나선다. 그럼, 혹시 아마존 강에 산다는 돌고래라도 나타나신 거야? 수연이 고개를 갸웃거리며 말한다. 모르겠어, 문제는 그 물고기가 바다가 아닌 하늘을 헤엄친다는 거야. 이야기를 들어주는 내가 한심하다 싶다. 그건 꿈일 뿐이야, 어릴 때 그런 꿈은 많이 꾸잖아. 수연이 지지 않으려는 듯 되쏘고 나선다. 잠자코 듣기나 해. 그 물고기가 나더러 따라오라는 거야, 근데 그 목소리가 어디서 많이 들었던 목소리야. 내 입에서 풋, 하고 웃음이 터진다. 갈수록 가관이다. 혹시 그 목소리, 니네 밉상 소장님은 아니었냐? 수연이 짜증스럽다는 듯이 턱을 올려 세운다. 정말 그딴 식으로 빈정거릴래? 그럴 것 같으면 지금 당장 꺼져. 이쯤 되면 나도 물러서지 않을 수 없다. 내가 헛기침 몇 방으로 입을 닫자 수연이 다시 꿈 이야기를 잇기 시작한다. 너무 신기해서 따라갔어. 근데 가다 보니 웬 바위가 나타나는 거야. 그러곤 물고기가 사라져버렸는데 주위를 보는 순간 어디서 많이 본 듯한 곳이었어. 내가 불쑥 나선다. 혹시 고향은 아니었어? 내 고향은 섬이라고 했잖아. 그럼 도대체 어디야? 어디선가 많이 본 곳. 근데 기억이 나질 않아, 엄마랑 와본 것 같기도 했는데 말이야. 그럼 옛날에 살던 곳이겠지, 아니면 엄마랑 여행을 간 곳이라든지. 태어날 때부터 엄마는 없었어. 엄마가 없다니, 수연의 말에 나도 모르게 두 눈이 커진다. 수연의 말은 계속 이어진다. 이 세상에 엄마를 아는 사람은 아빠 빼고는 아무도 없어. 근데 나는 이상하게 엄마랑 추억이 남아 있는 거 있지. 태어날 때부터 엄마가 없었다면서 어떻게 그런 게 기억나? 그러니까 이상하다는 거지. 사람들에게 얘기하면 다들 웃어요. 너 매연만 마시며 일하다가 머리가 어떻게 된 거 아냐? 수연이 입매를 깨물며 다시 입을 연다. 암튼 난 그 꿈의 정체가 정말 궁금해. 수연의 말을 듣고 있으니 내 머리만 혼란스러워진다.

블록버스터급 식사라도 먹나 했더니 뜬금없이 오늘따라 웬 난리람. 김빠지게 매생이국 타령이라니. 억지 춘향으로 식당에 들어서긴 했다. 하지만 한번 열린 의혹의 문은 닫힐 줄 모른다. 덕분에 나는 의자에 앉아서도 뭔가 트집거리가 없나 싶어 실내만 잔뜩 노려본다. 그때, 식당 종업원이 서둘러 찬거리를 들고 나온다. 짐작대로 식당 주인이 남도 어디 어촌 출신인지 죄다 해산물 투성이다. 젓가락 끌어당기는 반찬이라도 있나 싶어 눈을 씻고 봐도 보이지 않는다. 한데 수연은 진수성찬이라도 받은 듯 황홀한 표정이다. 그렇다고 부처처럼 우두커니 앉아 있을 순 없는 일, 마지못해 눈에 익은 톳나물을 집어 점검하듯 맛을 본다. 싱겁고 헐거워 정말 네 맛 내 맛도 없다. 톳나물 맛이 좀 이상해. 내 말에 수연이 고개를 갸웃거리며 되쏜다. 난 입에 착 감기는 게 너무 좋은데? 수연은 되레 내가 이상하다는 듯 뚫어져라 바라본다. 수연이 꼭 외계인 같다. 근데 넌 꼭 이런 반찬만 먹어야 돼? 너도 생각해봐, 신기하잖아, 짠물만 먹고 자란 해초가 전혀 소금기가 없다는 거 말이야. 그딴 게 뭐 그리 신기하냐? 들어봐, 요게 뭍의 식물과 달리 수온이 내려가는 겨울이면 더 활발하게 성장을 한단 말이야, 그래도 신기하지 않아? 하여튼 못 말리는 유전자를 갖고 태어났군. 그래, 난 어차피 바다의 유전자를 타고 난 여자니까. 섬에서 태어났으면 이딴 건 더 질릴 것 같은데? 음식은 기억이라잖아, 먹어봤으니 더 먹고 싶은 거지. 너, 이러다가 섬으로 다시 돌아가겠다? 갈 수 있다면 지금이라도 당장 돌아가고 싶어, 바다는 내 두 번째 집이니까. 그녀는 나를 향해 눈빛까지 파닥인다. 정말 개떡같이 얘기해도 찰떡같이 알아듣는다더니, 수연이가 딱 그짝이다. 내가 빈정거리며 나선다. 그래서 없는 돈에 수영에 취미 붙여 사시는구먼? 바닷속에 들어가면 뭔가 포근해, 마치 엄마의 품속처럼. 나는 어이없어 웃음만 터진다. 정말 알다가도 모를 여자다. 수연이 나선다. 암튼 오늘 '생큐' 야, 한잔해. 그녀가 소주병을 그러쥔다.

머리가 묵지근하다. 잠자리 분위기 띄운다고 와인 몇 잔을 더 보태 마셨더니 그게 무리였나 보다. 눈을 떴을 때 수연은 깊은 잠에 빠져 있었다. 꿈속에서 어디 멀리까지 헤엄치고 있는 것인지 엎어진 자세가 야릇했다. 두 다리가 착 붙은 게 기형아 같은 착시를 일으킬 정도로. 시계를 보니 형과의 약속 시간이 빠듯했다. 때늦은 후회가 폭풍처럼 몰려왔다. 그렇다고 안 갈 수도 없어 부랴사랴 집을 나섰다. 한데 하필 지하철마저 지옥철이었다. 오늘따라 웬 승객이 이리 많지? 요놈의 지하철도 오래 달려 관절이 녹았나, 느리긴 또 지독스레 느리다. 진우 형, 벌써 목이 빠졌겠다. 그런데도 휴대폰이 울리지 않는다. 나처럼 형도 좀 늦으려나. 그때 주머니에서 우웅, 하는 진동소리가 난다. 꺼내고 보니 수연의 문자다. 혹시 내 분홍 구두 못 봤어? 모닝 인사치고는 가관이다. 재빨리 답장을 보낸다. 왜, 내가 술 취해 여자 구두라도 신고 나갔을까 봐서? 정말 신발이 없어졌다니까. 잘 찾아봐. 아무리 찾아도 없으니까 그러는 거지. 수연의 문자에 코웃음만 터진다. 단 둘이 지샌 원룸에 무슨 도둑이 든 것도 아니고 신발이 없어지다니. 하긴 그런 정신이니까 아직 방바닥에 해수욕장의 모래가 그대로 있겠지. 그 바람에 하마터면 원치 않던 슬라이딩까지 할 뻔하지 않았던가. 그래도 혹시 싶어 내 발을 살핀다. 숙취가 남아 있어도 그렇게 맛이 간 건 아닌 모양이다. 답장을 날린다. 암튼 잘 찾아봐, 난 손댄 적도 없고 신고 있지도 않으니까, 뿅! 문자를 보내기 무섭게 휴대폰을 닫고 눈을 감는다. 속이 싸르르, 댓잎처럼 운다.

야, 너 연애질 비슷한 거 또 시작했냐? 형은 나를 보자마자 툭 쏘며 나온다. 안 그래도 숙취로 속이 쓰려 미치겠는데 속을 막대기로 후비는 것도 아니고. 그 바람에 나도 목소리가 거칠어진다. 형은 그 나이에 연애와 연애질을 구분하지 못해? 남의 신성한 교제를 연애질이 뭐야? 이 자식, 표정 한번 불순하네, 이것도 다 사건 예방 수순이야, 전번처럼 여자랑 좋 났다고 남의 차 유리창 깨게 만들고 싶지 않으니까. 그건 개 때문이 아니었다고 그랬잖아! 그럼, 그딴 짓을 왜 했냐? 그냥 그러고 싶었으니까. 말하는 꼬락서니 하고는, 그게 그거지, 짜샤! 수연은 개랑은 뭐가 달라도 한참 달라. 그러니까 네 말은 이번만큼은 깨져도 유리만큼은 안 깰 자신이 있다 이거 아냐? 암튼, 수연한테는 이상하게 자꾸 마음이 끌려. 그렇겠지, 네 말마따나 첫 만남부터 신비로웠으니까. 형도 이안류 한번 타봐, 형이 즐기는 유부녀 타는 거랑 질적으로 차원이 다르다는 걸 깨달을 테니까. 그러니까 둘 다 타다가 걸리면 작살난다는 거 아냐, 네 말은? 아무리 헤엄을 쳐도 계속 난바다로 누군가 잡아당기듯 끌려가기만 하는데 미치겠더라고. 그때 물속에서 누군가 마징가처럼 짜잔, 하고 나타나셨다? 그럼,

물고기가 궁금해

구명정이고 수영하는 사람 하나 없는데 그게 어떻게 가능해? 몇 번 말해도 못 알아들어요. 그건 네가 잠깐 의식을 잃은 탓이라잖아. 난 말짱했다니까, 살려달라고 고함까지 지른 것도 기억나는걸. 야, 그만하자 그만해, 바다 밑의 용왕님이 너 살리려고 출동했다, 인정한다, 인정해. 그렇게 그냥 넘어갈 일이 아니라니까 그러네. 야, 인마, 너는 언제까지 고따위 신비감만 조성하고 다닐래? 제발 딴 데 가선 이 이야기 나발 불고 다니지 마라, 또라이 소리 들으니까. 형은 정말 내 말을 믿어주지 않는군. 개인의 기억은 자신이 원하는 대로 조작 가능하지. 왜곡시킨 건 하나도 없다니까 그러네? 아, 알았다, 알았어, 빨랑 서두르기나 해. 형은 시계를 흘낏 훔쳐보더니 세워둔 왜건으로 걸음발을 재촉한다. 나도 마지못해 형의 뒤를 따른다.

　대체 시대가 어느 땐데 그런 황당한 전설을 믿는단 말인가. 그런데 동행하는 나는 또 무어란 말인가, 잔뜩 쓰린 배를 끌어안고서. 내가 따지듯 형에게 묻는다. 형은 아직도 '물고기나무'가 있다고 확신해? 그래, 이건 팩트 그 자체야. 형은 핸들을 쥔 채 전방만 주시하고 있다. 난 아무래도 못 믿겠어. 형은 불퉁스런 내 표정을 확인이라도 한 듯 다시 입을 연다. 잘 들어봐, 해마다 봄철이면 마을사람들이 물고기나무에 제사를 지낸대. 나무 앞 사당에는 그 나무의 씨앗을 물고 온 물고기도 모셔놓고. 그렇다고 그냥 듣고 있을 내가 아니다. 물고기가 아니라 전설 속 인어의 소행이시겠지. 들어봐, 자꾸 빈정거리지 말고. 형의 말이 이어진 다. 물고기가 물고 온 씨앗이 해안에서 자라 지금은 숲이 되었 대. 그 숲 때문인지 몰라도 잎이 무성하면 풍어가 들고, 잎이 적 으면 진짜 흉어래. 누가 그래? 내가 눈을 홉뜨자 문자 형이 대답 한다. 구비문학을 전공한 어느 교수가. 형의 말은 계속된다. 그 교수가 마을 노인들을 모아놓고 녹취까지 했대요. 정말 노인들 말처럼 나무가 물고기 모양의 잎을 달고 있더래. 내가 또 나선 다. 일본의 신사 앞에 그려진 물고기 깃발들 같은 거? 형은 내 말 은 아랑곳없이 자기 말만 계속한다. 그 양반이 식물학자한테 자 문을 구했더니 진짜 우리나라에서는 서식하지 않는 수목이래. 정말 가만있게 만들지 않는구면. 다시 내가 나선다. 그래서 형의 눈으로 직접 확인해보고 싶다 이거지? 형은 전방을 주시한 채 고 개를 끄덕인다. 내가 창밖을 보며 넋두리하듯 내뱉는다. 그나저 나 형은 왜 그렇게 고래에 관심이 많아? 너도 고래에 대해 알게 되면 그런 소린 못할 거다, 고래가 육지를 포기하고 바다로 간 동물인 건 알고 있지? 내가 형을 바라본다. 형이 흘끗 나를 보더 니 다시 입을 연다. 넌 고래에 대해 너무 모르는군, 오늘 확실히 가르쳐주지. 형은 다시 전방을 주시하며 왜건의 속력을 높인다.

고래는커녕 고래 사촌도 못 봤다. 사당에 모시고 있는 건 고래가 아니라 황금색 칠을 한 조잡하고 흔한 물고기일 뿐이었다. 어디 절에서 폐기 처분한 것을 가져다 놓은 듯했다. 형도 실망한 눈치였다. 그때, 노인 한 사람이 해안을 가리키며 엉뚱한 말을 했다. 몇 년 전만 해도 저쪽에서 내 눈으로 아주 희한한 물고기를 봤제, 거기엔 예전부터 물고기에게 제사를 지내던 제당 터가 있던 데란 말이여. 희한한 물고기라고요? 형이 놀라 되물었다. 물일을 해왔지만 그런 건 처음 봤어, 꼭 사람 얼굴 같았다니까. 노인의 말에 형은 두 눈을 번쩍거렸다. 그러더니 이내 종종걸음을 치는 게 아닌가. 혼자 마을에 남아 있기도 뭣해 엉겁결에 뒤따르긴 했다. 하지만 솔숲을 헤치고 망개나무 줄기에 찔려가며 가자니 후회만 몰려올 뿐이다. 내가 거친 숨을 내몰며 대꾸한다. 노인이 한 말은 전부 구라야. 얼굴이 그렇게 생겨먹었던 걸 뭐, 난 더 이상 무모한 짓은 안 할래. 내 말을 들은 형은 잠시 생각하는 듯하더니 이내 입을 연다. 그럼, 해안에서 봐. 돌아가는 길은 잊지 않았겠지? 내가 고개를 끄덕이자 형은 곧장 걸음을 재촉한다. 금세 형의 모습은 수풀에 가려져 보이지 않을 정도다. 땀을 흘린 탓인지 심한 갈증이 몰려온다. 생수병도 이미 바닥을 드러내는 중이다. 되돌아서서 걷기 시작한다. 내리막길이라 한결 편하다. 해안은 생각보다 멋진 풍광을 연출하고 있다. 천혜의 신비와 아름다움을 간직한 곳. 이런 문구가 저절로 떠오를 정도다. 그런데 이런 곳을 왜 사람들이 모르고 있지? 괜히 나 자신이 대

발견이라도 한 것처럼 우쭐해진다. 그때 무언가 수면 위로 솟구친다. 나도 모르게 눈이 커진다. 어, 저게 뭐지? 나도 모르게 벌떡 몸을 일으키고 만다. 하지만 가까이 다가오던 물체는 어느 순간 종적을 감추고 만다. 어디로 간 것일까. 야, 뭐 그리 넋을 빼고 보고 있냐? 어느새 형이 다가와 있다. 형, 혹시 저기 바다에서 무언가 보지 못했어? 형이 뜬금없다는 듯 입을 연다. 뭘 말이야? 그러니까 뭐, 하다가 나는 잠시 어떻게 설명해야 할지 망설여진다. 그러니까 무슨 생명체 같은 게 고개를 내민 걸 못 봤냐고. 형은 어처구니없다는 듯 픽, 웃음을 터뜨린다. 아마 물개나 수달이 헤엄치는 걸 본 모양이군. 형은 마을을 향해 걸어가기 시작한다. 나도 모르게 고개가 갸우뚱거려진다.

수연은 소파 위에다 핸드백을 야구공 던지듯 팽개치고는 냅다 냉장고로 직행이다. 걸음걸이가 위태위태하다. 수연은 냉장고에서 물병을 꺼내더니 벌컥거리며 마시기 시작한다. 야, 컵 놔두고 원시인처럼 마시냐? 그러거나 말거나 수연은 아랑곳없다. 얼마나 목이 탔는지 턱 밑으로 물줄기가 냇물처럼 주르르 흘러내린다. 그런 수연을 보면서 나는 딱히 더 할 말이 없어 그저 눈만 씀벅일 뿐이다. 유달리 물을 좋아하는 이유가 뭘까. 괜히 또 궁금증이 인다. 그때 수연이 깜빡했다는 듯이 말한다. 참, 욕조에 따뜻한 물 좀 받아줄래? 야, 며칠 만에 보자마자 '시다바리'도 아니고 그런 일을 시키냐? 하기 싫음 관둬. 수연은 그 말을 끝으로 태연스레 자신의 방으로 향한다. 나는 어처구니가 없어 수연의 뒤태만 훑을 뿐이다. 방으로 향하던 수연이가 갑자기 휙 고개를 돌린다. 근데 너, 내 허락 없이 원룸에 찾아오지 않기로 했잖아? 갑자기 분위기 싸해진다. 그 바람에 슬쩍 눙치고 들어가지 않을 수 없다. 걱정돼서 왔지, 괜히 왔겠냐? 그럼, 아무 탈 없이 돌아온 거 봤으니깐 돌아가. 순간 당황스럽다. 아니, 그게 아니라 나도 모르게 말을 더듬고 만다. 수연은 내가 보든 말든 옷을 갈아입기 시작한다. 수연의 몸은 확실히 아름답다. 알맞게 올라붙은 힙에 내 손아귀에 딱 들어오는 가슴 크기며 적당히 군살 없는 몸매까지.

넌 한 마리 물고기 같아. 응? 내 말에 수연이 턱을 올려 세우며 나를 쳐다본다. 그러니까 너랑 키스를 할 때면 그렇다 이거야, 네 혀가 내 입안에서 움직이는 게 마치 물고기 한 마리가 파닥거리는 느낌이랄까, 아무튼 그런 기분이거든. 수연이 눈을 동그랗게 만들며 되묻는다. 다른 여자와 키스할 때는 그렇지 않았어? 응, 그때는 전혀 그런 기분이 들지 않았어, 근데 너랑 할 때면 뭐랄까 입술을 떼면 마치 어디론가 훌쩍 도망쳐버릴 것 같은 그런 기분이 든다고 할까. 아무튼 기분이 묘하게 복잡해. 프흐흐, 수연이 웃는다. 그런 다음 그녀는 보답이라도 하듯 내 젖꼭지를 만지작거리기 시작한다. 그러던 수연이 갑자기 화제의 바늘을 엉뚱한 쪽으로 튼다. 난 항상 궁금했어, 남자는 왜 수유 기능도 없는 젖꼭지를 간직하고 있는 건지. 그거야 암컷의 멸종을 대비한 비상용이거나 일종의 장식용이겠지. 그녀가 물끄러미 나를 올려다본다. 내가 다시 입을 연다. 못 들었어? 오염된 바닷가의 그 무슨 고둥인가도 수컷이 암컷으로 변하더라는 연구 결과 말이야. 수연이 되쏜다. 그럼, 장식용은 아니란 얘기잖아. 지금 당장은 그렇겠지. 근데 이게 없어봐, 너무 밋밋하잖아. 달아 놓으니 같은 종이란 인식표 같아서 상대방이 안심할 수 있어 좋고. 하여튼 곧 실업자 되실 주제에 풍월은 잘도 읊으셔. 빈정거리지 마, 안 그래도 사는 게 힘들어 죽겠는데. 그래도 넌 자본의 심장에서 돈이라도 실컷 만져봤잖아. 난 기계하고만 상대하며 사니까 미칠 것 같아. 네가 좋아서 한 일이잖아. 좋아서 한 일은 뭐, 그저 먹고살려니까 할 수 없는 거지. 그나저나 너, 요즘 들어 다이어트라도 하냐? 왜? 왜긴 왜야, 가슴이 자꾸 줄어드는 느낌이니까 하는 얘기지. 어, 너도 내 바스트가 줄어든다는 걸 알아챘어? 당연하지, 젖꼭지 모양도 말린 무화과처럼 쪼글쪼글해졌는걸? 맞아, 나도 그것 때문에 걱정이야, 혹시 싶어서 산부인과에 찾아갔는데 거기서도 원인을 모르겠대. 야, 그럼 그게 의사냐, 돌팔이지. 그러니깐 뭐 심리적 원인에 있을 것 같다던가, 하여튼 그 의사가 그랬어. 그렇게 따지면 정상적인 인간은 하나도 없겠다, 현대인

중에 생존에 스트레스 안 받는 인종이 어디 있겠냐? 그렇지만 스트레스도 사람마다 차이가 나잖아, 어쩌면 난 다른 사람보다 더 민감한지 모르고. 어째서? 난 이곳에 잘못 왔다는 생각이 들어, 차라리 고향 바다에 사는 게 더 어울릴지 모른다는. 그래서 맨날 바다 타령이야? 파도 소리를 들으면 왠지 편안해져. 그래서 침대도 물침대로 바꾸었다? 여기 누워 눈을 감고 있으면 시원으로 향하고 있다는 느낌이 들어, 그게 너무 편안해서 좋아. 수연이 나를 향해 피식 웃는다. 나는 그 웃음을 준비되었다는 신호로 알아차리고 그녀의 배 위에 승선한다. 그녀의 입에서 파아, 하는 파도 소리 같은 게 난다.

정말 신기한 일도 다 있지. 돌고래 쇼를 보는데 어느 순간 녀석과 내가 눈이 딱 마주친 거야. 근데 그 미소가 그렇게 아름다울 수가 없어요. 돌아와 잠을 이룰 수가 없었어. 인간의 미소 중 최고라는 모나리자의 미소는 저리 가라야. 그래서 돌고래의 미소만 찍기 시작했지. 진우 형이 장황하게 너스레를 떤다. 벌써 술기운이 돌았나 싶어 내가 부러 능친다. 그러니까, 그런 이유로 고래를 사랑하게 됐다? 형이 고개를 끄덕인다. 형이 다시 말을 잇는다. 고래는 우리 인류에겐 미래야. 그게 무슨 말이야? 내 말에 형이 말을 잇는다. 이제 조만간 환경 파괴와 오염으로 생명체들이 살 수 없는 날이 올 테니까. 고래는 이미 미래를 예측해 바다로 되돌아간 인류의 대선배인 셈이라고나 할까? 내가 따지듯 되묻는다. 형은 고래가 바다로 왜 되돌아갔다고 생각해? 그건 아마 자유 때문이겠지. 바다의 자유라니? 자유롭게 헤엄친다는 거, 더군다나 경쟁할 적이 없다면 그곳은 곧 행복의 거처인 셈이지. 다시 내가 나선다. 근데 왜 사람은 바다를 포기하고 육지로 온 거야? 형이 다시 입을 연다. 그건 욕심 때문이겠지. 뭍에는 먹을 것이 흔했으니까. 그래서 인간은 처음부터 이기적이었다? 그래, 그게 인간의 타고난 불치병이지, 욕망은 결코 만족을 모르는 법이니까. 그럼, 고래처럼 인간 중에 바다로 돌아간 이도 있겠네? 당연하지, 다만 우리가 알지 못할 뿐이지. 그래서 형은 바다로 돌아간 인류의 흔적을 찾고 있는 거군. 형이 대답 대신 고개를 주억거린다. 형의 말에 궁금증이 생겼다. 내가 다시 묻는다. 만약 고래에게서 그런 흔적을 찾을 수 없으면 어떡할 건데? 다른 물고기에게도 가능성을 두고 있지. 다른 물고기? 이를테면 가오리 같은 거. 가오리? 순간 내 뇌리가 요동을 친다. 처음 만났을 때 수연의 모습이 떠올랐다가 사라진다. 전에 내가 말했듯이 그놈을 뒤집어 자세히 보라고, 마치 파란 하늘을 유영하는 둥근 달 같은 느낌이라니까. 뭐 구름에 달 가듯이 자연스럽게 헤엄치는 모습, 그게 너무 맘에 들어. 그게 꼭 나 같다고나 할까. 흐음, 나도 모르게 입에서 신음 소리가 터진다. 술기운 탓인지 오늘따라 형의 표정이 너무 진지하다. 분위기도 바꿀 겸 내가 말한다. 근데 형, 형은 언제부터 바다에 관심이 많았어? 누구는 우주와 수 많은 별에 관심을 두듯이 나는 바다라는 우주에 관심을 돌렸을 뿐이야. 가까이 있으면서도 미지의 땅으로 남은 곳이 바다니까. 더군다나 바다는 지구 생명체의 영원한 고향이고. 정말 대단한 철학자 나셨네. 빈정거리지 마, 내 말이 틀린 건 아니니까. 형이 다시 술잔을 쥔다.

수연은 손만 대면 스르르 녹아내릴 눈사람처럼 기운이 없다. 오늘도 소장한테 잔소리 한 드럼은 들은 모양이네? 내가 입을 열 자마자 수연이 되쏜다. 말도 마, 분진이랑 기름 냄새에 소음까지 미칠 지경이라 창문 닫았더니 도로 창문을 여는 거 있지. 그럼, 도로 닫으면 되잖아. 그렇다고 상사라고 대놓고 실랑이하는 것 도 그렇잖아, 째려봐도 그 인간 꿈쩍도 않고 딴청만 부리더라, 정말 어이가 없어 파일로 뒤통수를 갈겨버리고 싶더라니까. 그 럼 나가서 맑은 공기라도 좀 쐬지, 왜? 수연이 인상을 구기며 되 쏜다. 그러니까 하는 얘기지, 나가서 속 좀 달래고 왔더니 일 안 하고 어딜 싸댕기냐면서 되레 호통이야, 나 참 기가 막혀서. 수 연은 냉장고 문을 열더니 생수병을 꺼낸다. 그 모습을 지켜보며 내가 다시 입을 연다. 자초지종을 얘기하지 그러냐? 수연이 생수 를 벌컥벌컥 마시더니 다시 말을 잇는다. 누가 바보냐, 당연히 얘기했지. 그랬더니 일하기 싫으면 당장 때려치우라고 난리잖

아. 이렇게 나가다간 날밤을 까도 모자라겠다. 내가 적당히 무마작업 멘트를 날린다. 야, 그래도 도시인이 살아남으려면 그냥 참아, 그렇다고 그딴 거에 헛구역질까지 하는 너도 좀 심한 편이지만. 수연이 대뜸 언성을 높인다. 넌 그래도 배출가스 검사나 차량 공회전 같은 건 않잖아. 오늘은 냄새 때문에 토까지 했다니까. 수연의 말 탓일까, 오늘따라 수연이 몹시 수척해 보이기까지 한다. 더 늦기 전에 피부과에라도 가봐. 내가 봐도 피부 색깔까지 변한 것 같으니까. 수연이 태연하게 되쏜다. 아프지도 않은 걸 뭣 때문에 가? 정말 특이 체질에 특이한 성미를 갖고 있군. 수연이 곧장 대꾸한다. 그래 맞아, 우리 어머니, 아니 어머니의 어머니 대부터 그렇게 살아왔으니까. 나도 모르게 눈이 커진다. 참, 고향이 무슨 섬이라 그랬지? 수연이 태연하게 대답한다. 분홍 섬. 그런 섬도 있었어? 우리 고향 사람들은 그렇게 불렀어, 다들 거기서 살다가 거기서 돌아가셨고, 조상의 무덤도 거기 남아 있어. 그럼 시제도 지내겠네? 내가 궁금해 묻자 수연이 대답한다. 응, 근데 이번에 선산을 팔았대. 야, 선산을 팔면 어찌 되냐, 명색이 시조까지 잠든 땅을. 내 말이, 그래서 그런지 요즘 이상하게 물고기 꿈을 계속 꿔. 또 물고기 얘기다. 망할 놈의 분홍 물고기가 조만간 또 우리 사이로 헤엄쳐 들어올지 모르겠다.

휴대폰이 울린다. 수연이다. 하지만 수연은 전화를 걸고서도 아무 말이 없다. 오늘은 토가 아니라 어디서 피라도 쏟은 것인가. 전화를 했으면 말을 해야지, 오늘은 술 대신 꿀이라도 먹은 거야? 내가 부러 흰소리를 친다. 그래도 수연은 묵묵부답이다. 순간 이상한 기분이 든다. 나도 모르게 휴대폰을 바짝 귀에 갖다 댄다. 수연의 흐느낌 같은 게 들린다. 아니, 사람들 웅성거리는 소리까지 귀를 파고든다. 무슨 일 있어? 거기 어디야? 모르겠어, 갑자기 다리를 움직일 수가 없어. 뭐라고? 그럼 혹시 교통사고라도 당한 거야? 내가 다그치자 수연이 대답한다. 그런 건 아니고. 그럼, 진정하고 어딘지만 말해. 여기 집 앞 큰길이야. 알았어, 일단 내가 갈 동안 숨을 크게 들이마셨다가 내뱉으며 마인드 컨트롤을 해봐, 그럼 한결 나아질 거야. 그제야 수연도 전화를 끊는다. 수연이 말한 곳으로 달려가니 그곳에는 사람들이 모여 웅성거리고 있다. 정복을 한 경찰이며 패트롤카도 보인다. 갑자기 불길한 생각이 든다. 수연은 무리와 떨어져 길가에 외따로 앉아 있다. 무슨 일인데 그래? 수연이 맥없이 고개를 든다. 눈에는 눈물이 포도송이처럼 가득 맺혀 있다. 어디 카페 같은 곳에 들어갈까? 괜찮아, 그냥 생수나 한 병 사다 줘. 참, 어처구니없다. 이 와중에도 물을 찾다니. 할 수 없이 편의점으로 쫓아가지 않을 수 없다. 돌아오니 수연의 표정이 한결 정돈돼 있다. 수연이 물을 들이켜더니 그제야 긴 숨을 몰아쉰다. 내가 따지듯 묻는다. 도대체 무슨 일이야? 수연이 나직이 입을 연다. 글쎄, 길을 가고 있는데 내 앞에 뭔가 툭 떨어지잖아. 나도 모르게 눈이 커진다. 수연의 입을 바라보며 다음 말을 기다린다. 난 처음엔 무슨 엄청 큰 쇠뭉친가 했어. 근데 그게 교복 입은 여중생인 거야. 내 앞에서 마지막 숨을 헐떡이며 피를 쏟는데 얼마나 놀랐다고. 수연이 가슴을 움켜쥔 채 계속 입을 연다. 근데 옥상에서 떨어졌는데도 헤엄치듯이 누워서 나를 향해 웃잖아, 마치 이제 막 바다에 닿은 것처럼. 수연의 말에 나는 생각이 깊어진다. 여학생은 왜 꽃다운 나이에 몸을 던졌을까. 도시에서 꽃처럼 사는 것이 불가능해서였을까.

마음이 무겁다. 세상이 온통 응급실 같다. 살려달라고 아우성쳤지만 밀어내기만 하는 도시. 그런데도 나는 이 도시의 주인공인 것처럼 착각하고 살았다니. 어쩌면 나도 수연처럼 뼈마디 자체가 도시 족보는 아닌 모양이다. 오늘, 드디어 자본의 심장으로부터 연락이 왔다. 그것도 시대에 맞게 문자로 간단하게. 여비서로부터 날아온 스팟 문자의 내용이야 회사 사정 운운하며 '그러니 어떡하겠어요, 그래도 부디 용기는 잃지 마세요' 였지만 내가 보기엔 '나가주세요' 하는 소리일 뿐이었다. 문자를 받자 약간 슬펐다. 그런데 자꾸 혼자 있으려니 불쾌한 깨달음만 쌓일 뿐이었다. 수연에게 문자를 날렸다. 오늘 네 어깨를 빌려 바다라도 실컷 보고 싶다고. 수연에게서는 아무 답장이 없었다. 그 바람에 형의 작업실을 찾았다. 하지만 마음에는 여전히 수연의 생각만 소복하게 쌓일 뿐이다. 점심이나 먹으러 가자, 어차피 실업자도 밥은 먹어야 하잖아. 형이 내 마음의 어둠을 알아챘는지 점퍼를 껴입으며 말한다. 아니, 그냥 갈래. 형이 노려보며 말한다. 짜식, '후시딘' 보다 훨씬 약발이 좋은 음식이니까, 잔말 말고 따라와. 내 마음이 펼쳐놓은 일기장이나 된단 말인가. 내 생각을 읽고 형은 소대장처럼 당당하게 밖으로 나선다. 하긴 형의 말이 틀린 건 아니다. 먹어야 산다. 어차피 사는 게 다 한 끼의 식탁을 위해서이니까. 형은 어느새 자신의 낡은 왜건에 시동을 걸어놓았다. 할 수 없이 나도 뒤따라 올라탄다. 차는 천천히 형의 작업실을 빠져나와 달리기 시작한다. 골목을 벗어나자 시야가 트인다. 하지만 하늘은 여차하면 빗방울을 뿌릴 것처럼 오늘도 구름밭이다. 너, 갈치에 호박 넣고 끓인 국이 얼마나 시원한지 아냐? 마치 굽은 허리가 꼿꼿하게 서는 기분이라니까. 형의 말에 내가 되쏜다. 갈치가 비아그라도 아니고 뭐가 꼿꼿하게 서? 형이 지지 않겠다는 듯이 되받아친다. 너, 갈치가 어떤 생선인 줄 아냐? 나도 모르게 눈동자가 커진다. 그놈은 말이야, 평생을 눕지 않고 꼿꼿하게 서서 생활한다고. 물고기에 관심을 두기 시작하더니 형의 잡학 실력이 부쩍 늘었다. 하긴 물고기가 직립인간도 아니고 꼿꼿하게 서서 생활한다는 게 신기하긴 하다.

무슨 일일까. 괜히 조바심이 인다. 다시 현관 벨을 눌러본다. 그래도 안에서는 아무 응답이 없다. 할 수 없이 도어록의 비밀번호를 누른다. 이상하다. 이 시각이면 퇴근을 해도 했을 시각인데. 연락도 없이 어디로 훌쩍 여행이라도 떠난 건가. 아니면 초저녁부터 물침대를 선박 삼아 단꿈에라도 푹 빠져버렸나. 현관을 들어서자마자 방문을 연다. 침대도 텅 비어 있고 책상 위에 노트북만 켜져 있다. 욕실 쪽으로 귀를 기울여본다. 거기서도 물소리가 나지 않는다. 다가가 흠흠, 인기척을 낸 후 문을 열어본다. 거기도 수연은 없다. 근데 이게 뭐지? 욕실 바닥과 탕 안에 무언가 반짝이는 게 눈에 띈다. 피부 각질인가. 자세히 들여다보니 그건 분명 생선 비늘들이다. 물개도 아니고 욕실에서 생선이라도 잡아먹었단 말인가. 알 수 없는 일이다. 문을 닫고 다시 나와 침대 모서리에 걸터앉는다. 욕탕에 물이 가득 담겨 있고 노트북마저 켜놓았다면 분명 집에 있었다는 얘기다. 근데 왜 연락이 안 되는 거지? 잠깐 먹을거리를 장만하기 위해 나갔더라도 이렇게 연락이 안 될 리 없다. 일단 더 기다려보자. 시간이 흘러도 수연은 나타나지 않는다. 저절로 하품이 터진다. 무료함도 달랠 겸 노트북으로 다가간다. 마우스를 건드리자마자 화면이 되살아난다. 인터넷 뉴스라도 보고 있었던 모양이다. 어, 근데 이건 또 뭐지? 나도 모르게 검색창에 눈길이 빨려 들어간다. 화면에는 발굴 현장의 사진이 떠 있고 그 아래에는 상세한 기사가 적혀 있다.

물고기가 궁금해

외진 섬의 한 무덤 속에서 인간의 뼈와 유사한 물고기 뼈가 발견되어 화제다. 학계에서는 이번에 발견된 이 뼈가 무덤 속의 주인공인 건 분명해 보인다며 비상한 관심을 보이고 있다. 놀라운 사실은 발굴된 뼈가 사람과 물고기의 뼈를 합쳐놓은 형상을 하고 있다는 점이다. 만약 컴퓨터 시뮬레이션으로 복원한다면 인간이 어디에서 출발했으며, 조상이 되는 물고기가 무엇인지 밝혀줄 중요한 근거가 될 수 있다고 한다. 이번 발굴은 이곳 섬사람의 시묘를 옮기는 작업 중 인부가 신고하면서 비롯되었다.

나도 모르게 눈이 커진다. 발굴 현장의 사진을 다시 응시한다. 현장 너머로 푸른 바다가 금세라도 덮칠 듯 넘실대고 있다. 사진을 보던 나는 그만 움찔 놀란다. 카메라를 멘 이는 분명 진우 형이다. 형이 언제 저곳에 간 것일까. 볼수록 형의 표정이 어둡다. 마치 시선을 바다에 빠뜨리고 있는 것만 같다. 근데 형의 손에 든 저건 또 뭐지? 형의 손을 보던 나는 어어, 소리가 지르고 만다. 그것은 분명히 사라진 수연의 분홍 구두다. 디자인이며 색깔이 그녀의 것이 확실하다. 근데 저걸 왜 형이 갖고 있지? 뇌리에 뭔가 스친다. 형이 바라보는 곳으로 눈길을 돌린다. 거기 무언가 흐릿한 물체가 바다로 나아가고 있다. 황급하게 수연의 휴대폰

으로 연락을 취한다. 통화가 불가능하다. 대신 휴대폰에서는 파
도 소리 같은 잡음만 뽀르륵 뽀르륵, 울릴 뿐이다.

아직은 괜찮아

지선아 너, 꼭 끼니때마다 그렇게 해야겠니? 놀이터 벤치에 앉아서 눈앞에 펼쳐진 바다만 바라보던 아빠가 말했다. 아빠가 나를 놀이터에 불러낸 이유를 알 것 같다. 지웅이가 서운해할까 봐서요. 내가 대꾸하자 아빠가 다시 말을 잇는다. 그게 벌써 몇 년째니, 돌아올 것 같으면 말리지도 않겠다. 그럼, 아빠는 이제 포기하신 거예요? 어쩌겠니? 아빠로서는 너희들을 더 생각할 수밖에. 그렇다면 더더욱 포기하시면 안 되죠. 지웅이도 어린데. 나도 그러고 싶다만 이제 지쳤구나. 게다가 너도 이제 곧 대학 입시 준비를 해야 하고. 제 걱정은 마세요, 대학은 안 갈 거니까요. 왜, 하는 표정으로 아빠가 눈을 치뜬다. 대학생은 이 도시 길거리에 너무 흔해요. 졸업해봤자 어차피 청년실업자가 될 게 뻔한데도 말예요. 집안 형편 때문이라면 다시 생각해보거라, 생각하는 것도 지혜니까. 전 우선 취업해서 돈 벌고 그 뒤에 공부할 거예요. 지선아, 배움에도 때가 있는 법이다. 전 그래도 그리 늦지 않다고 생각하는데요? 내 반응이 못마땅한지 아빠가 주머니에서 담배를 꺼낸다. 아빠가 언제부터 담배를 피우기 시작했을까. 엄마가 실종된 그다음부터일까. 어쩌면 그럴지도 모른다. 아빠의 입에서 입김 같은 담배 연기가 뿜어져 나온다. 연기는 바람을 타고 바다 쪽으로 간다 싶더니 몸을 돌려 내 쪽으로 몰려온다. 담배 냄새가 구수하다. 마치 숭늉 같다. 순간 내 눈이 담벼락으로 향한다. 아빠, 담배 피우면 좋아요? 모르겠다, 이거라도 물고 있으면 답답한 속이 좀 풀리는가 싶기도 하다만. 아빠가 다시 담배를 빨아 연기를 내뿜는다. 그럼, 저도 담배 한 개비 주세요. 아빠가 무슨 일인가 싶어 나를 뚫어져라 쳐다본다. 너, 혹시 담배도 피우냐? 아뇨, 하지만 아빠가 생각하는 만큼 그다지 착하지도 않아요. 학교에서 사고 치고 그러냐? 사고 치고 싶어요. 학교에 가만있으면 내가 왜 이곳에 있지, 내가 있을 곳은 여기가 아닌데 하는 생각이 들기만 하니까요. 어색한 분위기를 지우듯 내가 씨익, 웃음을 문다. 그런 다음 다시 바다를 내려다본다. 그러고 보니 이곳은 지대가 높다. 벤치에 앉으면 마치 바다 위에 떠 있는 기분이 든다고 할까. 아빠가 다시 담배 한 모금을 깊숙이 빤다. 그리고 한숨과 함께 길게 내뿜더니 다시 입을 연다. 언제까지 밥상에 엄마 수저를 놓을 생각이니? 모르겠어요, 언젠가는 관두겠죠. 하지만 아직은 아니에요. 나는 천천히 엉덩이를 일으켜 세운다. 날씨가 많이 차가워졌다. 이제 조만간 차가운 겨울이 닥치겠지. 그러면 우리 가족의 삶은 더욱 힘들어질 것이고. 나는 천천히 집으로 발걸음을 내디딘다. 아빠가 등 뒤에서 나를 뚫어져라 바라보고 있는 것만 같다. 아빠의 마음을 안다. 밥상 위에 놓인 수저를 볼 때마다 아빠의 마음이 괴롭다는 사실을. 그게 곧 엄마를 사랑하기 때문이라는 것을. 아빠가 엄마를 사랑하지 않았다면 양계장을 처분하지 않았을 것이고, 이곳으로의 이사를 결심하지도 않았을 테니까.

한때 우리 가족은 삼이웃으로부터 '알부자' 소리를 들었다. 눈만 뜨면 닭이 알을 낳으니 아빠와 엄마는 달걀을 수거하는 데에만도 반나절이 걸릴 정도였다. 그 정도로 양계장 규모가 엄청났다. 그런 양계장 덕분에 나 또한 알 부잣집 딸이었다. 알 부잣집 딸 아냐, 어쩜 엄마를 닮아 이리 이쁘니? 물론 지금 생각하니 그다지 큰 부자는 아니었지만 동네 아줌마들로부터 그 말을 들을 때만해도 마음만큼은 부자인 것 같았다. 하지만 알부자가 알거지로 변하는 데에는 그리 오래 걸리지 않았다. 엄마가 사라지던 날, 그날따라 아빠는 친척 중 누군가가 돌아가셔서 문상을 가고 없었다. 그 바람에 엄마는 혼자 트럭을 몰고 납품을 위해 길을 나섰다. 밤이 지나고 다음 날이 되어도, 그다음 날이 되어도 엄마는 돌아오지 않았다. 경찰서에 신고를 했고, 거래처며 갈 만한 곳을 이 잡듯이 다 뒤졌다. 그래도 엄마의 행방을 아는 사람은 없었다. 그렇게 애간장이 탈 때 날아든 전화. 엄마가 몰고 간 트럭이 바닷가 방파제에서 발견되었다는 거였다. 아빠는 한달음에 달려갔다. 하지만 엄마는 없었다. 무슨 일을 당했다는 흔적 하나 없이 차량은 깨끗했다. 차라리 핏자국이라도 남아 있었다면 이런 지루한 기다림은 없었을 것이다. 아빠는 그걸 엄마의 숨바꼭질로 착각했는지 트럭이 발견된 일대를 샅샅이 뒤지기 시작했다. 심지어 전단지까지 만들어 뿌렸다. 그래도 엄마를 찾을 순 없었다. 그러자 아빠는 트럭이 발견된 장소에 매달리기 시작했다. 왜 하필 바닷가란 말인가. 그 이유를 알아내고 말 것처럼 그때부터 아빠는 바닷가를 헤맸다. 좀 더 멀리, 다음 날은 더 멀리. 시간이 흐를수록 아빠는 점점 광인처럼 변해갔다. 채 수거하지 못한 달걀은 농장에서 그대로 썩어갔다. 그러던 어느 날, 아빠는 끝내 농장을 처분하고 말았다. 그러고도 미련을 버리지 못하고 트럭이 발견된 근처로 이사를 감행했다. 그게 벌써 오 년 전의 일이었다. 아빠는 남은 가족을 위해 트럭 행상을 했다. 생선을 싣기도 하고, 야채며 과일 등속이 실리기도 했다. 장사는 쉽지 않았다. 아버지는 끝내 트럭마저 팔고 인근 조선소에 취직하며 직장 생활을 시작했다. 하지만 너무 늦은 나이였고 특별한 기술 또한 없었다. 그러니 아빠가 고작 조선소에서 할 수 있는 일이라고는 온종일 철판의 녹이나 제거하는 것뿐이었다.

누나, 누나는 앞으로 뭐가 되고 싶어? 내가 들어서자 동생이 방 한가운데에 엎드린 채 묻는다. 아마 학교에 제출할 장래 희망 같은 숙제를 하고 있던 모양이다. 난 되고 싶은 거 없어. 핏, 거짓말! 우리 선생님이 그러던데 몸은 음식을 먹어야 하고 영혼은 꿈을 먹어야 빛난대. 지웅이의 말에 내 귀가 번쩍 뜨인다. 영혼은 꿈을 먹어야 빛난다? 그래 맞는 말이다. 꿈이 있어야 살지, 살아가고 싶지. 한데 난 정말 되고 싶은 게 없다. 그때 지웅이가 또 입을 연다. 전번에 누나는 관광안내사가 되고 싶다면서? 그건 누나의 꿈 아냐? 그래, 맞다. 한때는, 관광안내사가 되고 싶었다. 전국을 돌아다니다 보면 엄마를 만나지 않을까 싶어서. 하지만 그 꿈도 점점 흐릿해졌다. 누나는 그러면 이제 뭐가 되고 싶은데? 그냥 멋진 음악가가 되고 싶기도 하고, 작가가 되고 싶기도 하고, 엄청 돈도 많이 버는 장사도 하고 싶고. 하여튼 누나는 꿈이 지저분할 정도로 복잡해. 그럼, 그거 다 하면 되잖아. 어이없는 지웅이의 대꾸에 핏, 웃음이 터진다. 그때 현관문이 애처로운 비명 소리를 낸다. 놀이터에서 아빠가 돌아오나 보다. 그럼, 누나가 물어볼게. 지웅이 넌 도대체 커서 뭐가 되고 싶어? 난 멋진 운전수가 될 거야. 아빠가 만든 멋진 배를 모는. 안방으로 들어서던 아빠가 움찔 놀란다. 지웅이는 그런 아빠에게 보란 듯이 핸들 돌리는 흉내까지 낸다. 그러자 아빠가 동생을 보며 입을 연다. 지웅아, 배를 모는 사람은 운전수라고 하지 않고 선장이라고 하는 거야. 핏, 그게 그거지 뭐. 아빠가 다시 묻고 나선다. 근데 지웅아, 넌 배를 몰고 대체 어디를 가고 싶은 거야? 이 지구를 싸악 다 돌아보고 싶어. 아빠가 웃으며 대꾸한다. 그래, 그 꿈을 꼭 이루도록 해라. 사실 배는 모든 조선소 직원들의 꿈이 서린 것이니까. 지웅이가 무슨 말인가 싶어 두 눈을 굴린다. 배는 팔천 개의 쇳조각으로 이루어진단다. 각자 만든 쇳조각을 하나하나 이어 거대한 배 한 척이 만들어지는 거지. 그러니 배를 몬다는 것이 얼마나 대단한 일이냐? 우와, 그럼 난 무조건 커서 선장이 될래. 돌아다니면서 엄마도 찾을래. 지웅이가 환하게 웃는다. 완전 대형 웃음이다. 흘낏 시계를 확인한다. 아직 시간이 이르다. 하지만 모처럼 부자지간의 대화를 방해하고 싶지 않다. 책상 서랍 속에 숨겨둔 엠피스리를 꺼낸다. 엠피스리를 보니 반장 신애 얼굴이 떠오른다. 그년이 알면 놀라 기겁하겠지? 눈치를 챈 것인지 요즘 들어 나를 보는 신애의 눈빛이 예사롭지 않다. 미친년, 그래 보라지. 내가 쉽게 꼬리가 잡힐 거면 슬쩍 감지도 않았을 것이다. 이어폰을 꽂고 나는 집을 나선다. 밖은 어느새 어둠이 짙다.

왜 이렇게 빨리 와, 그렇다고 일당 더 쳐주지도 못하는데? 주방에서 주인아줌마가 놀랍다는 듯이 소리친다. 그냥 할 일이 없어서요. 할 일이 없긴, 네 나이 때에는 뭐든 하고 싶을 때인데? 아줌마는 다시 일손을 놀린다. 안주를 미리 준비하고 주방 설거지도 해야 한다. 새벽까지 장사를 하기에 미뤄두었던 걸 지금 하는 것이다. 아줌마는 남편을 잃고 혼자 아이들을 키운다. 그런 어미의 가슴을 가진 탓일까. 내게 잘 대해준다. 특히 엄마가 없이 혼자 벌어 대학을 다닌다는 말을 들은 뒤부터 더더욱. 만약 내가 고딩인 걸 알면 어떤 태도를 보일까. 아마 모범적인 엄마의 길을 걷고 있으니 길길이 날뛰겠지. 생각만 해도 우습다. 나는 탕비실로 들어가 본격적인 화장을 시작한다. 비비크림을 바르고 눈썹을 그리고 립스틱까지 바른다. 그새 여대생 티가 확, 난다. 마지막으로 귀고리까지 단 다음 홀로 나선다. 이제 나는 성숙한 처녀다. 나는 막대 걸레를 빨아 홀 바닥부터 닦기 시작한다. 일요일이니 손님은 그다지 없을 것이다. 처음 아르바이트를 하겠다고 했을 때, 아빠는 말렸다. 저도 공부하고 싶어요, 그러니깐 문제지를 왕창 사줄 능력도 학원 보내줄 능력도 안 되면 그냥 가만히 계시기나 하세요, 하고 대들자 아빠는 시부저기 입을 닫았다. 아빠의 마음을 모르는 건 아니다. 종일 고된 노동을 끝내고도 집에 와 엄마 노릇까지 해야 한다는 게 얼마나 힘든가를. 그런 아빠의 고충을 나도 알고 있다. 하지만 알면서 그게 잘 안 된다. 뒷주머니에 넣어둔 휴대폰이 우웅, 하고 운다. 액정 화면에 단짝 친구 '간디 여사'가 보낸 문자가 떠 있다. 수업 시간마다 선생 '간'을 '디' 집어놓는다고 붙여진 닉. 그런 간디 여사는 주말이면 미술 학원에서, 나는 이렇게 호프집에서 시간을 보낸다. 그래서 이 시각이면 늘 우리 둘은 문자를 주고받는다. 나, 오늘 미술 학원 쨀까 싶어. 나는 재빨리 답장을 날린다. 째서 뭐하려고? 기분이 너무 꿀꿀해서. 야, 니네 호프집에 놀러 가면 안 될까? 간디 여사의 고민을 모르는 바가 아니다. 적성보다는 사회가 필요로 하는 학벌이라는 자격만을 갖추게 하려는 엄마의 극성. 그래서 간디 여사는 공부 못하는 자신이 사라져주는 게 엄마에겐 축복일지 모른다며 괴로워하지 않는가. 그렇다고 간디 여사를 이곳으로 오게 할 순 없다. 고민은 일단 대학 가서 해! 이크, 이건 우리 엄마처럼 동물적이다 못해 짐승적인 막말! 아니, 이건 친구의 아주 기름진 조언일 뿐이야. 씨댕! 근데 넌 왜 나한테만 영웅 노릇해? 지는 맨날 학교에선 잠만 실컷 자면서? 널 사랑하니까. 에계계, 너 몰랐다, 동성애주의잔 줄? 난 박애주의자야, 널 닮아 비폭력주의자이기도 하고. 어쮸, 그런 애가 반장 년이랑 티격태격해? 그년이 나를 먼저 의심했으니까. 근데 엠피스리가 발이 달린 것도 아니고 도대체 어디 간 걸까? 간디 여사의 문자를 보는 순간 내 가슴이 뜨끔한다. 나는 호흡을 가다듬고 답장을 쓴다. 그걸 내가 어떻게 알아? 알았어, 학원 수업 늦겠다, 안농! 알았어, 열공! 간디 여사는 좋은 친구다. 편한 사이이면서도 친하기도 한 사이. 그래서 간디까지 속이는 게 약간 미안하다. 하지만 지금은 어쩔 수 없다.

 '놀토' 덕분에 이틀을 내리 쉰 탓일까. 아이들은 오전부터 뻥간 상태다. 이런 날에는 마음 착한 '인간 수면제' 윤리 선생님이 그립다. 그 선생님은 자도 나무라지 않고 떠들어도 큰소리치지 않으니까. 한데 월요일 오전부터 수학, 영어, 물리, 중국어 과목을 쓸어 담아놓았다. 정말 누가 시간표를 짰는지 그 선생 머리라도 쥐어박고 싶다. 아, 이 시간을 어떻게 견디나? 머리에 쥐나는 것 같다. 배움이 기뻐야 하는데 왜 나는 슬프기만 한 거지? 그렇다고 딱히 대학 가고픈 생각도 없는데. 그런데도 인문계라면 다 대학에 가고 싶어 진학한 줄 안다. 그게 싫다. 그래서 수업 시간마다 비몽사몽간에 낙서나 하며 시간을 때운다. 아니면 공상을 즐기다가 모자란 잠이나 보충하든지. 우리 반에 들어오는 선생님은 다 안다. 내 별명이 왜 '잔다르크'인지. 그야말로 수업 시간마다 잠만 자니까. 쟤 또 잔다, 크르르. 그 말을 누가 했을까. 국어 선생이었을까, 아니면 아이들이었을까. 암튼 자다 일어나니까 잔다르크가 되어 있었다. 사 교시 시작종이 울린다. 이 시간만 끝나면 기다리고 기다리던 점심시간이다. 세 시간 내내 잔다르크 흉내를 내서 그런지 잠도 오지 않는다. 반장 신애가 일어서서 주위를 둘러본다. 그 순간 하필 나와 눈이 마주친다. 갑자기 심장 박동이 빨라진다. 하지만 애써 태연한 척한다. 저년에게 밀리는 순간 모든 게 끝장날 수 있으니까. 부러 나는 미간을 더욱 힘껏 좁히며 노려본다. 저년을 볼 때마다 신이 공평하지 못하다는 생각이 든다. 부모가 둘 다 교수라는 가정환경에 우수한 성적. 거기까진 좋다. 공부에 몰입할 수 있는 무한한 절제력에 수려한 용모까지 하사하다니. 이건 저 위에 있는 하나님이 뭔가 딴짓을 하시다가 실수한 거다. 그렇지 않다면 어떻게 저런 인간을 남녀공학이 아닌 우리 학교로 오게 하고, 한 반이 되게 해 나를 미치게 한단 말인가. 내가 신애의 물건을 감은 것도 그런 질투 때문인지 모른다. 차렷, 다음에 경례, 하는 신애의 목소리까지 울려 퍼진다. 오늘따라 신애의 목소리에조차 질투가 난다, 씨발. 그때, 기다렸다는 듯이 간디 여사가 나선다. 선생님, 우리 반 애들은 알라신께 은총을 빌기로 했는데 자습으로 대체하면 안 될까요? 역시 예상대로 노총각 땡칠이의 반응이 심상찮다. 선생님과 너희들 공공의 적은 대학인 건 알지? 그렇다고 뒤늦게 아랍어 점수 따서 대학 가려면 큰일 나. 저 서울의 강남 아줌마들이 그런 전략을 써서 효과를 봤는데 그거 이미 종 친 지 오래야. 아랍어, 중국어, 일어의 응모자 수가 이젠 비슷해졌어. 그러니 아랍어 택했다간 서울 애들 대학 잘 가라고 바닥 깔아주는 거야. 그리고 당장의 수능에만 매달리는 그런 근시안적 시선으로 외국어를 대해서는 안 돼. 역시 땡칠이의 장황한 구라가 시작된다. 이렇게 가다 보면 십 분 정도는 그냥 흘러가겠지. 한데 나는 왜 땡칠이가 안됐다는 생각이 들지? 그렇다고 분위기 개선 작업에 나서기도 좀 그렇다. 간디 여사는 내 단짝이니까. 땡칠이의 말은 계속 이어진다. 글로벌 시대에 중국어는 특히 요긴한 외국어야. 니들이 자꾸 중국어가 어렵다고 하는데 외국어만큼은 노력하면 돼. 워 후잇! 알지, 하면 된다. 간디 여사가 또 나선다. 선생님이야 다들 하면 된다, 하면 된다 하는데 저 같은 경우에는 돼야 하죠. 되지도 않는데 무슨 자신감을 긁어모아서 해요? 하면 된다가 아니라 정말 되면 한다니까요! 안 되니깐 저 같은 경우엔 미대로 진로 변경한 거잖아요. 안 그래, 얘들아? 간디 여사가 주위를 돌아본다. 아이들이 키득거린다. 그때 반장 신애가 간디 여사를 노려보며 소리를 지른다. 야, 너, 자꾸 수업 엉뚱한 방향으로 몰고 갈래? 꼴에 또 잘난 척 시건방을 떠신다. 저러니까 내가 미워할 수밖에 없지. 저년은 되면 한다가 아니라, 하면 되는 년이니까. 신애가 이번에는 나를 쏘아본다. 저년 눈깔이 점점 매서워지고 있다. 그럴수록 더 당당하고 강하게 밀어붙여야 한다. 밀렸다간 끝장이다. 왜 날 째려봐? 내가 뭘 했다고, 쌍? 속으로 쏘아붙이면서 몬스터 얼굴을 한다. 신애도 지지 않고 나를 노려본다. 보이지 않는 기싸움. 먼저 피하는 년이 지는 것이다. 자자, 탁탁탁! 조용히 하고 수업 들어가자. 땡칠이가 몽둥이로 교탁을 내려친 다음 분위기를 다잡는다. 다행이다. 신애 년이 고개를 돌렸으니까. 나도 모르게 긴 숨을 내뿜는다. 아이들이 하나둘 교과서를 펼치기 시작한다. 땡칠이가 어제 배운 문장을 선창한다. 아이들도 따라서 소리친다. 하지만 나는 혼자서 엉뚱한 문장만 외운다. 워 샹 모찌인. 시엔 짜이 짜이날? (엄마, 보고 싶습니다. 지금 어디 에 계십니까?)

야, 너 저녁 급식 안 먹을 거야? 간디 여사가 책상에 엎드린 내 게 속삭인다. 벌써 정규 수업이 끝난 모양이다. 나는 그대로 고 개만 처박고 있다. 간디 여사가 그런 나를 계속 흔든다. 너 또 자 면서 울었지? 부러 나는 엎드린 채 안 운 것처럼 고개를 흔든다. 어쩜, 너는 습관도 희한해. 자면서 어떻게 울 수가 있지? 그래, 나도 모른다. 어쩌다가 자면서 우는 중병에 걸린 건지. 왜 잠만 들면 눈물이 나는지. 빨리 밥 먹으러 가자. 다들 급식소로 몰려 간 지 오래야. 내가 시무룩하게 대꾸한다. 너 먼저 가, 난 생각 없어. 설마 너 오늘도 야자 쨀 건 아니지? 모르겠어. 내가 생각해 도 내 자신이 왜 이리 미워지는 건지. 야, 밥 먹고 초인적인 힘을 발휘해 버려보자. 후딱 와, 알겠지? 간디 여사의 발소리가 천천 히 멀어진다. 나는 그 발소리가 꽤 멀어진 다음에야 고개를 든 다. 하던 버릇대로 의자에서 일어나자마자 교실 뒤쪽에 있는 거 울로 향한다. 역시 눈이 또 퉁퉁 부었다. 왜 나는 잠을 자면 우는 것일까. 언제부터 이런 버릇이 생긴 걸까. 참 알다가도 모를 일 이다. 나도 모르게 한숨이 터진다. 천천히 교실 밖으로 빠져나온다. 이런 기분으로 공부하기 싫다. 나는 급식소 대신 교무실 쪽으로 걸어간다. 펭귄 담임이 의자를 뒤로 젖힌 채 눈을 감고 있다. 튀어나온 배가 정말 장난 아니다. 인기척을 느꼈는지 펭귄이 실눈을 한 채 나를 쳐다본다. 오늘은 또 왜? 역시 첫 반응부터 신경질적이다. 저 정말 자퇴하고 싶어요. 펭귄이 날카롭게 되쏜다. 넌 그놈의 자퇴 소리 좀 그만할 수 없냐? 이젠 정말 학교 오기 싫다니까요! 조금 있으면 고3인데 자꾸 자퇴 타령만 해? 말해봐라, 집 문제냐, 반 문제냐? 그냥 총체적으로 다 문제예요. 펭귄이 어이없다는 표정을 한다. 잠시 정적. 펭귄이 다시 입을 연다. 집안 사정이야 알지만 지금 와서 자퇴는 좀 그렇잖냐? 여태 쌓아온 공이 얼만데. 그러니깐 그런 말은 오늘까지만 하자, 응? 어차피 저야 대학 갈 것도 아니잖아요? 펭귄이 다시 입을 연다. 대학이야 그렇다고 쳐. 너, 고등학교 졸업장이 얼마나 큰 줄 아냐? 그거 없으면 사회에서 장애자 취급당해요. 그래도 좋아요, 그냥 자퇴시켜 주세요. 안 돼, 절대로 허락해줄 수 없어, 돌아가! 늘 입에 발린 똑같은 소리. 정말 지긋지긋한 담탱이다. 저런 인간을 만난 것 자체가 불행이다, 씨발.

집 앞 놀이터에 지웅이가 놀고 있다. 놀던 아이들은 죄다 제 집으로 돌아간 모양이다. 하긴 주위가 제법 어둡긴 하다. 겨울 초입이 되면서 낮 길이도 많이 짧아졌다. 지웅이는 저렇게 늘 혼자 논다. 집에 가봤자 아무도 없으니 저렇게 놀면서 나를 기다리는 것이다. 지웅이는 내가 온 줄도 모르고 한창 놀이에 빠져 있다. 두껍아, 두껍아, 헌 집 줄게 새집 다오. 지웅이의 노랫소리가 조용히 울려 퍼진다. 뭐하니? 그제야 지웅이가 고개를 추켜든다. 어, 누나, 언제 왔어? 유치원생도 아니고 유치하게 그게 무슨 놀이야? 차라리 집에서 컴퓨터 게임이나 하든지? 그냥 옛날 생각나서 해봤어. 그래서 미친놈처럼 여태 두꺼비집만 짓고 논 거야? 근데 누나, 우리는 언제 새집으로 이사 가? 이사를 또 가면 엄마가 찾아올 수 없잖아. 못 찾아와도 괜찮아. 저번처럼 또 대문 앞에 주소랑 전화번호 적어놓으면 되지, 뭘. 지웅이의 말은 계속이다. 우리 집은 친구들 집에 비해서 너무 불쌍하게 생겼어. 누나는 그렇게 생각 안 해? 그렇게 생각한다. 나도 이 좁고 낡은 집에서 벗어나고 싶다. 하지만 우리 처지에 갈 곳은 뻔하기에 참고 견딜 수밖에 없지 않은가. 조금만 기다려. 그렇게 말하는 순간 지웅이의 곁에 놓인 이상한 물건이 눈에 걸린다. 저건 뭐니? 아, 이거? 선생님이 싸주신 거야. 뭘 싸줬는데? 급식 반찬 남은 거. 선생님이 그냥 가져가래. 다음에 또 준다면서. 지웅이가 자랑스럽다는 듯이 우쭐댄다. 그런 모습을 보니 화가 치민다. 초등학교 선생 년까지 우리를 멸시하다니. 나도 모르게 소리치고 만다. 우리가 무슨 거지새끼야? 왜 그런 걸 가져와! 내 목청에 놀랐는지 지웅이의 눈이 커진다. 그러더니 울먹이며 되쏜다. 이씨,

우리 집에는 맛난 반찬 한 개도 없잖아! 지웅이가 잽싸게 몸을 돌려 골목 아래로 내달린다. 나는 한동안 녀석의 뒷모습만 보고 서 있다.

아무래도 내 생각이 짧았나 보다. 보자기 속의 반찬이 예상외로 정갈하다. 반찬 그릇도 예쁘다. 거기에 은박지로 도시락 싸듯이 남은 반찬을 뒤섞이지 않게 포장도 해놓았다. 뿐인가. 하단에는 별도로 김치 한 통까지 보냈다. 김치는 학교에서 먹는 김치와는 달리 양념이 푸짐하다. 집에서 직접 담근 모양이다. 이걸 어떡한담? 버리고 싶지만 버리자니 아깝다. 지웅이의 말처럼 우리집에는 반찬도 없잖은가. 나는 천천히 부엌으로 향한다. 그릇을 꺼내 접시에 담기 시작한다. 저녁상을 다 차려도 지웅이는 들어올 기미가 없다. 어쩌면 집 앞에 쪼그리고 앉아 내가 불러주길 기다리는지 모를 일이다. 현관문을 밀고 밖으로 나선다. 짐작대로 지웅이가 쪼그리고 앉아 땅에 글씨를 쓰고 있다. 퍼뜩 들어와, 안 그러면 상 치워버릴 테니까. 그래도 화가 덜 풀렸는지 고개를 들지 않는다. 지는 것이 이기는 법이다. 동생을 더 서럽게 해서는 안 된다. 이쯤해서 한 발 물러서 주어야 한다. 찌개를 데우는데 지웅이가 욕실로 들어가는 소리가 들린다. 나는 모르는 척 내버려두고 벽시계를 올려다본다. 아빠가 퇴근할 시각이 지났다.

아얏, 나도 모르게 비명이 터진다. 또 손바닥에 '아이언 브러시'의 가시가 박힌 모양이다. 정말 짜증 난다. 아빠의 작업복을 빨 때에는 조심하는 편이다. 그런데도 늘 이렇게 당하기만 한다. 어쩌면 그게 빨아도 빨아도, 우러나는 붉은 녹물 때문인지 모른다. 녹물이 쇠가시를 감추게 하니까 말이다. 하던 빨래를 밀어놓고 방으로 들어선다. 손바닥에 박힌 가시부터 빼야 할 것 같다. 바늘을 쥐고 보니 손바닥에 박힌 게 한두 개가 아니다. 갈수록 수가 늘어난다. 그렇다면 아버지의 노동 강도가 세지는 것일까. 사실 내가 빨래할 때 박히는 가시가 아빠의 손과 발에는 수없이 많다. 마스크를 쓰고 장화를 신고 장갑까지 껴도 이게 몸을 파고만 드는구나. 언젠가 아빠의 손에 박힌 가시를 빼줄 때, 아빠가 내게 한 말이다. 아빠의 작업복에서 떨어진 철 가시는 우리 집 곳곳에 숨어 있다. 아빠가 조선소에서 녹 제거를 그만두지 않는 한 이것들은 결코 사라지지 않을 것이다. 하나씩 하나씩 뽑기 시작한다. 그때, 곁에서 코 고는 소리가 난다. 숙제를 하던 지웅이가 피곤했던지 잠이 들었다. 나는 욕실로 가서 밀쳐둔 빨래를 시작한다. 아빠한테서는 아무 연락이 없다. 어디서 약주라도 한잔 하는 모양이다.

누군가 내 가슴을 쥐어흔드는 느낌이다. 답답하고 불쾌하다.

신애라도 찾아온 기분이다. 나도 모르게 화들짝 눈을 뜬다. 한데 이건 누구의 손이지? 신애가 아닌 지웅이의 손이 내 가슴 안으로 들어와 있다. 녀석의 손이 왜 이곳에 있지? 녀석이 가슴을 탐할 정도로 컸단 말인가. 꿈에 엄마와 함께 잠이 든 것일까. 지웅이는 깊은 잠에 빠져 있다. 심지어 배시시 웃기까지 한다. 그런 모습을 지켜보자니 괜히 마음이 싸르르, 아리다. 손을 치우지 말걸 그랬나 싶기도 하다. 밖으로 귀를 내몬다. 자식 둘을 위해 큰방을 내주고 작은방에서 자는 아빠의 코 고는 소리가 들리지 않는다. 정말 아빠의 코 고는 소리는 엄청나다. 그래서 먼저 잠들지 않으면 잠을 설칠 정도다. 아빠가 아직 귀가하지 않은 것일까. 휴대폰을 집어 액정 화면을 본다. 열두 시가 훌쩍 넘어서 있다. 더럭 걱정이 인다. 다시 누웠지만 잠은 멀찍이 달아나고 말았다. 천천히 일어서서 외투를 걸치고 밖으로 나선다. 골목은 고요하다. 나선 김에 놀이터까지 내려간다. 어둠에 잠긴 탓에 바다는 보이지 않는다. 대신 바다 위에 세워놓은 듯 교회의 십자가만 눈에 걸릴 뿐이다. 그러고 보니 크리스마스가 얼마 남지 않았다. 이제 곧 저 십자가에도 장식등이 걸리고 밤새도록 반짝이겠지. 기쁘다, 구주 오셨네 찬양하면서. 한데 우리 엄마는 언제 오시나? 담벼락에 숨겨둔 담배와 라이터를 꺼낸다. 아빠처럼 길게 연기를 뿜는다. 아빠는 아직 모른다. 나도 이렇게 답답한 속을 풀고 있다는 사실을.

주머니 속의 휴대폰이 몸을 떤다. 아빠다. 네, 아빠. 근데 낯선 목소리가 튀어나온다. 혹시 전화 받는 사람이 따님입니까? 네, 그런데요. 아, 아버님 때문에 전화했어요. 요 아래 지구대로 얼른 와서 모시고 가세요. 예, 알겠습니다 하는 소리가 끝나기 전에 전화가 끊긴다. 잔뜩 화가 난 말투다. 근데 무슨 일이지? 서둘러 옷을 챙겨 입고 지구대로 향한다. 그리 멀지 않은 곳이니 걱정스럽진 않다. 하지만 대체 왜 이 밤중에 거기로 간 것일까? 조바심이 인다. 지구대 문을 밀자 나무 의자에 쓰러진 아빠가 보인다. 가까이 가니 술 냄새가 우럭 피어난다. 제발, 제발이지 아내를 좀 찾아주슈, 제발 좀 찾아주슈. 마치 술주정하듯이 아빠는 웅얼거린다. 아빠, 정신 차려요. 저 왔어요! 그래도 아빠는 같은 말만 되풀이한다. 곁에 섰던 경찰관이 나선다. 어이 아저씨, 따님 왔으니까 얼른 일어나 집에 가세요. 우리가 안 찾는 건 아니잖습니까? 아빠가 되쏜다. 그렇다고 이 멀쩡한 나라에서 사람이 사라지다니요, 그게 말이나 됩니까? 아, 정말 몇 번이나 말해야 돼요, 그런 사람이 한둘이 아니니까 우리도 죽을 맛이지요. 경찰관이 술주정꾼 하나 때문에 성가셔 죽겠다는 듯 인상을 잔뜩 구긴다. 나는 죄송하다며 몇 번이고 고개를 숙인다. 그런 다음 아빠를 다시 일으켜 세워보려 한다. 흐느적거리는 탓에 부축하기가 쉽지 않다. 보다 못한 경찰관이 입을 연다. 쯧쯧, 학생이 무슨

잘못이 있겠어. 내가 집에까지 태워줄 테니 안내만 해. 경찰관이
아버지를 부축해 순찰차로 향한다.

　너한테 미안하게 됐구나, 아빠가 어제 너무 과음했지? 아빠는
자리끼를 들이켜자마자 입을 연다. 혼자 마시는 술은 독이래요,
근데 왜 그렇게 술을 많이 마셨어요? 내가 부러 시치미를 떼며
묻는다. 아빠가 긴 한숨을 내몰며 입을 연다. 실은 말이다, 놀이
터에서 진작에 말하려고 했는데…… 직장을 그만둬야 할까 보
다. 왜요? 일한 지 얼마 되지도 않았잖아요? 아빠의 나이가 있잖
니. 내년이 벌써 정년퇴직이라는구나. 그럼, 어떡해요? 거제도에
있는 조선소 하청업체에서 인부를 구한다고 누가 소개를 해주더
구나. 그래서 거기로 가실 생각이세요? 그럼 어쩌냐, 그냥 집에
서 놀 수도 없지 않냐. 채용만 해준다면 나로서야 감지덕지할 수
밖에는. 그럼 우리는 어쩌라고요? 넌 어떻게 하면 좋겠냐? 저도
모르겠어요. 일단 거기에 나 혼자라도 머물 숙소가 있다면 좋겠
다. 그러면 네가 졸업할 때까지는 이사는 생각지 않아도 되니까
말이다. 할 말이 없다. 엄마도 사라진 상황에서 아빠와 또 생이
별을 해야 하다니. 울컥 목구멍에 무거운 것이 걸린 듯 무겁다.
이거 아침부터 너무 널 심란하게 했구나. 먼저 나서 마. 아빠가
출근을 위해 집을 나선다. 오늘따라 인사하고 싶은 생각도 없다.
현관을 나서려던 아빠가 다시 입을 연다. 지웅이 깨워놓고 등교

하는 거 잊지 마라. 나는 대답 없이 고개만 꺾고 있다. 내 기분을 알아챈 것일까. 아빠는 대답을 들을 생각도 없이 몸을 돌려세운다. 아빠가 나간 다음에도 한동안 보살처럼 멍하니 앉아 있었다. 그러다가 흘낏 시계를 보니 등교 시간이 빠듯했다. 내가 먼저 씻어야 한다. 그래야 다음 차례로 지웅이의 등교 준비를 할 수 있으니까. 욕실로 달려가 서둘러 세수를 한다. 그리고 교복으로 갈아입고 이어서 김치찌개를 데운다. '이사'라는 단어가 뇌리에 떠오른다. 마음이 불안하다. 이사를 할 때마다 우리는 한 단계씩 나락으로 떨어져왔으니까. 불안하다고 불만만 내세울 수도 없는 처지다. 지웅아, 일어나. 누나, 학교 가야 해. 지웅이가 잠투정을 하는지 짜증 부리는 소리가 난다. 한창 엄마에게 응석을 부릴 나이. 그런 녀석이 엄마의 품을 잊은 지 오래다. 아니, 엄마의 품을 느끼기도 전에 엄마는 사라졌다. 지웅이를 끌다시피 욕실로 밀어 넣으면서 내 입에서 예상치 못한 엉뚱한 말이 터진다. 우리 양계장 옛집에 한번 가볼래? 지웅이가 부스스한 눈으로 나를 올려다본다. 왜? 하는 물음표가 눈가에 붙었다. 우리 또 이사 가야 할지 몰라, 그래서. 이사? 지웅이의 눈이 커진다. 그러더니 재차 묻는다. 그럼, 더 좋은 집으로 가는 거야? 당연히 그렇겠지. 또 거짓말이 쏟아진다. 동생을 미리 실망시키고 싶지 않다.

점심시간이다. 아이들이 재잘거리는 소리에 잠을 깬다. 벌써 점심을 다 먹고 돌아온 모양이다. 야, 신지선! 나랑 얘기 좀 하자. 신애 년의 목소리다. 고개를 드니 신애 년이 나를 잔뜩 노려보며 서 있다. 나도 모르게 긴장한다. 올 것이 온 모양이다. 하지만 이럴수록 담담하게 굴어야 한다. 그렇지 않으면 모든 반의 분실물을 책임져야 한다. 왜 그래, 또? 내 엠피스리 내놔. 나는 어처구니없다는 듯 헛웃음을 친다. 옆반 애가 우리 반 복도를 지나가다가 네가 가져가는 걸 봤다던데? 순간 아차 싶다. 아무도 없는 줄 알았는데 본 사람이 있다니. 심장이 금방이라도 밖으로 튀어나올 것만 같다. 이럴 때일수록 더 당차게 나가야 한다. 내가 벌떡 일어선다. 봤다는 년, 지금 바로 내 앞에 데리고 와. 네 눈앞에서 똑똑히 증명해 보일 테니까. 어서! 내가 고함을 지른다. 신애가 놀란 표정을 짓는다. 어떤 씨발년이 헛소리를 했는지 모르지만 나, 그런 년 아니다. 그년 당장 데리고 와. 신애가 뻥 쪄서 나를 쳐다보기만 한다. 당장 가서 데리고 오란 말이야! 신애가 몸을 홱 돌린다. 예상치 못한 반응이다. 공부 좀 하는 년이니까 증인을 데리고 다시 올지 모른다. 안 되겠다, 적당하게 오버한 다음에 교실 문을 박차고 나가야겠다. 근데 간디 여사는 어디간 거지? 아직 급식소에서 돌아오지 않았나. 낭패다, 지원자가 없으니. 할 수 없다. 혼자 일당백으로 싸울 수밖에. 나는 아이들 보란 듯이 씩씩거리며 눈물 연기를 시작한다. 엄마를 떠올린다. 그러면 금세 눈물이 주르르 쏟아질 테니까. 아니나 다를까 신애가 옆 반 아이를 대동하고 다시 나타난다. 신애가 데리고 온 아이에게 말한다. 얘 앞에서 말해, 네가 분명히 봤다고. 응, 내가 봤어, 체육 시간에. 가만있다가는 되레 내가 된통 당할 수 있다. 아이들이 우르르 몰려든다. 간디 여사의 얼굴도 보인다. 다행이다. 내가 소리치며 다시 나선다. 뭐라고? 내가 훔쳐가는 거 봤다고? 네 눈으로 똑똑히 봐, 그게 나였어? 눈깔이 제대로 박혔으면 제대로 보고 얘기해야 할 거 아냐, 어디서 친하다고 구라 까서 생사람을 잡아, 이 씨발 개년이? 말이 끝나기 전에 나는 옆 반 아이의 머리채를 사정없이 잡아챈다. 둘러 서 있던 아이들이 놀라 뒤로 물러선다. 꼴에 일진은 아닌 모양이다. 같은 반 아이들이 달려들어 뜯어말리기 시작한다. 나는 부러 더 악을 쓰며 큰소리친다. 억울해서 나 학교 못 다녀, 이런 '개더러운' 년들과 어떻게 공불해, 씨발! 분을 못이기는 척 교실 문을 박차고 나선다. 간디가 내 뒤를 쫓아오며 외친다. 야, 그냥 가면 어떡해? 지금 가면 무단 조퇴야. 그거 알고 있어? 안다, 그걸 계산 안 하고 이런 행동을 할까. 나도 머리통은 제법 굴릴 줄 안다. 다만 공부를 안 해서 그렇지. 돌아서서 간디 여사에게 그렇게 말하고 싶지만 나는 못 들은 척 종종걸음만 친다. 기분 같아서는 복도의 유리창이라도 박살 내서 내가 얼마나 억울한가를 다시 보여주고 싶다. 하지만 이 정도로 고함을 지르고 눈물 연기를 펼쳤으면 엠피스리 사건은 물밑으로 가라앉을 것이다. 그러면 내 소기의 목적은 달성

한 셈이다. 교문을 막 빠져나오며 곁눈으로 이 층 교실 눈치를 살펴본다. 간디 여사가 창가에 붙어 서서 지켜보고 있다. 지금 간디 여사는, 내가 떠난 이후를 걱정하고 있을지 모르겠다. 오 교시가 하필 깐깐하기로 유명한 수학 시간이 아닌가. 걸리면 사망 예행연습인 표독한 '독사'. 그러니 위험을 무릅쓰고 줄행랑을 치는 내 행동을 걱정하고 있겠지. 하지만 그래도 어쩌겠니. 내가 살려면 이 길밖에 없는걸. 미안하다, 간디. 넌 내 마음 알지?

지웅이는 신이 났다. 그러고 보니 나들이를 나선 것도 참 오랜만이다. 차창으로 스치는 풍경 하나하나가 신기한지 지웅이는 자리에 가만있지 못한다. 너, 우리가 살던 양계장 옛집 모습 생각나? 응, 쪼금. 엄마 얼굴은? 잘 기억이 안 나. 그럴 것이다. 철모르는 어린 나이에 헤어졌으니 말이다. 다 왔다, 내리자. 우리가 내리자마자 시외버스는 다시 제 갈 길로 쏜살같이 달려간다. 주위를 둘러본다. 낯익은 풍경들. 정미소도 그대로고 마을 앞 느티나무도 그대로다. 느티나무가 선 길을 따라 오르다 보면 우리가 살던 집이 나타날 것이다. 거기서 다른 사람이 아직도 양계장을 운영하고 있을까. 조금 올라가자 대문 앞에 서 있던 복숭아나무가 보인다. 하늘의 과실이라던 천도복숭아. 그 나무도 예전보다 덩치를 많이 키웠나 보다. 여기서도 훤히 보일 정도니 말이다. 복숭아나무를 보자 옛일이 생각난다. 너, 저 나무에 올라가

다가 떨어진 기억 나? 지웅이 대답한다. 기억 안 나는데. 네가 하
도 조르는 바람에 아빠가 저 맨 아래' 나뭇가지에 올려준 적이 있
지. 그런데 올려주기 무섭게 떨어져버린 거야. 그 바람에 아빠가
엄마한테 얼마나 혼났다고. 그때 난 상처가 여기 이마에 있는 거
잖아. 내가 이마의 상처까지 짚어준다. 그러자 지웅이도 옛 기억
을 떠올리듯 상처를 어루만진다. 조금 더 오르자 우리가 살던 집
이 나타난다. 엄마가 우리를 기다리고 있었으면 좋겠다. 하지만
몇 걸음 더 가자 기대는 무너지고 만다. 사람 사는 흔적이 없다.
양계장은 폐허처럼 변했고 우리 네 식구가 오순도순 살던 살림
집마저 폐가가 되었다. 나무로 만든 대문도 썩어서 나뒹굴고 있
다. 마당에는 망초 꽃대가 그득하다. 우리는 서리에 말라죽은 망
초꽃 사이를 헤치며 마당으로 들어선다. 한데 방문마저 누가 떼
어갔는지 보이지 않는다. 대청에 발을 올리자 삐걱거린다. 지웅
아, 여기가 안방이야. 여기서 엄마가 누나를 낳고 너를 낳았어.
이리 지저분한 곳에서? 그때는 얼마나 깨끗한 방이었는데. 정
말? 그럼, 아빠랑 엄마가 너 태어나기 전에 꽃이 수 놓인 벽지로
도배도 했는걸. 지웅이는 사실을 확인하려는 듯 방 안 이리저리
눈길을 들이민다. 화려한 벽지는 바래고 곳곳에 곰팡이가 슬었
다. 엄마, 나도 모르게 불러본다. 지금 어디 있어요? 보고 싶어
요. 하지만 아무 소리도 들리지 않는다. 그새 지웅이는 싫증이
났는지 마당가에 폴짝 뛰어내려 풀과 장난을 치고 있다. 마치 검

객처럼 녹슨 쇠작대기 하나를 주워 망초꽃을 꺾어댄다. 너희들이 살 곳이 아니란 듯이.

아얏, 소리가 들린다. 돌아보니 지웅이가 어깨를 웅크리고 손바닥을 뚫어져라 쳐다보고 서 있다. 왜? 다쳤어? 말이 끝나기 무섭게 마당 한가운데 서 있는 지웅이한테 달려간다. 손바닥에 아빠처럼 가시가 박혔어, 이것 봐. 지웅이가 보란 듯이 손바닥을 들어서 내 눈앞으로 디민다. 그러고 보니 정말 실 같은 게 지웅의 손바닥에 박혀 있다. 당장 뽑아야 할 것 같다. 근데 바늘도 없으니 무엇으로 뽑는담. 난감하다. 할 수 없이 양손의 엄지를 이용하기로 한다. 하지만 쇠가시를 뽑는 게 쉽지 않다. 다시 한 번 가시 주변의 엄지에 힘을 가한다. 그때 아얏, 하는 비명 소리가 지웅이의 입에서 터진다. 다행이다. 깊이 박힌 건 아니었던 모양이다. 지웅이도 그제야 표정이 환하게 변한다. 이리 작은 게 왜 이렇게 아파? 지웅이가 제 눈을 깜빡이며 묻는다. 그러게 말야, 아빠는 이런 게 수없이 손이고 발바닥에 박혔으니 얼마나 아프셨겠니? 누나가 뽑은 것만 해도 쇠못 서너 개는 될 정도니 말야. 와우, 그럼 우리 아빠는 예수님이네? 손발에 쇠못을 박고 죽은 그 사람 말야. 나도 모르게 고개를 주억이고 만다. 갑자기 속이 싸르르, 아려온다. 그래, 지웅이의 말이 맞다. 아빠는 우리를 위해 온 예수님이시다.

여행이 피곤해서일까. 지웅이는 버스에 타자마자 잠에 빠졌다. 버스는 어두워지는 길을 뚫고 다시 우리가 살고 있는 항구도시로 달려가는 중이다. 평일이라 그런지 손님도 없다. 창밖을 본다. 각양각색으로 들어선 집과 마을들. 저 집에서는 다들 가족끼리 모여 저녁밥을 먹겠지. 아니면 TV 앞에 앉아서 깔깔거리거나. 우리 가족이 모여 살던 보금자리. 지독한 계분 냄새마저 그리움이 되다니. 하지만 모든 게 절망스러운 건 아니었다. 아빠가 우리 집에 오신 예수라는 걸 알았으니까. 그때 휴대폰이 우웅, 하고 운다. 간디 여사다. 근데 이건 무슨 일이람. 첨부 파일 필히 확인이라니. 첨부 파일을 연다. 근데 이게 무슨 사진이지? 우리 반 친구 같기도 하고, 인형도 같기도 하고? 근데 고개를 적당히 숙이고 책상에 앉아 오른손에 펜까지 쥐고 있다. 나는 재빨리 답장을 보낸다. 야, 이게 뭐냐? 콜. 다시 날아오는 간디 여사의 문자. 내가 오 분 뒤에 전화할게. 친구의 휴대폰 요금을 아껴주려 내가 걸면 끊고 제가 다시 걸어주는 간디 여사. 그런 우정을 변함없이 보여주는 친구라 늘 마음 한구석이 쓰리다. 잠시 뒤 휴대폰이 울린다. 재빨리 통화 버튼을 누른다. 야, 지금 어디야? 집에 가고 있어. 야, 너 때문에 내 심장 터질 뻔 했다야. 왜? 왜는 무슨 왜. 네가 무단 조퇴하는 바람에 또 한 번 난리가 났으니까 하는 말 아니니? 간디 여사의 말을 계속 이어진다. 모자 달린 파카를

네 의자에 걸치고 급히 스케치북에 네 얼굴을 그려서 붙인 거야. 볼륨감 있게 속에 목도리도 넣어서. 그러자 다른 친구들이 몰려들어 오른손에 벙어리장갑까지 끼게 하고 펜까지 쥐어놓고. 거기에 허리가 가출한 소연이와 은미의 조연으로 선생님 시선 가리게 자리 바꿔 커버 작전 들어가고. 그래서 친구들 공동 합작품 '짜가 지선'이가 탄생한 거지. 그래서 안 들킨 거야? 안 들키긴. 독사가 왜 독사겠니? 나도 모르게 침이 넘어간다. 간디 여사의 말은 계속된다. 그런데 신애가 상담실에 갔다고 결정적인 거짓말을 해준 거지. 뭐, 신애가? 그래, 이년아. 그러니깐 내일 학교 와서 친구들한테 한턱 쏴. 간디 여사의 전화가 끊긴다. 신애 년이 떠오른다. 괜히 신애한테 미안하다는 생각이 든다. 아무래도 내일부터 잠이라도 줄여봐야겠다. 그 시간에 친구들이랑 얘기라도 좀 하려면. 도시의 불빛이 보이기 시작한다. 이제 곧 집에 도착할 것이다. 아빠보다 우리가 먼저 도착하면 좋겠다.

슬그머니

자네, 시방 어데고? 휴대폰을 꺼내자마자 강 소장의 거친 억양이 터진다. 그 바람에 나도 모르게 이죽거리는 소리를 뱉고 만다. 현장에 나온 거 뻔히 알면서 왜 그래요? 그라만 지금 퍼뜩 사무실로 들온나. 왜요, 사무실에 무슨 일이 있어요? 사무실이 난리가 나삐릿다, 망할 놈의 개새끼 한 마리 땜시. 개새끼라니요? 아, 어떤 송아지만 한 개가 자네 책상 앞에 떠억, 버티고 앉아 움직일 생각을 않는다카이. 송아지만한 개가요? 그래, 그 바람에 양희, 갸는 놀라 기절할 뻔했고. 순간 내 머리통이 커졌다가 작아졌다가 하는 느낌이다. 사무실에 개새끼 같은 인간 말종도 아닌 진짜 개가 나타나다니. 혹시, 하는 생각이 스쳤지만 고개를 내저어 서둘러 의심의 기류를 차단한다. 하지만 강 소장이 아무리 엄포가 심하다 해도 무슨 일이 있음에는 분명하다. 그렇다면 서둘러야 한다. 강 소장의 더러운 '보리성깔'이 터지기 전에.

강 소장은 조선소 현장에서 잔뼈가 굵은 양반이다. 현장에서 인부들을 다그치던 버릇이 아직 남아 있어 무슨 일이 생겼다 하면 입과 몸이 동시에 논다. 그래서 더 피곤하다. 게다가 성정은 왜 그리 쪼잔한지. 사람이 나이 들수록 지갑은 열고 입은 닫으랬지만 이 위인은 정반대다. 남의 간식은 보기 무섭게 제 입으로 삼키기 바쁘고, 어디 젓가락이라도 들이밀 자리가 생기면 여지없이 짜잔, 하고 나타난다. 그렇게 구두쇠 짓을 하는 강 소장이지만, 그런 그도 두려워하는 이가 있었으니 그이가 바로 양희다. 양희는 고등학교를 졸업하고 입사한 경리사원이지만 '개성 통통한' 신세대답게 자기 주관이 뚜렷하다. 그 바람에 양희의 말이라면 강 소장도 허 그거 참, 하며 꼬리를 내리기 바쁘다. 문제는 이 계집애가 내게도 기세등등하게 군다는 거다. 직장이란 게 위계사회임을 알면서도 육 개월 빠른 근무 경력을 내세워 턱을 추켜올리곤 한다. 요즘엔 아예 대리라는 직함을 두고 나를 선배라 지칭하며 반말까지 서슴없이 내뱉는 중이다. 그러니 직장까지 마음에 들지 않을 수밖에.

수리 수리 마수리. 처음 수리전문 조선소에 입사할 때만 해도 이 주문을 믿었다. 해서 지역의 '강소기업' 이라는 말에 입사 원서를 제출했던 것이다. 하지만 웬걸, 입사한 후 지금까지 타고난

슬그머니

소질만 죄다 휘발하며 보낼 줄은 몰랐다. 근무 연수가 쌓일수록 일생의 목표는 슬슬 일상의 목표로 이동해갔고, 이제는 목표도 없는 나날만 보내는 중이다. 이러다간 정말 인생 수리고 뭐고 망가지고 찌그러져 퇴직하는 게 아닌가 두려울 정도다. 갑자기 배에서 꼬르륵거리는 소리가 인다. 밥 굶지 않으려 시작한 일에 밥까지 굶어가며 매달릴 줄이야. '깔딱 요기'라도 할까 싶어 운전석 옆을 살핀다. 하지만 오늘따라 그 흔한 방울토마토 하나 없다. 강 소장 등쌀에 급히 사무실을 나선 것이 화근이다.

인마가 그 유명한 〈1박 2일〉에 나오던 '상근이'와 핏줄이 같은 개란 말이제? 한동안 씩씩거리던 강 소장이 되묻고 나선다. 예, 덩치는 커도 성격이 순해서 맹인 안내견으로 쓰이는 종입니다. 자네, 혹시 집에 눈먼 사람 있나? 아뇨. 내가 고개를 내젓자 또 따지듯 묻고 든다. 그라만 인마 주인은 대체 누군데? 이를테면, 뭐 제 옛 친구라고나 할까요. 그라만 시방 그 옛날 친구를 찾아 여까지 왔단 말이가? 내가 고개를 끄덕여 보인다. 거참, 희한하네, 친구 찾아 여까지 왔다꼬? 그거야 몇 번 와봤으니깐, 왔겠죠. 뭐라, 멫본 와봤다꼬? 휴일에 가끔 데리고 나와 잔무를 처리하곤 했거든요. 그래서 인마가 자네 동선을 훤히 꿰고 있었다? 강 소장은 가어이 허야, 소리까지 후렴처럼 내지른다. 그러더니 다시 나를 노려보며 입을 연다. 자네, 혹시 그 말 아나, 개한테는 친구가 아닌 주인이 필요하다는 말? 나는 딱히 대꾸할 말이 떠오르지 않아 강 소장의 눈치만 살핀다. 내 다시 말하지만 그 친구한테 단단히 일러놔, 두 번 다시 사무실로 출근했다가몬 직원 회식용으로 써삐린다꼬. 알아듣겠나? 강 소장은 진짜 그럴 생각이 있는지 두리를 보며 입을 다신 다음 돌아선다. 그 와중에도 두리는 반가움을 감추지 않고 연신 내 얼굴을 핥는다. 쌔근거리는 숨소리며 꼬리를 흔드는 게 여간 반가운 게 아닌 모양이다. 하지만 나는 반갑기는커녕 머릿속만 복잡해진다.

전화번호를 누르자 자동으로 로밍이 된다. 나도 모르게 헛기침을 하며 마음을 다잡는다. 두 번 다시 전화하지 않는다더니 웬일이야? 이곳 상황도 모른 채 수연이 묻고 나선다. 그 바람에 나 또한 딱딱한 목소리를 만들고 만다. 웬일이 있으니까 전화했지, 그냥 했겠냐? 그럼 용건만 말해, 지금 바쁘니까. 언제 귀국해? 내일, 근데 그건 왜 물어? 두리가 지금 사무실에 와 있거든. 엄마한테 있어야 할 두리를 왜 네가 데리고 있어? 그건 내가 물어야 할 소리지. 그녀가 잠시 호흡을 가다듬는다. 그 순간을 참지 못하고 내가 소리친다. 아무튼 지금 당장 데리고 가. 그게 말이 돼? 그럼 나더러 어쩌라고? 우리 엄만 가게 땜에 꼼짝 못하는 거 잘 알면서 왜 그래? 그렇다고 내가 이 녀석을 데리고 있어야 해? 내가 데리러 갈 때까지만 보살펴줘. 난 그러고 싶지 않거든요. 내가 비꼬는 말을 뱉자 그녀도 덩달아 비꼬고 나선다. 정 그러면 쓰시마까지 데리고 오시든지요. 너, 그걸 말이라고 해? 그러니까 부탁하고 있잖아, 잠시만 같이 지내라고. 난 죽어도 못해! 된고 함을 치는 것으로 통화 종료 버튼을 누르긴 했지만 얻은 것도 없이 입싸움만 벌인 꼴이었다. 녀석과 원치 않은 동거라니. 사실, 그녀와 헤어진 후 모든 걸 잊으려 노력했다. 그런데 일상 곳곳에서 그녀의 흔적이 툭툭, 튀어나오곤 했다. 트레이닝복에서 그녀와 함께 먹었던 초콜릿 포장지가 나온다든지, 철 지난 옷에서 그녀의 머리카락을 발견한다든지, 서랍 속에서 나온 그녀가 일본에서 보낸 엽서 등등. 그런 사소한 일이 나를 괴롭혔다. 한데 그중 가장 큰 추억의 부산물인 두리를 또 떠맡아야 하다니. 자고로 처가와 화장실은 멀면 멀수록 좋다는 말이 있다. 이 말은 수정되어야 한다. 처가와 헤어진 애인의 집은 멀면 멀수록 좋다, 라고.

여기 냉장고에 넣어둔 방울토마토, 누가 다 먹었어? 내 말에 양희는 엉뚱한 소리를 지른다. 선배, 제발 움직이지 말고 개 옆에 붙어 있으라니깐! 아, 거참, 안 문다니까 자꾸 그러네. 그래도 사무실 밖에 묶어놓든가 해야지, 이게 무슨 짓이야? 목줄이 있어야 묶어놓든지 하지. 가서 사 오면 되잖아! 야, 조금 있으면 퇴근 시간인데 쓸데없이 시간 낭비는 왜 해? 그래도 양희는 눈망울을 굴리며 두리의 눈치만 살피는 중이다. 의자 위에 다리가 붕 떠 있는 꼴이 무슨 공중 부양 연습이라도 하는 것 같다. 못된 성깔 부려대더니 잘됐다 싶다. 야, 그나저나 내 점심 누가 손댔는지 그것부터 대답해! 선배는 왜 맨날 내 이름 놔두고 반말이야? 방울토마토 누가 먹었냐고? 그거야 강 소장한테 물어야지, 나한테 물으면 어떡해? 정말 강 소장처럼 직장에서 살까지 찌우는 인간도 없을 것이다. 그렇게 배가 불룩 튀어나와서도 남의 점심까지 착복하다니. 꼬르륵, 배꼽시계가 운다. 내가 쓰린 배를 움켜쥐는데 양희가 또 입을 연다. 선배는 그놈의 방울토마토 좀 그만 먹을 수 없어? 그대가 왜 남의 식성까지 참견이슈? 양희가 입을 씰룩이며 대꾸한다. 종일 방울토마토만 먹어대니 냄새가 더 나지. 그럼 네가 다른 간식 좀 사주든가. 선배는 정말, 자기 몸에서 냄새가 나는 걸 몰라? 체취야 어떤 사람이든 나는 거지, 안 나면 외계인이게? 근데 왜 하필 방울토마토만 먹어? 그러고 보니 이놈의 야릇한 습관도 다 수연 탓이다. 그녀가 아니었다면 방울토마토에 집착하지도 않았을 테니까.

남자 나이 스물아홉. 그건 가장 우울한 숫자다. 다시 시작하기도 어설프고 가만히 머물러 있기에도 억울하기 때문이다. 그런 탓일까. 빈 술병과 나란히 잠들기 바빴다. 그런 어느 날, 친구 몇이 모여 내게 전화를 해왔다. 나와라, 모처럼 네 인생 분위기 쇄신도 좀 하고. 녀석들이야 정규직의 그럴싸한 직장을 얻었으니

나 같은 친구를 앞에 두고 폼 좀 잡고 싶었을 것이다. 그걸 알고
내가 왜 나가서 박수갈채를 보탠단 말인가. 몸이 안 좋아, 그냥
집에서 쉴래. 사정없이 거절 의사를 날렸다. 근데 다음 말이 나
를 이부자리에서 벌떡 일어나게 만들었다. 야, 진짜 안 올 거야?
너한테 소개시켜 주려고 예쁜 아가씨도 모셨는데? 순간 나는 비
굴하게 말했다. 아, 그 자식들, 간다고 몇 번이나 얘기해야 돼?
그날, 정말이지 안 나갔으면 평생 후회할 뻔했다. 그녀를 보는
순간, 나는 전화를 건 녀석에게 정중히 고맙다고 말한 후 곧장
카운터로 걸어가고 말았으니까.

　확실히 그녀는 나를 흥분시키는 묘한 재주를 지니고 있었다.
그녀를 만나면 황홀했고 헤어지면 아쉬웠다. 그녀가 들려주는
먼 곳의 여행담은 나로 하여금 새로운 꿈을 꾸게 만들었다. 그런
그녀였기에 그녀의 생일을 앞두고 무엇을 선물하면 좋을지 고민
하지 않을 수 없었다. 그러다가 우연히 TV에서 맹인을 안내하는
리트리버를 목격했다. 묵묵히 주인을 이끌어가는 녀석. 너무 듬
직해 보였다. 수연은 혈통확인서와 함께 온 하얀 개를 보는 순간
'살아 있는 생일선물'은 생애 최초라며 기뻐했다. 그런 마음을
수백 번 내 볼과 입술에 키스하는 것으로 표했다. 그런 그녀가
갑자기 내게 물었다. 근데, 얘 이름을 무어라 짓지? 그건 네가 정
해, 네 선물이니까. 한동안 생각하던 그녀가 말했다. 두리는 어

때? '둘이'란 뜻도 되고, '두리기둥' 할 때의 그 두리란 뜻도 있고. 내가 대꾸했다. 나쁘진 않은데? 그러자 그녀는 흡족한 듯 환하게 웃었다.

퇴근 시간이 되자 양희가 바빠진다. 휴대폰을 든 채 깔깔거리는 모습을 보자니 두리를 보며 대형 사이렌에 버금가는 소리를 질러댄 게 꼭 쇼인 것만 같다. 내 눈치를 슬금슬금 살피는 꼴이 남자임이 분명하다. 언젠가 회식 자리에서 양희가 물은 적이 있다. 헤어진 남친에게 일 년 만에 연락이 왔다고. 그러면서 남자의 마음을 모르겠다며 인생 선배로서 조언을 부탁했다. 나는 일언지하에 잘라서 말해주었다. 어차피 끝난 인연에 연연할수록 사랑이 지저분해진다고, 떠난 건 떠난 거라고. 내 딴에는 진지하게 생각해서 해준 말이었다. 한데 그녀는 그런 조언을 깡그리 무시하고 되레 헤어진 남친이 사무실 앞까지 찾아왔다면서 달뜬 표정을 짓는 거였다. 그 바람에 양희의 머리통을 쥐어박고 싶은 심정을 억누르느라 미쳐 '나자빠지는' 줄 알았다.

두리를 승용차 뒷자리에 태웠더니 가만있지 못하고 날뛴다. 차가 움직이자 이젠 아예 혀로 내 얼굴까지 핥아댄다. 두리, 제발 자리에 가만있어! 소리쳐도 녀석은 막무가내다. 녀석의 입에서 흘러내린 침이 운전석 시트까지 적실 정도다. 이렇게 가다간 목적지까지 다다르는 것도 어려울 듯하다. 하지만 포기할 수 없는 길이 이 길이다. 지금 난 녀석을 믿고 있다. 사무실을 찾아온 기억력이라면 현재 살고 있는 곳도 능히 찾아갈 거라고. 녀석을 어르고 달래가며 골목 초입에 도착하니 자동차 상태가 엉망이다. 녀석의 발톱에 찢긴 뒷좌석 시트만 보면 폐차 직전의 차량 같다. 그런 광경을 지켜보자니 울컥 화가 치민다. 당장 수연에게 전화해 수리비를 청구하고 싶다. 하지만 이내 마음을 다독인다. 곧 녀석과 작별해야 할 처지에 너무 민감하게 굴 필요는 없으니까. 녀석 앞에 쪼그리고 앉는다. 두리야, 미안해. 내가 집에 데리고 가고 싶지만 이전과 달리 마당이 없는 집이거든. 그러니까 여기가 더 편할 거야. 수연의 본가를 향해 녀석의 엉덩이를 민다. 한데 이게 웬걸. 녀석이 움직일 생각을 않는다. 험악한 표정을 짓고 때리는 시늉을 해도 마찬가지다. 두리야, 제발 이렇게 빈다, 네 집에 좀 가라, 응? 땅바닥에 무릎을 꿇고, 두 손까지 싹싹, 빌어본다. 녀석은 이번에는 아예 땅바닥에 제 엉덩이를 깔고 앉아버린다. 정말 미치고 폴짝 뛰고 싶다.

원룸에 들어서자 녀석이 두 눈을 뒤룩거린다. 딴에는 낯선 환경이 어리둥절하겠지. 그래도 천만다행이다, 원룸이 일 층이란 게. 그렇지 않았다면 녀석과 밤새도록 실랑이를 벌여야 했는지 모른다. 내가 까만 비닐주머니를 쥐자 무슨 '비밀주머니'가 되는

줄 알고 눈빛을 파닥인다. 녀석의 고집만 생각한다면 애견 센터
에도 들르지 않았을 것이다. 하지만 녀석의 털이며 몰골을 보자
니 마음이 애잔해져 왔다. 봉지에서 녀석을 씻길 샴푸부터 먼저
꺼낸다. 욕실에 가서 더운 물을 받아놓고 나오니 그새 녀석은 안
정을 찾은 것일까. 녀석이 제 발로 실내를 어슬렁거리고 있다.
그때 휴대폰이 운다. 누군가 싶어 살피니 '덴마크영감'이다. 영
감의 목에 불에 덴 자국이 선명해 수연과 내가 붙여준 닉. 영감
은 우리가 그 집을 떠난 후에도 툭하면 전화질이었다. 계약서를
파기했느냐는 둥, 혹시 보일러가 고장난 적은 없는지, 심지어 우
편물을 반송할지, 찾으러 올 건지 시시콜콜 물어대면서. 그러니
마뜩잖은 소리가 나올 수밖에. 또 무슨 일이시죠? 자네, 혹시 말
이라, 현관 열쇠 갖고 있는가? 역시 덴마크영감의 입에서 엉뚱한
말이 터진다. 아뇨, 전 가진 게 없는데요. 이, 자네들 살던 셋방
이 나갔는디 열쇠가 안 보여서 말이라. 혹시 말이라, 서로 깜빡
했을 수도 있으니 함 찾아보기나 혀. 현관 열쇠야 함부로 내돌릴
수 없다는 거는 자네도 잘 알잖어. 덴마크영감은 몇 번이나 내게
당조짐을 준 뒤 전화를 끊는다. 덴마크영감 탓인가. 나 또한 가
슴에 싸한 기분이 몰려든다.

단칸방에 누워 밤새도록 방울토마토를 깨물고 깔깔거리던 나
와 그녀. 그런 우리가 언제부터 다투기 시작했을까. 그녀는 직업

상 일주일에 두어 번은 해외 출장을 나가야 하는 처지였다. 일본 여행 전문 가이드답게 스케줄에 따라 후쿠오카나 나가사키, 가깝게는 쓰시마까지 종횡무진이었다. 캐리어를 끌고 돌아오기 무섭게 쓰러지는 그녀. 어쩌면 그런 그녀가 부러웠는지 모른다. 그녀는 열심히 살고, 나는 마지못해 산다는 것 때문에. 차분하던 녀석이 부산스레 움직이기 시작한다. 그러다가 잊을 만하면 달려와 얼굴을 핥아댄다. 꼴로 보아 제법 오래 묶여 지낸 모양이다. 녀석의 엉킨 털까지 손질을 끝내니 창밖이 어두워져 있다. 잠시 침대에 누웠더니 녀석이 달려와 난리법석이다. 뱃구레의 지방질도 더 두툼해져서 그런 것일까. 밀어내기 벅찰 정도다. 아무래도 운동량이 부족해 보인다. 두리야, 우리 예전처럼 산책하러 갈까? 목줄을 채운 뒤, 밖으로 나선다. 익숙한 길이라 그런 것일까. 녀석이 해안 산책로를 뛰기 시작한다. 나도 덩달아 달릴 수밖에 없다. 녀석의 머릿속엔 이 길이 훤히 각인되어 있을 것이다. 그대로 둔다면 덴마크영감네로 달려갈지 모른다. 나도 모르게 줄을 쥔 손에 힘이 들어간다. 그때 또 휴대폰이 운다. 액정 화면을 살피니 이번에는 강 소장이다. 이 밤에 무슨 일이세요? 내가 따지듯 묻고 나서자 강 소장이 얼버무린다. 아, 그냥 자네 밥이나 묵었나 싶어서. 이게 뭔 일이람, 부하 직원 끼니까지 전화해서 다 챙기다니. 그러고 보니 강 소장은 어디서 술이라도 마셨는지 목소리가 축축 늘어졌다. 저야 당연히 밥 먹었죠. 근데 아직 집에 안 들어가시고 술 마시는 중이세요? 아, 아이라, 그양 집에서 잠도 안 오고 해서 전화해본기지, 뭐. 그러더니 이러쿵저러쿵 회사에 처음 입사했을 때 일이며 고생한 일까지 생각나는 대로 입에 올려대는 게 아닌가. 이렇게 나가다간 내일 새벽까지 통화가 이어질 것 같아 중동을 자르며 나서지 않을 수 없었다. 소장님, 저 지금 무지 바쁘거든요. 죄송해요! 그러자 소장은 섭섭한지 한동안 말이 없더니 마지못해, 그라만 내일 또 우리 얘기하지 뭐, 하면서 전화를 끊었다. 전화를 끊고 나니 기분이 묘했다. 잠이 안 온다고 부하 직원한테 전화해서 잠 트집을 부릴 게 뭐 있단 말인가. 아무래도 강 소장 머리가 어찌 된 게 아닌가 싶었다.

한동안 녀석 때문에 고민했다. 하지만 녀석을 혼자 좁은 방에 가둬놓고 출근할 수는 없었다. 해서 녀석을 끌고 출근을 하고 말았다. 사무실 건물 뒤편이라면 강 소장도 눈치채지 못할 터였다. 문제는, 녀석이 얼마나 짖지 않고 참아내느냐. 종의 특성상 잘 짖지 않으니 믿을 만한 구석이 있긴 했다. 하지만 그런 기대는 잠시. 강 소장이 나타날 줄이야. 아침부터 난감해진다. 자네, 진짜 직원 회식용으로 희사할 끼라? 어젯밤 전화하던 늘어진 목소리와는 전혀 딴판이다. 소장님도, 참. 이 개는 식용이 아니라니깐요. 그라만, 지구상에 못 먹는 개도 있단 말이가? 글쎄, 이 녀석의 주인이 갑자기 일이 생기는 바람에……. 내가 얼버무리자 강 소장이 말꼬리를 잡고 늘어진다. 그란다꼬 회사를 개새끼 놀이터로 만들 수야 없는 기지, 안 글나? 사무실에는 절대 출입하지 않게 할게요. 내는 저 개새끼를 회사 안에는 절대 못 들여놓겠는데? 딱히 대꾸할 말이 없다. 강 소장이 다시 입을 연다. 자네, 오늘 사장님 귀국하는 거 알고 있기는 하제? 그걸 모를 리 있겠어요? 그런 사람이 일이 아닌 개새끼 처리도 몬하고 데리고 와? 업무에도 최선을 다하는 게 제 유전자 체질인 거 다 아시잖아요, 헤헤. 내가 미소 작전을 벌여도 강 소장은 강하게 차단막을 치고 나선다. 체질을 물었나, 업무 차질이 걱정돼 묻는 기지? 강 소장이 좁혀진 미간을 더욱 좁힌다. 어째 상황이 묘하게 돌아간다 싶다. 그렇다고 녀석을 데리고 도로 퇴근할 수도 없잖은가.

오늘 훈련은 묵언 수행인 거, 알지? 녀석을 묶으며 다시 한 번 일러두었다. 그런 다음 사무실로 오니, 이건 또 무슨 일이람. 양희까지 나서서 내 신경줄을 곤두서게 만든다. 난 아무리 생각해도 신기해, 어떻게 선배 냄새를 정확히 기억할 수 있지? 후각이야 녀석들의 장기잖아. 아니, 내 말은 석 달이나 지난 주인 냄새를 여태 잊지 않고 있다는 게 신통방통하단 말이야. 그것도 책상에 묻은 주인 냄새까지 기억한다는 건 인간으로서도 존경할 만한 재능이고. 양희의 말을 듣는 순간 수연의 말이 떠오른다. 내게 독특한 체취가 난다고 했던가. 처음에 난 그게 무슨 말인가 싶었다. 하지만 그녀는 내 몸에서만 맡을 수 있는 냄새라고 했다. 그러면서 그녀는 덧붙였을 것이다. 만약에 헤어져도 냄새만은 잊지 못할 거라고. 녀석도 그녀처럼 나의 독특한 체취를 기억하고 있는 것일까. 하긴 그렇지 않았다면 사무실의 내 자리까지 정확히 찾을 수도 없었을 것이다.

선박을 수리하는 업체는 이곳만 해도 수십 군데가 넘는다. 다만 다른 곳과 차이가 난다면, 중소형 선박 수리만을 대상으로 한다는 거다. 문제는 수리 공간이 협소해 사무동을 해안에서 먼 산 중턱까지 옮겨왔다는 점이다. 산소를 두 배로 마실 수 있지만, 현장과 사무실을 오가는 발품을 팔아야 하는 단점도 있다. 특히 오늘처럼 은행 업무라도 있는 날이면 양희를 태워 시내까지 나가야 한다. 얹혀가는 처지라면 가만히 앉아 있기나 할 노릇이지 양희는 앉자마자 코부터 틀어쥐고 난리다. 못 참겠으면 내려서 걸어가든지. 양희가 세모눈을 만드는 나를 째려본다. 삼십 분이 넘게 걸리니 그건 싫은 모양이다. 한데 달리다가 다시 보니 이번엔 난데없는 문자질이 한창이다. 눈총을 줘도 문자질은 멈추지 않는다. 기어이 내가 한마디 쏜다. 양다리 걸치다가 칼부림 날 수 있다, 너? 어, 선배가 그걸 어떻게 알았어? 눈은 밖에서 보이는 뇌라는 말이 왜 생긴 줄 알아? 그대 눈만 보면 다 알 수 있지.

그런 위대한 능력을 갖추신 분이 사랑을 잃으셨다? 잃은 게 아니라 포기한 거야, 살다 보면 그 길이 아니란 생각이 들면 다른 길을 택할 수밖에 없거든. 그 길이 틀린 길이면? 틀리진 않아, 난 내 직감을 믿거든. 난 선배의 직감에 문제가 있다는 생각이 드는데? 난 생각은 막연해도 직감은 분명하게 느끼지. 핏, 두리가 찾아올 거라는 건 직감하지 못했으면서. 딱히 양희의 말을 받아칠 거리가 생각나지 않아 괜히 헛기침만 뱉는다. 은행이 코앞에 보인다. 후딱 내려, 볼일 보고 퇴근 전까지 재정보고서 마무리 짓는 거 잊지 말고. 선배가 뭐 소장인가? 양희가 입을 쫑알거린다. 그러더니 쾅, 하고 차문을 닫고선 은행으로 간다. 어제는 강 소장이, 오늘은 양희 저년이 제정신이 아닌 모양이다.

뭐라고, 체류가 연장되었다고? 마치 수연이 거짓말하는 것 같다. 그렇지 않고서야 예정에 없던 한일 역사학자 세미나가 왜 튀어나오느냐 말이다. 그렇다고 굴지의 여행사에 일본 여행 전문 가이드가 그녀 혼자일 리도 없잖은가. 아주 중요한 분들이라고, 정기적으로 학자들 간의 교류 행사니까 회사에서도 아무한테나 맡길 수 없는 모양이야. 그래서 응낙했다? 피치 못할 상황이었어, 이해해줘. 헤어진 마당에 또 무슨 이해 타령이람, 오해라면 또 몰라도. 나는 호흡을 가다듬고선 톡, 쏘아붙인다. 그건 댁이 알아서 하시고 두리 문제만 해결해줘, 안 그러면 진짜 유기견 센터에 보내버릴 테니까. 그러니깐 우리 엄마한테 데려다 주라고, 안 그래도 산책하다 놓쳐서 걱정하니까. 내가 왜 니네 집에 가냐? 그럼 데리고 있든지. 난 싫어, 모녀지간에 의논해서 두리 문제부터 처리해! 막상 그렇게 소리치고 전화를 끊었지만 난감하긴 매한가지다. 가게로 안 가자니 녀석을 계속 데리고 있어야 하고, 가자니 그녀의 모친을 대할 낯이 없다. 그때, 뭔가 뇌리에 '쌈박한' 생각이 스친다.

선배, 미친 거 아냐? 난 절대 못 해! 양희는 내 제의에 고개를 홰홰 내저어댄다. 내가 슬쩍 능치고 든다. 너, 못 하는 게 아니라 귀찮아서 그런 거지? 나, 무지무지 바쁜 사람이라고. 그렇겠지, 두 남자 다 사귀려면. 남이야, 전봇대로 이빨을 쑤시든 말든. 그럼, 내가 나발을 불어도 괜찮으시다? 선배, 왜 이래? 양희의 얼굴빛이 붉게 변한다. 기회는 이때다. 너, 전번에 아웃백 가고 싶다고 그랬지? 양희가 두 눈을 치뜨며 묻는다. 근데 갑자기 그건 왜 물어? 역시, 내가 던진 미끼를 덥썩 문다. 나도 이놈을 빨리 처리하고 싶어, 근데 이 오빠야가 그 집에 갈 수 없는 처지거든. 양희가 입을 삐죽, 내밀며 대꾸한다. 오빠야는 개뿔! 생각해봐, 개를 데려다 주면 넌 더 오래 양다리 걸쳐서 좋고, 난 애물단지 없애서 좋고, 어때? 이런 걸 누이 좋고 매부 좋다고 하는 거야. 양희가 잠시 고민하는 눈치다. 시간도 얼마 안 걸려, 아주 잠깐이면 된다고. 내 말에 양희가 투덜거린다. 냄새나서 난 싫단 말이야. 냄새는 무슨, 목줄만 쥐고 따라가기만 하면 돼. 그래도 양희는 탐탁지 않은 모양이다. 이거 손이라도 싹싹 빌어야 하나. 그때 양희가 작심한 듯 드디어 입을 연다. 그럼 오늘 아웃백, 어때? 좋아, 얼마든지 오케이! 양희는 내 약속이 미덥지 못한지 새끼손가락을 걸고 엄지 지문까지 복사한 다음에야 차에 오른다.

양희는 여전히 코를 싸쥔 채 앉아 있다. 내숭 하나는 끝내주는 계집애다. 이제 잠시 뒤면 수연의 본가가 있는 골목에 도착할 것이다. 근데, 선배. 선배는 왜 그렇게 방울토마토를 좋아해? 양희가 갑자기 엉뚱한 질문을 뱉는다. 아, 그건 그냥. 그냥이 어딨어? 무엇을 좋아하거나 싫어하는 덴 이유가 있는 법이지. 별거 없어, 그냥 다른 과일과 다른 푸른 씨 때문이라고나 할까. 푸른 씨? 하지만 그것도 꿈 많던 시절의 이야기일 뿐이야. 그럼, 지금은 꿈도 없이 사는 거야? 꿈이 왜 없겠냐, 다만 선명하지 않아서 그렇지. 그 여자 때문에 아직 마음이 되게 어두운 모양이네? 그게 아니고, 사람이 나이를 먹으면 먹을수록 이상하게 작은 것 하나도 무겁게 느껴진다 이거지. 대놓고 쫑알대던 양희의 입이 조용하다. 천천히 골목길로 접어든다. 이쯤이면 녀석도 쉬이 찾아갈 수있을 것이다. 두리의 기억력은 내가 생각해도 대단하니까. 두리야, 다 왔어, 내려. 내가 승용차 뒷문을 열기 무섭게 녀석이 달려

나온다. 녀석의 발이 땅에 닿자마자 주위를 두리번거린다. 눈치로 보아 낯설지 않은 게 분명하다. 양희에게 다시 당조짐하듯 이른다. 여기서 왼쪽으로 틀면 과일 가게가 붙은 집이 나오거든, 거기야. 양희는 마뜩하지 않은 일에 끼어든 게 후회스럽다는 듯이 인상만 구기고 섰다. 넌 거기까지 그냥 이 목줄만 쥐고 따라가면 된다니까 그러네? 마지못한 듯 양희가 건네준 목줄을 거머쥔다. 드디어 때가 이르렀다. 나는 녀석의 덜미를 쓰다듬으며 작별의 수순을 밟는다. 두리야, 네 집이 어딘지 잘 알지? 잘 가. 녀석의 입에 마지막 키스를 하고 엉덩이까지 톡톡거린다. 한데 이게 웬걸, 또 네 다리를 버티고 서서 움직일 생각을 않는다. 어제의 악몽이 떠오른다. 기어이 광경을 지켜보던 양희가 볼 부은 소리를 낸다. 뭐, 별일도 아니라면서? 나도 모르게 양희에게 소리를 빽, 지르고 만다. 그냥 섰지 말고 너도 앞에서 끌어야지, 그래야 빨랑 끝낼 거 아냐! 괜히 나한테 신경질이야. 양희가 삐죽거린다. 미치겠다. 녀석과의 이별 과정이 이리 힘들 줄이야. 한동안 실랑이를 벌였지만 허사다. 지친 내가 먼저 털버덕 주저앉고 만다. 그 사이에 양희는 카톡이 왔는지 또 휴대폰에 문자를 찍어댄다. 틈만 나면 주고받는 문자들. 그게 과연 얼마나 마음을 담은 내용들일까. 그나저나 둘 중 누구랑 먼저 키스했어? 그건 왜 물어? 키스까지 했다는 건 연애의 팔부 능선을 넘었다는 거고, 그때면 사랑이 무거울지 가벼울지 감이 오는 때거든. 섹스까지 했다면? 그때부턴 공통점보다 차이점이 뚜렷이 보이기 시작하지. 그거, 선배 경험에서 우러나온 거야? 그럼, 그때부터 차이점을 참지 못하면 둘은 내리막으로 치닫게 되는 거지. 그래서 선배도 결국 사랑이 쫑 났다? 아니, 그 전에 정상에서 헤어졌어. 그렇다면 선배도 끝장을 본 건 아니네, 뭐. 그럼 내가 한 건 사랑도 아니다 그거냐? 난 끝까지 가보는 게 사랑이라고 생각해, 마지막에 칼부림이 날지라도. 그러다가 진짜 칼 맞으면 어쩌려고? 괜찮아, 둘 중에 누가 진짜 날 사랑하는지 알면 그뿐이니까. 이런 게 세대 차이인가. 갑자기 머릿속이 어수선해진다. 그때 가만있던 녀석이 천천히 움직이기 시작한다. 다행이다.

아웃백. 양희가 그렇게 와보고 싶다고 노래하던 곳. 하지만 양희는 잠시 주위를 일별하는 듯하더니 휴대폰만 들여다보기 바쁘다. 왜, 이곳이 맘에 안 들어? 양희는 눈길을 휴대폰 화면에 고정한 채 고개만 가로젓는다. 근데 왜 그리 이곳에 오고 싶었어? 그래도 양희는 아무 말이 없다. 오고 싶었던 이유가 있었을 거 아냐? 그제야 양희가 휴대폰을 테이블 위에 집어던지듯 내려놓고는 입을 연다. 아이들이 제 부모랑 이곳에서 스테이크 먹었다는 게 너무너무 부러웠으니까. 니네도 가족끼리 오면 되지, 뭐. 식당 주방에 사는 엄마를 어떻게 불러내? 나는 잠시 말을 잇지 못한다. 아빠가 일찍 돌아가시는 바람에 편모슬하에서 힘겹게 컸다는 말이 떠올라서다. 그런 가정환경 탓에 흔한 대학생인 '흔대생'은 일찌감치 포기했다고 했던가. 하긴 나 또한 수연과 몇 번밖에 못 와본 곳이다. 한 끼를 해결하기 위해 치러야 하는 음식값이 만만찮았기 때문에. 주문하고 꽤 기다렸는데도 미디엄 스테이크는 올 생각이 없다. 그깟 쇠고기 약간 익히는 게 그리 어렵단 말인가. 양희는 테이블 위에 휴대폰을 다시 집어 든다. 무료함도 달랠 겸 내가 화제를 꺼낸다. 어제 강 소장한테 전화 왔었어. 내 말에 양희가 고개를 들어 관심을 보인다. 전화해선 밥 먹었냐, 잠이 안 와 그냥 걸어봤다는 거야. 드디어 선배한테도 전화하기 시작했구나. 그게 무슨 말이야? 나한텐 진즉부터 전화질을 하는 중이니까. 자기가 무슨 국정원 직원이야, 뭐 땜에 너한테까지 전화질이래? 선배, 정말 몰라서 물어? 내가 두 눈을 끔뻑거리자 양희가 입을 연다. 강 소장, 기러기잖아. 부인이랑 아이들 둘 다 캐나다에 가 있다잖아. 그 바람에 버는 족족 생활비 죄다 송금하는 중이고. 나도 모르게 두 눈이 커진 느낌이다. 양희가 다시 말을 잇는다. 가족들이 보고 싶어 전화하고 싶은데 국제전화비가 만만찮잖아. 그러니까 나한테랑 선배한테 전화하는 거지. 뭐, 일종의 외로움을 해소하는 방법이라고나 할까. 양희의 말에 구두쇠 강 소장의 모습이 어른거린다. 갑자기 내 어딘가의 뼈가 바로 서는 기분이다. 이런 걸 수리라고 하는 건가. 졸지에 마음이 무거워진다.

밤새 뒤척거렸다. 그러다가 새벽녘에 겨우 잠이 들었다. 그런데 꼭두새벽부터 전화가 울리는 게 아닌가. 받고 보니 덴마크영감이었다. 혹시 말이라, 자네 개 잃어버리지 않았나? 그 말을 듣는 순간 게슴츠레했던 눈이 번쩍 뜨였다. 수화기 속에서, 정말 녀석의 짖는 소리까지 들렸다. 마치 그 소리는 짖는다기보다는 우는 소리라고나 할까. 녀석이 언제 그곳까지 간 거지? 덴마크영감의 말은 계속되었다. 대문 앞에서 하도 짖어대서 나가보니 자네 집 개라. 혹시 말이라, 안 바쁘면 와서 후딱 데려가게. 알겠다며 일단 전화를 끊었다. 그런 다음, 나는 곰곰이 이 상황을 추리했다. 그 결과, 이 일이 어쩌면 다 수연의 모친이 전략적으로 꾸민 건 아닐까 하는 생각이 들었다. 그렇지 않다면 어떻게 두 번이나 녀석을 놓칠 수 있으며, 옛집에 나타날 수 있단 말인가. 그러니 다음 절차야 뻔할 수밖에. 항의차 수연에게 바로 전화를 했다. 하지만 그녀와의 통화는 불가능했다. 쓰시마는 지형상 통화가 불안정한 곳이 많다. 그렇다면 그녀는 와타즈미 신사쯤에서 일행을 모아놓고 신사에 얽힌 애틋한 사랑 이야기를 읊조리고 있는지 모를 일이다. 나는 지금도 수연을 사랑하고 있는가. 글쎄, 그건 잘 모르겠다. 그럼, 잊었는가. 잊었다면 거짓말이다. 그랬다면 불쑥불쑥 허공으로 고개를 들어 올리진 않을 테니까.

사람보다 더 용해, 어째 지 살던 집을 못 잊을까 말이여. 덴마크영감은 대문 열 생각은 않고 혀부터 놀리기 바빴다. 글쎄 말예요, 제가 생각해도 신기하네요. 마당으로 들어서서 묶여 있는 두리 곁으로 가는데 덴마크영감이 또 말을 이었다. 혹시 말이라, 저거 자네들이 심었는가? 무슨 말인가 싶어 고개를 돌렸다. 덴마크영감이 턱짓으로 마당가를 가리켰다. 덴마크영감네가 상추를 심거나 대파를 묻어두는 손바닥만 한 텃밭 쪽이었다. 정말 거기 뭔가 지주에 기대어 서 있는 식물이 보였다. 기온이 떨어지는 계절임에도 불구하고 양지 탓에 여전히 싱싱한 잎을 매달고 있었다. 아뇨, 심은 적 없는데요. 덴마크영감이 다시 입을 열었다. 거참, 희한하네. 자네들 이사 가고 보이 저게 자라고 있더랑께. 그러고 보니 파란 잎 사이에 숨어 있는 방울토마토가 눈에 띄었다. 덴마크영감의 말은 계속된다. 그래서 내가 지주를 세워줬더이아, 글씨 열매를 저리 매달지 않았겠나. 덕분에 올여름 입요기는 톡톡히 했네그려. 덴마크영감은 말 뒤에 웃음까지 푸짐하게 보탰다. 그의 말이 맞다면 내가 아닌 수연이 심었을 수도 있었다. 만약 그게 아니라면 물크러져 밭에 파묻은 방울토마토 씨가 저절로 싹이 텄거나. 아무튼 이사를 가면서 모든 추억의 지문은 지워야 했으므로 나는 서둘러 두리의 목줄을 잡아챘다. 그때 덴마크영감이 또 덧붙이고 나섰다. 자네들 다음에 또 심을 거면 기둥 세우는 거는 잊지 말게, 연약한 것일수록 서로 의지해야 하는 법이거든.

　수연이 생각난다. 내 어깨에 기대기만 하면 스르륵, 잠이 들던 그녀. 잠든 모습이 귀엽기만 하던 그녀. 그런 그녀를 두고 왜 내가 조용히 짐을 싼 것일까. 정말 절정 뒤에 올 파국이 두려워서였을까. 아니면 그녀 앞에서 자꾸 작아지는 왜소함을 견딜 수 없어서였을까. 녀석의 목덜미를 쓰다듬다가 휴대폰에 눈길이 머문다. 전화를 걸까 말까. 지금쯤이면 히타카쯔항에서 출발한 여객선은 현해탄을 건너고 있겠지. 그때 때마침 휴대폰이 운다. 수연의 번호다. 헛기침으로 목을 가다듬은 후 입을 연다. 이번엔 또 무슨 일이야? 응, 그냥 조금 늦을 것 같아서. 순간 불길한 예감이 뇌리를 스친다. 그녀가 말을 잇는다. 돌고래와 한판 거나하게 싸웠거든. 그게 무슨 말이야? 배가 돌고래 떼와 충돌했다고. 그래서? 그래서는 뭐 그래서, 여객선 스크루가 박살이 났지. 정말 이 여자, 태연하다. 망망대해에서 사고를 만나 표류 중이면서도. 이게 다 현해탄을 수없이 오간 내공 탓인가. 구조선이 달려오는 중이라니 다행이긴 하다. 수연이 재차 묻는다. 두리는 잘 지내고 있지? 방금 전까지 유기견 센터로 보내려던 중이었어. 보고 싶다, 두리 데리고 마중 나올래? 정말 생사람 잡는 기막힌 발언이다. 덕분에 나도 모르게 큰소리가 터진다. 미쳤냐, 내가 나가게? 때마침 곁에 있던 녀석이 우앙, 와앙, 이상한 소리를 내며 운다.

챔피언

좋은 아침입니다! 사무실로 들어서면서 내가 인사를 하자 현장에 나갈 채비를 하던 강 소장의 눈이 커진다. 허파에 바람 들었나, 자네가 웬일로 밝게 인사를 다 하노? 내가 대꾸한다. 그렇다고 뭐 인상 구기고 업무 시작할 필요도 없잖아요? 그나저나 두리는 우째삐릿노? 아예, 옛 친구한테 보냈습니다, 어제. 그으래? 그라만 자네도 한시름 놨으이 밥 사야제. 제가 왜 밥을 사요? 말하는 꼬라지 좀 봐라, 양희가 청소한다고 얼매나 힘들었노, 거다가 내는 또 어떻고. 강 소장의 말에 양희가 힐끔거리며 피식 웃는다. 내가 호기롭게 맞받는다. 까짓거, 좋습니다, 한턱 쏘죠, 뭐. 근데 뭘 사면 되죠? 뭐 큰 거 살 기 있나, 밥이나 두둑하게 나오면 되제. 강 소장은 공밥을 먹게 된 덕인지 말 끝에 흐흐, 하고 웃음기를 문다. 그 바람에 나도 덩달아 웃음이 터진다. 바람이 제법 차다.

바닷가 그 집 백팔 번지 가는 길

고영직 문학평론가

1. 희망이 전쟁이 된 시대

바다는 이상섭 문학의 운명(ananke)이다. 이상섭은 소설집 『그곳에는 눈물들이 모인다』(창비, 2006)와 『바닷가 그 집에서, 이틀』(실천문학사, 2009) 같은 전작에서 바다 또는 바닷가 변두리에 사는 '밑바닥 인생의 공동운명'(황국명)에 대해 누구보다 주의 깊은 관찰자로서의 관점과 태도를 드러낸 바 있다. 소설집 『그곳에는 눈물들이 모인다』의 경우 2000년대 한국문학 현장에서 바닷가 변두리에 사는 민중들의 날것의 체험을 문학적으로 복원한 사례로서 기억되고, 또한 기록되어야 마땅한 작품집이다. 이상섭은 바다를 무대로 한 전작에서 이른바 '수평세상'에 대한 강렬한 희구와 욕망을 표현했다. 두 소설집의 「작가의 말」에서 수평세상에 대한 언급이 빠지지 않는 것에서도 여실히 확인할 수 있다. 바다는 이상섭 문학의 환경이고, 상징이며, 운명이라고까지 감히 확언할 수 있으리라.

바다에 대한 이상섭의 심상지리학 또는 공간적 위상학은 이번 소설집 『챔피언』에서도 여일(如一)하다. 바다는 여전히 이상섭 문학의 실체를 구성하는 핵심 무대인데, 작품집에 수록된 「슬그머니」와 「햐, 이거 정말」, 「재첩의 맛」 같은 작품들에서 바다의 심상지리학을 확인할 수 있다. 「물고기가 궁금해」에 등장하는 작중인물 '수연'의 경우처럼, 이상섭은 '바다의 유전자(DNA)'를 타고났으며, 일종의 내밀한 글쓰기의 기원을 형성했다고 간주해도 좋을 터이다. 한마디로 말해 이상섭 소설의 작중인물들은 「물고기가 궁금해」 속 '나'가 겪은 것처럼 소위 이안류(離岸流) 현상을 온몸으로 겪어내는 중이라고 해도 전혀 어색하지 않으리라. 바다가 이상섭 문학의 운명이라고 말하는 이유가 바로 여기에 있다.

흥미 있는 사실은 이번 소설집 『챔피언』에서 바다에 대한 이상섭 작가의 인식과 태도가 어떤 변화의 징후를 보인다는 점이다. 전작(『그곳에는 눈물들이 모인다』)에서 "희망이 없어 희망이 된 곳이 섬이었다"(「불어라 바람」)는 표현이 적절히 대변하듯, 바다는 희망 없음의 상황을 응시하며 어찌할 수 없이 희망의 원리를 발견하고자 한 작가적 상상력을 가탁(假託)하는 공간이었다. 이 점은 『챔피언』에서도 여전하지만, 바다는 이제 "바다의 자유"(「물고기가 궁금해」)를 환기하는 새로운 공간으로서 의미를 갖는다. 「물고기가 궁금해」에서 인간 종(種)의 미래에 대해 일종의 역진화(逆進化) 가능성을 문학적으로 탐색하려 한 것도 그런 이유와 무관하지 않으리라. 사람의 길과 고래(또는 가오리)의 길을 병치하는 이 소설의 매력이 여기에 있다. 이상섭 문학이 문명과 문화의 미래에 대해 새로운 상상력을 발휘하는 방식으로 전환할지 모른다는 예감을 갖게 하는 대목이다. 바다는 이제 '뿌리 뽑힌' 존재들이 이 지상에서의 예속된 삶을 마감하고, 마침내 도달해야 하는 존재의 시원이자 오래된 미래일지도 모르겠다. 이상섭의 이와 같은 인식이 지금 이곳에서의 삶과 현실이 너무나 가혹하다는 역설적 문제의식과 관련 있음은 말할 나위 없다.

『챔피언』에 등장하는 인물들은 일종의 비상 상황(emergency)으로 내몰려 있다. 비상 상황이란 말은 액체에 잠겨 가라앉는 것을 뜻하는 라틴어 'mergere' 에서 나온 'merge' 의 반대말이다. 익숙한 것에서 분리되어 갑작스럽게 새로운 환경에 던져지는 것을 의미한다. 작중인물들은 저마다 몸과 마음이 천재지변(天災地變) 상태에 가까운 비상 상황을 맞고 있다. "희망이 전쟁이 된 시대"(「햐, 이거 정말」)를 살며, 마치 "응급실"(「물고기가 궁금해」) 환자들과 다를 바 없는 신세를 면치 못하는 것이다. 이상섭의 인물들이 정주(定住)에 대한 간절한 희구와 열망을 토로하는 것은 그런 이유 때문이다. 집[住]과 식구(食口)에 대한 메타포와 서사가 유독 많은 것도 그런 이유와 무관하지는 않을 터이다. 작가는 그런 문학적 장치를 통해 우리의 일상(日常)이 이상이 되고, 이상(理想)이 일상이 되는 삶과 사회를 꿈꾸고자 한 것이 아닐까. 이 점에서 우리는 이상섭의 소설을 읽으면서 존재의 전이를 예감하게 하는 이안류에 휩쓸리는 듯한 독서 경험을 할지도 모르겠다.

2. 사랑과 기쁨의 식구(食口) 공동체

이상섭 소설의 인물들은 뿌리 뽑힌(disembedding) 존재들이다. 임시직 떠돌이 노동자(「묵묵깜깜」), 청년 백수(「물고기가 궁금해」, 「햐, 이거 정말」, 「챔피언」), 수리 전문 조선소 노동자(「슬그머니」, 「아직은 괜찮아」), 식당 여자(「재첩의 맛」), 보험 외판원(「어쩌다가 눈마저」) 같은 존재들이 등장한다. 대기업 간부(「어쩌다가 눈마저」)가 등장하는 경우도 있지만, 그마저도 구조조정의 칼바람 앞에서 언제 실직당할지 모르는 위기에 내몰려 있다. 어느 시인이 "길 끊겨 고립이라지만 실상은 자립이 사라진 때문"(백무산)이라고 한 시적 표현은 이상섭 소설의 인물들에도 그대로 적용 가능하다고 말할 수 있으리라. 이들은 희망이 전쟁이 된 시대에 고립무원의 심각한 실존의 위기를 감내하며, 하루하루 불안노동자로서 생존(zoe)을 넘어 생명(bios)의 삶을 희구하고자 한다.

「묵묵깜깜」에 등장하는 '한'은 가장 극한의 위기 상황에 처해 있다. 이른바 '갑질'의 횡포에 의해 생매장 직전의 상황을 맞고 있는 것이다. 구제역 파동 당시 포클레인 기사로 일하던 한은 소와 돼지를 '살처분'하는 일종의 사형 집행원 노릇을 한다. 문제는 한이 암매장되어 죽은 여자의 시신을 발견하면서부터다. 한의 고용주인

'류'는 그 여자의 시신을 "마네킹"으로 간주하며 입단속을 한다. 그런 류에게서 생명, 생태, 생활을 범주로 하는 '에코소피(ecosophy)'의 위대한 가치를 기대하는 것은 난망하다. 동물을 도구화하고, 생명조차 이윤으로 대하는 류의 철저한 인간성 상실은 결국 지배(권)와 소유(권)를 신앙으로 삼는 우리 시대 악(惡)의 권화이고 행태악의 전형이다. 죽음 직전의 상황에서 한이 온 힘을 다해 외치는 "보 · 내 · 주 · 세 · 요"라는 소리가 아직도 귓전을 맴도는 것만 같다.

「묵묵깜깜」은 보이지 않는 것의 윤리와 미학이 갖는 의미를 생각하게 하는 작품이다. 동물은 말할 것도 없고, 인간의 생명마저 도구화하는 세상 질서에 맞서서 문학이 수행해야 하는 역할은 체제 바깥의 외부성을 성찰하는 데 있다. 시장과 권력이 주도하는 탈근대 사회의 생명 권력(power over life)은 체제의 외부를 없애려는 경향을 갖는다는 점에서 그렇다. 고아원 출신의 한이 베트남 여성 '프엉'과 만나 풋사랑을 나누는 장면이 작품에서 퍽 인상적인 것도 그런 이유 때문이다. 사랑이란 본디 사건의 선물이 아니던가. 그런 점에서 남천(南天)이라는 식물을 보며 고향을 생각하는 프엉의 꿈을 앗아가고, 한 여자와 일가(一家)를 이루고자 하는 한의 소박한 꿈마저 거세하는 사회는 일종의 '죽음의 수용소'와 다를 바 없는 레짐(regime, 체제)이라고 감히 말할 수 있으리라. 스피노자적 의미에서 사랑과 욕망의 코나투스(conatus)가 실현되지 못하는 사회를 불임(不姙)의 사회라고 부르는 것이 전혀 어색하지 않으리라.

이상섭의 문제의식은 「어쩌다가 눈마저」와 「아직은 괜찮아」에서
도 비슷한 방식으로 변주된다. 이 작품들이 한국문학의 유구한 테마
인 일과 밥과 집을 생각하게 하는 것은 당연하다. 폭설을 헤치며 고
향 친구 문상을 가는 '나'와 '순심'은 먼저 간 친구의 상처뿐만 아
니라 서로의 스크래치(scratch)를 확인하며 진한 동료 의식을 형성
하게 된다. 성장 서사(敍事) 플롯을 차용한 「아직은 괜찮아」의 여고
생 '지선' 또한 엄마 없는 가정에서 호프집 알바를 하며 희망 없는
일상을 견뎌낸다. 그런데 이 작품들의 근본 정조(情調)가 마냥 어둡
고 우울한 것만은 아니다. 물론 「아직은 괜찮아」에 등장하는 아빠의
경우, 전작들(「웨일맨, 나의 아버지」, 「여기 왜 왔지」)에서 묘사된
것처럼, 조선소에서 녹을 제거하며 '철가시'가 박히는 신세를 여전
히 면치 못한다. 그리고 「어쩌다가 눈마저」의 순심 또한 노래방 알
바는 물론 "몸으로 보험질"을 하며 장애 아이를 키우는가 하면, 기
러기 아빠 노릇을 하는 대기업 간부인 '나' 역시 실업 위기에 처해
있다. 그럼에도 불구하고 이 작품들의 분위기는 전작들에 비하면 비
교적 따뜻하고 긍정적이다. 「묵묵깜깜」을 제외한 소설들이 대체로
그런 경향을 보인다. 이 변화는 무엇을 말하는가. "정 굳히고 살구
볼 만한 집"(「여기 왜 왔지」)을 향한 이상섭의 문학적 상상력 측면에
서 어떤 시선의 전환이 감지되는 것은 그런 이유와 무관하지 않다.
이 변화는 문학적 '상징'을 제시하면서 서사성을 구현하려는 작자
의 의도와 관련 있을 것이라고 나는 믿고 있다. 다음 인용은 그런 상

징성이 단적으로 드러나는 대목이다.

날씨 탓에 주머니에 저절로 손이 들어간다. 손에 뭔가 잡혔다. 너트였다. 이걸 왜 아직 지니고 있는 거지? 버렸다고 생각했는데? 알 수 없는 일이다. 근데 너트를 볼수록 생각이 깊어진다. 근데 도대체 이 나사는 어디에 있던 것일까. 이게 없어도 과연 아무 지장이 없을까. 하긴, 사라진 너트는 다른 것으로 대체될 것이다. 그것이 조직의 이치이자 세상의 이치이기도 하다. 하지만 그렇다고 뒹구는 것들이 죄다 쓸모없는 것일까. 제자리를 찾기만 한다면 다시 요긴하게 쓰일 수 있지 않을까. 너트를 도로 바지 주머니에 집어넣는다.
　　―「어쩌다가 눈마저」, 140쪽

이리 작은 게 왜 이렇게 아파? 지웅이가 제 눈을 깜빡이며 묻는다. 그러게 말야, 아빠는 이런 게 수없이 손이고 발바닥에 박혔으니 얼마나 아프셨겠니? 우리가 뽑은 것만 해도 쇠못 서너 개는 될 정도니 말야. 와우, 그럼 우리 아빠는 예수님이네? 손발에 쇠못을 박고 죽은 그 사람 말야. 나도 모르게 고개를 주억이고 만다. 갑자기 속이 싸르르, 아려온다. 그래, 지웅이의 말이 맞다. 아빠는 우리를 위해 온 예수님이시다.
　　―「아직은 괜찮아」, 196쪽

위 인용문에서 각각 등장하는 '너트'와 '예수님'은 세상 모든 존재를 도구화하려는 효율성의 논리에 맞서려는 이상섭의 문학적 상징의 의미를 갖는다. 상징이 없는 싸움은 얼마나 공허한가. 그런 싸움은 주인과 노예 간에 자리 바꿈을 무한 반복하는 것 이상의 의미를 갖지 못한다. 이상섭은 이런 상징을 통해 비루하기 짝이 없는 비참한 현실의 세목들을 외면하지 않고 묘사하되, 이른바 시적 정의(poetic justice)의 가치를 추구하려는 서사 전략으로 활용한다. 마사 누스바움은 『시적 정의』(궁리, 2013)에서 "제도 그 자체는 '공상'(fancy)의 통찰력으로 인도되어야 하는 것"이라고 역설한다. 이를 통해 볼 때 이상섭 소설의 상징은 나와 우리들 관계 안에(within) 이미 변용 가능성이 내장되어 있다는 내재성의 가치를 갖는다고 말할 수 있다. 동화작가 권정생이 『우리들의 하느님』(녹색평론사, 2008)에서 "스피노자의 『에티카』는 정말 아름답다"고 쓴 이유 또한 그런 내재성의 원리에 대한 깊은 신뢰와 믿음을 표현한 것이 아니겠는가.

「아직은 괜찮아」에 등장하는 '지웅이'처럼 아이의 마음을 잃지 않으려는 마음의 습관을 생각해보아야 하는 것이 아닐까. 그런 마음의 습관(habit)은 한 장소에서 오래도록 거주(habitat)할 때 형성되는 법이다. 이상섭 소설에 유독 '집'을 주제로 한 작품이 적지 않다는 점은 무엇을 말하는가. 이 소설집의 경우 「재첩의 맛」, 「슬그머니」, 「햐, 이거 정말」 같은 작품들에서 집에 대한 이상섭의 무의식적 가

치 지향을 엿볼 수 있다. 아마도 사랑과 기쁨의 식구(食口) 공동체에
대한 작가의 오래된 비원과도 관련이 있을 법하다. 공자는 『예기(禮
記)』예운(禮運) 편에서 그러한 식구 공동체가 확대된 사회를 대동
(大同) 사회라고 불렀다. 이상섭의 상상력 또한 동아시아 민중들의
유구한 유토피아를 형성해온 그런 문제의식과 깊은 관련을 맺는다
고 확언할 수 있다.

3. 재(再)정체성 형성과 감정자본주의

소설집 『챔피언』은 집에 관한 서사 그 자체라고 해도 과히 틀리지
않을 것이다. 집이라는 주제는 이상섭이 등단 이후 줄곧 관심을 갖
고 천착해온 테마다. 등단작에서 확인할 수 있듯이, 이상섭은 주로
아비 부재, 또는 불구성의 상황을 소위 "핏줄의 유대"(「슬픔의 두
께」)라는 소설적 방식으로 풀어냈다. 이상섭의 이러한 인식 틀은 이
소설집에서 여전히 변주되고 있는데, 뭐랄까, 소설적 접근 방식에서
전작들과는 분명한 차이를 보인다. 전작에서 강력한 모성 지향성을
보인 것과는 다르게 이번 작품집에서는 강력한 부성 지향성을 보이
고 있다. 물론 이러한 변화 조짐은 『그곳에는 눈물들이 모인다』에
수록된 「웨일맨, 나의 아버지」 같은 작품에서 이미 하나의 '언어'를
얻은 바 있었다. 이번 소설집의 아비들은 등단 초기의 작품들과는
확연히 다르다. 오히려 '어미 부재'의 가족주의 모델이 전경화되어

나타나는 것에서도 알 수 있다. 거칠게 분류해보자면, 모성 지향성을 보이는 작품은 「재첩의 맛」 한 편이고, 부성 지향성의 경우 「챔피언」과 「햐, 이거 정말」 그리고 「아직은 괜찮아」 같은 작품들에서 구현되고 있음을 알 수 있다. 여하튼 이상섭 소설에서 어미든 아비든 간에 온 가족이 제 구색을 갖춘 경우는 「챔피언」이 거의 유일하지 않은가 싶다. 이 작품에서도 어미의 존재는 일종의 작품의 소도구 노릇을 하는 것으로 간주해야겠지만 말이다.

『바닷가 그 집에서, 이틀』 출간을 전후로 한 이상섭 소설의 특징적인 변화는 청(소)년들의 입사(入社) 의식을 다룬 작품들이 나타난다는 점이다. 지금 이곳에 사는 청춘 남녀의 연애담이 작품 모티프를 이루는 것은 그래서 쉽게 이해된다. 「슬그머니」의 '나'와 '수연', 「물고기가 궁금해」의 '나'와 '수연'(「슬그머니」의 인물과 이름이 같다), 그리고 「햐, 이거 정말」의 '나'와 '수향', 「챔피언」의 '나'와 '은희'가 그 짝패들이다. 이상섭 소설의 변화는 지금 이곳 청춘 남녀의 불안한 현실과 불투명한 미래를 작품화하면서 조금씩 변화한 것이 아닌가 하는 생각이 든다. 청춘 남녀의 애정사를 비롯해 청(소)년들이 처한 삶과 운명을 다루는 이상섭의 붓질이 마냥 어둡지 않은 것도 바로 소재 전환에 따른 시선 변화에서 비롯하는 것이 아닐까. 뭐랄까, 비관주의적 낙관주의 같은 태도라고 해야 할까. 청춘 남녀가 처한 지금 이곳의 삶과 운명을 다루면서 이상섭은 '어쩔 수 없음'이라는 냉소의 신화를 어떻게 깰 수 있을지에 대해 고민하고 생각하지 않았을까 싶다. 사랑의 다른 이름이 변용(變容)이라는 점을 나는 스피노자를 통해 배웠다. 청춘 남녀를 다루는 이상섭 소설에서 그런 변용에 대한 이해와 공감의 태도를 발견하게 되는 것이 나만의 억측은 아닐 터이다. 어느 철학자는 그런 변용의 감정과 태도를 '되기'(질 들뢰즈)라는 말로 표현한다.

실제 사랑의 종말을 고한 두 청춘 남녀가 재결합 가능성을 모색하는 「슬그머니」에서 작가의 그런 태도 변화를 확인하는 것은 어렵지 않다. 청춘 남녀의 삶을 이해하고 공감하려는 작가의 마음은 작중인물 '덴마크영감'이 툭 던진 말에서 여실히 입증된다. "자네들 다음에 또 심을 거면 기둥 세우는 거는 잊지 말게, 연약한 것일수록 서로 의지해야 하는 법이거든."(221~222쪽) 두 남녀가 연애 시절 심은 줄도 모르고 자라난 방울토마토의 재배법에 관한 조언은 삶과 사랑에 관한 어떤 암시일 터이다. 물론 그런 말 한마디가 청춘 남녀를 위한 작은 위로의 말이 될 수 있겠지만, 청년들이 처한 가혹한 현실적 조건을 개조(改造)하는 희망의 근거가 되지는 못한다. 이 점에서 표제작 「챔피언」과 「햐, 이거 정말」은 퍽 문제적이다. 전자는 '매력'과 '재능'을 착취하는 감정자본주의 문제를 거론했다는 점에서 그렇고, 후자는 시대의 근본 정조가 되어버린 성장주의와 성과주의에 대한 근본적인 회의와 의문을 제기한다는 점에서 그러하다. 두 작품 모두 일종의 가족주의적 서사의 방식으로 이 문제를 처리한다는 공통점을 갖는다.

바지랑대 생각이 난다. 할아버지 고향집 마당에 서 있던 그 긴 장대. 빨래가 땅에 닿지 않게 하늘로 밀어 올려주던 버드나무 작대기. 어쩌면 빅맨은 나를 창공으로 밀어 올려주던 바지랑대였는지 모르겠다. 부대로 복귀한 나는 다시 표적지를 상대하기 시작했다. 이전과 달라진 것이 있다면 빅맨의 죽음이 나를 부쩍 키웠다는 느낌이 든다는 거였다. (중략) 다만 은희도 나처럼 자신의 재능을 찾았기를 바랄 뿐이었다. 그래야 그녀의 인생도 달라질 수 있을 테니까.

  ―「챔피언」, 112~113쪽

장마철도 아닌데 때아닌 천둥이 치고 비가 쏟아진다. 이런 날씨에 구조조정안 발표라니. (중략) 본사에서 가만있을 리 없었다. 이 땅엔 가난한 사람은 없어, 단지 부자가 되지 못한 사람만 있지. 수향의 메일을 읽을 때만 해도 먼 산 보듯 했다. 그랬으니 이 땅의 현실을 몰라도 너무 모르고 지냈다. 희망이 전쟁이 된 시대. 이제 내 앞에 운명의 주사위는 다시 던져졌다. 당분간 대기 발령. 그렇다면 결과는 뻔하다. 바로 회사에서 팽, 당했다는 거. 졸지에 반성할 것도 없는데 눈물까지 팽, 돈다. 거실의 전등마저 힘을 잃고 흐릿한 것만 같다. 그런 기분 탓인지 수향의 전화도 받고 싶지 않다. 입에서 연

235
해설

신 한숨만 터진다. 물러설 수도, 덤벼들 수도 없는 내 인생
최대의 위기 상황.

　　　－「햐, 이거 정말」, 61~62쪽

　두 작품 속 청년들의 희비(喜悲)가 엇갈리는 점이 퍽 흥미롭다.
「챔피언」의 '나'는 군대에서 사격에 재능이 있다는 점을 발견하고
서 예비 국가대표 선수가 되었고, 「햐, 이거 정말」의 '나'는 인도네
시아 해외 근무 실적이 나빠 당분간 대기 발령 통보를 받았다. 두 청
년이 마주한 처지와 출발선은 조금씩 달라도, 모두 이 시대가 요구
하는 자기 계발하는 주체로서 탄생하지 못하면 언제나 항상 도태되
는 비상 상황에 처한 것만은 너무나 분명하다. 막스 베버의 말대로
이들은 시대가 강요하는 '강철 외투(steel casing)'를 입지 않고서는
착취당하고 싶어도 착취당할 수 없는 상황을 맞은 셈이랄까. 「챔피
언」 속 '빅맨'(아비) 세대와 '나'(아들)의 세대 간에 존재하는 근본
적인 차이가 바로 이 점이라고 할 수 있다. 이 점에서 배구 선수였던
빅맨이 '나'에게 유년 시절부터 온갖 스포츠를 섭렵하도록 한 것은
교육과 계급재생산의 상관관계를 보여주는 예라고 할 수 있다. 우리
는 가난이 가난을 낳고, 격차가 격차를 낳는 세상에 살고 있다. 그런
세상에서 지금의 청년 세대는 자신의 몸과 마음을 '나 주식회사의
최고 경영자(CEO of Me Inc.)'로서 개인 브랜딩하도록 권장되고 재
촉받는다. 그것이 시대가 요구하는 새로운 자아상이기 때문이다. 재

능과 매력이 감정자본주의를 구성하는 핵심 요소가 된 것은 이 점에서 당연한 노릇이다.

이런 상황에서 이상섭은 유사-가족주의의 가치를 강화하는 방식으로 서사 전략을 구사한다. 「챔피언」의 바지랑대에 관한 비유와 더불어, 「햐, 이거 정말」에 등장하는 유사-가족주의가 그것이다. 그런데 이런 가족주의 강화 전략이 얼마나 든든한 지붕이 될 수 있을까. 그것은 어쩌면 일시적 봉합의 방편이 아닐까. 「챔피언」의 빅맨이 광주 오일팔 당시 공수부대원(국가) 진압봉에 의해 무릎을 구타당한 경험이 있는 것처럼, '나' 또한 어느 순간 고용주(자본)에 의해 무릎이 꺾이지 않는다는 보장이 어디 있으랴. 「햐, 이거 정말」의 '나' 처럼! 빅맨은 분명 '나'의 성장과 성숙 과정에서 바지랑대 구실을 한 것은 분명하지만, 빅맨 세대와 '나'의 세대 간에는 무시할 수 없는 단절의 경험이 있지 않은지 생각해보아야 한다. 사회학자 지그문트 바우만은 젊은 세대의 "정체성은 언제든 처분 가능한 것이 되었다" (『고독을 잃어버린 시간』, 동녘, 2012)라고 말한다. "이전 세대의 젊은 사람들이 단 한 번의 정체성 형성을 고민했다면, 이제는 점차 끊임없이 계속해서 새롭게 정체성을 마련해야 하는 재(再)정체성 형성을 고민해야 하는 상황이 된 것이다."(『고독을 잃어버린 시간』) 문제는 이전 세대 또한 재정체성 형성을 강요받는 상황을 맞았다는 점이다. 사직 위기에 내몰린 「어쩌다가 눈마저」의 '나'는 「햐, 이거 정말」의 '나'가 머잖은 미래의 시간에 마주쳐야 하는 현실일 수 있다는 점에서 그러하다. 이 글의 모두(冒頭)에서 역진화 운운한 것은 바로 이런 연유와 관련이 있다.

4. "우리, 같이 살구놀이할까?"

이상섭은 『챔피언』에서 바다와 바닷가 변두리 사람들에 대한 이야기 축과 더불어, 청년 세대에 대한 이야기 축을 새로이 구축하였다. 어느 이야기 축이든 간에 이상섭의 문학적 상상력은 수평세상이라는 가치 지향을 잊지 않으려 한다. 그런데 이상섭 문학의 가치 지향은 '언더그라운드 유토피아'(레베카 솔닛)의 일종이 아닌가 하는 생각을 하게 된다. 언더그라운드 유토피아는 재난 속에서 싹트는 유토피아다. 바다에 관한 이야기 축을 형성하는 「물고기가 궁금해」와 「재첩의 맛」 같은 작품들에서 그런 생각을 갖게 되는 것은 어찌할 수 없다. 이안류 현상을 온몸으로 앓는 인물들이 나오는 「물고기가 궁금해」가 환상의 수법으로 언더그라운드 유토피아에 대한 근원적인 지향을 존재론적으로 드러낸다면, 「재첩의 맛」에서는 정통 리얼리즘 수법으로 지금 이곳에 부재하는 유토피아에 대한 지향을 강력히 환기한다. 어떤 형식을 취하든 간에, 이상섭이 추구하는 가치 지향은 근원적인 귀소(歸巢)로서의 의미를 갖는다고 말할 수 있다. 그리고 그 귀소의 둥지는 바다가 보이는 어느 도시 변두리의 "일공팔번지"(「재첩의 맛」)라는 고유의 지번(地番)을 갖는다고 보아도 억측은 아닐 터이다. 이 '일공팔 번지'는 이 세상 어디랄 것 없이 산다는 것 자체가 고해정토(苦海淨土)라는 작가의 생각이 표현된 것이 아닐지 모르겠다.

특히 「물고기가 궁금해」에 등장하는 '고래'와 '분홍 섬' 그리고 '분홍 물고기' 같은 상징이 유독 이채를 띤다. "고래는 우리 인류에겐 미래야"라는 어느 작중인물(진우 형)의 전언에서는 지금 이곳의 문화와 문명의 미래에 대한 작가의 깊은 회의감을 엿볼 수 있다. 작중인물 수연은 자신의 고향인 분홍 섬 주민들이 선산을 판 이후 물고기 꿈을 계속 꾼 나머지, 결국 한 마리 분홍 물고기가 되어 분홍 섬으로 돌아가는데, 이 환상적 이야기에서 그런 환멸 섞인 무력감을 엿볼 수 있다. 이상섭 소설의 시선 전환을 예감하게 하는 대목이 아닐 수 없다. 우리 사는 사회 생태계가 심각하게 오염되었을 뿐만 아니라, 생존과 생명을 유지하는 것조차 어려울 정도로 훼손되었다는 작가의 비극적 인식이 향후 작품에서 어떻게 표현될지 자못 궁금해진다. 누구보다 이상섭은 실재하는 자연 생태계(바다)에 대한 작가적 관심과 열정을 적잖이 쏟아낸 바 있기 때문이다.

그러나 과문한 탓인지 모르겠으나, 바다에 관한 이상섭의 관점과 표현의 경우 '인간중심주의적' 인식의 자장에서 좀처럼 벗어나지 않는다는 생각을 하게 된다. 『그곳에는 눈물들이 모인다』에 수록된 단편 「수평선, 그 가깝고도 먼」의 한 구절을 보라. "강물이 끝내 바다에 이르듯이 어쩌면 일자리를 찾아 두 사람도 이 바다까지 흘러들었던 것이다. 그렇게 본다면 강희도 다를 바 없다. 수평세상을 꿈꾸며 산에 올랐을지도 모른다. 그러다가 끝내 저렇게 지친 몸으로 잠이 들었을 것이다."(200~201쪽) 이 부분에서 보듯, 수평세상의 가치는 이상섭 문학의 푯대라고 할 수 있다. 그런데 수평세상이라는 지향점이란 철저히 인간중심적 가치와 척도를 드러낸 것이 아닐까 하는 생각을 하게 된다. 「물고기가 궁금해」에 표현된 이상섭의 새로운 변용 이미지와 모티프에 주목하는 것도 그런 이유 때문이다. 문제는 '도시/바다'의 이항대립적 인식과 구도를 어떻게 넘어서고 극복할 것인가 하는 점이다. 지금 있는 이곳(도시)과 있어야 할 저곳(바다) 같은 식으로 소재주의 차원에서 도시와 바다를 대립적으로 인식하고 묘사하는 것은 동어반복의 답습에 그칠 수 있다.

이 점에서 「재첩의 맛」에 등장하는 식당 노파가 "재첩의 맛이야 재첩 스스로 내는 기지"라고 한 표현에 나는 주목하게 된다. 이 말은 재첩의 맛이 그러하듯이, 사회/자연 생태계는 아름다움을 추구하려는 우리 안의 내재적 작동 원리에 의해 제대로 된 향기와 풍미를 발현할 수 있다는 말로 해석할 수 있기 때문이다. 그러나 「재첩의 맛」의 여자(원희)와 남자(재범)는 행복한 일가(一家)를 이루지 못했다. 남자는 끝내 죽음을 맞는다. 남자의 임종을 끝까지 지키는 것 또한 여자의 몫은 아니다. 평생 '불법 인생'을 감내해야 하는 여자의 깊은 슬픔의 상황 때문일까. 이 작품은 처연한 아름다움의 맛과 향기를 내뿜는다. 여자가 남자의 죽음을 보며 "함께 밥 먹는다"

(eating together)는 행위가 갖는 의미에 대해 생각하는 마지막 장면이 처연하고 또 처연하다. 소설집 『챔피언』의 전체 주제와 분위기를 아우르는 장면이 아닐까 생각하게 된다.

『챔피언』 속 인물들에게 '바닷가 그 집 일공팔(108) 번지 가는 길'은 여전히 멀기만 한 것일까. 『챔피언』은 다른 세계를 꿈꾸며 그 다른 세계를 만들어가려는 언더그라운드 유토피아에 관한 문학적 비유와 상징을 그대로 표현하는 작품집이라고 말할 수 있으리라. 표제작 「챔피언」에 나오는 청춘 남녀가 "난 그런 재능도 매력도 없어"라며 한숨을 짓는 표정이 절로 연상된다. 일과 밥과 집은 물론이요, 사랑과 욕망의 꿈조차 끝내 좌절되는 소설 속 인물들의 운명은 역설적으로 희망의 원리에 대한 새로운 차원이 무엇인지 추론하도록 상기시킨다. 그런 희망의 원리는 가장 일차적으로 서로의 존재에 대한 측은지심에서 비롯하는 것일지 모르겠다. 대기 발령 통보를 받은 「햐, 이거 정말」 속 '나'가 이제 유사-가족의 일원이 된 동생 상우를 향해 형제애를 표현하는 장면이 퍽 감동적이다. 조선족 여자 예랑 씨가 낳은 상우는 '나'와는 피 한 방울 섞이지 않은 동생이다. '나'는 그런 동생을 향해 말한다. "우리, 같이 살구놀이할까?" 그렇게 사랑과 기쁨의 식구(食口) 공동체를 향한 이상섭의 글쓰기는 여전히 쓰이고 또 쓰일 것이라고 나는 믿는다.

누가 그랬던가. 예수도 지금 이곳에 태어난다면 가족 부양 때문에 공중 부양이 힘들었을 거라고. 어쩌면 그런 이유로 인해, "세상에서 제일 높은 자리는 일자리"라는 카피까지 나왔는지 모르겠다. 딸린 식솔이 있는 이에게도, 없는 이에게도 일자리는 중요하다. 노동이 생필품을 얻을 수 있는 유일한 기회이니까. 하지만 어느 순간 노동의 가치는 스펙으로 돌변했고, 세상은 돈을 중심으로 돌아가는 중이다. 이럴 때일수록 잊지 말아야 할 것이 있다. '지폐'만을 쫓다 보면 '자폐'에 이를 수 있다는 사실을.

어릴 적부터 난 수평선만을 바라보며 자랐다. 그런 덕분인지 자연스레 '수평세상'을 꿈꾼다. 그러니 이번 소설들도 수평세상에 대한 개인적 기도문이나 다름없다. 그렇다고 내 소설이 결코 무겁진 않다. 그냥 딱, 펼쳐놓고 낄낄거리기에 적당하다. '깔깔'거리는 것과 '낄낄' 거리는 건 다르다. 마치 해학과 풍자가 다른 것처럼.

이제 다시 혼자만의 선서를 되새겨야겠다.

긴 소설을 쓰려면.

2014년 1월

이상섭